百年大师经典

黄宾虹

黄宾虹 著

天津出版传媒集团
天津人民美术出版社

图书在版编目（CIP）数据

百年大师经典. 黄宾虹卷 / 黄宾虹著. -- 天津：天津人民美术出版社，2021.12
　　ISBN 978-7-5305-9829-0

Ⅰ. ①百… Ⅱ. ①黄… Ⅲ. ①黄宾虹（1864-1955）－文集 Ⅳ. ①J12-53

中国版本图书馆CIP数据核字（2021）第233893号

百年大师经典　黄宾虹卷
BAINIAN DASHI JINGDIAN　HUANG BINHONG JUAN

出　版　人	杨惠东
责 任 编 辑	袁金荣
助 理 编 辑	刘贵霞
技 术 编 辑	何国起　姚德旺
责 任 审 校	李登辉　崔育平
出 版 发 行	天津人民美术出版社
社　　　址	天津市和平区马场道150号
邮　　　编	300050
电　　　话	(022)58352900
网　　　址	http://www.tjrm.cn
经　　　销	全国新华书店
制　　　作	天津市彩虹制版有限公司
印　　　刷	天津印艺通制版印刷股份有限公司
开　　　本	710毫米×1000毫米 1/16
版　　　次	2021年12月第1版
印　　　次	2021年12月第1次印刷
印　　　张	14.75
定　　　价	68.00元

版权所有　侵权必究

目录

生平略传

八十自叙 / 3
自述 / 5
宾虹画学日课节目 / 6
叙村居 / 7
一九三七年日记片段 / 12
九十杂述之一 / 20
九十杂述之二 / 23

画人画语

宾虹画语 / 33
画理 / 36
画史 / 43
论上古三代图画之本原 / 50
中国山水画今昔之变迁 / 52
论画宜取所长 / 54
画学升降之大因 / 55
图画非无益 / 57

艺术随笔

古画微 / 61
怎样才是一张好画 / 98
说艺术 / 100
国画之民学 / 102
国画中外之观测 / 106
山水画与道德经 / 107

目录

讲学集录

国画理论讲义 / 113
画学通论讲义 / 118
画法臆谈 / 126
笔法要诀 / 127
墨法之妙 / 133
笔墨附丽诸品 / 137
章法结构 / 139
六法解说 / 147
画理之言 / 151
画学散记 / 161

书题杂述

新画法序 / 179
文字书画之新证 / 180
精神重于物质说 / 182
水墨与黄金 / 184
宾虹题画 / 187
诗文杂论 / 193
玉器总论 / 196

行旅纪游

养生之道 / 201
黄山前海纪游 / 203
黄山析览 / 209
游雁荡日记 / 226
沪滨古玩市场记 / 228

| 生平略传 |

八十自叙

宾虹学人，原名质，字朴存，江南歙县籍，祖居潭渡村，有滨虹亭最胜，在黄山之丰乐溪上。国变后改今名。幼年六七岁，随先君寓浙东，因避战乱至金华山。家塾延蒙师，课读之暇，见有图画，必细意观览。先君喜古今书籍书画，侍侧常听之，记之心目，辄为仿效涂抹。遇能书画者，必访问穷究其理法。时有萧山倪丈炳烈善书，其从子淦，七岁即能画人物花鸟。其父倪翁，忘其名，常携至余家。观其所作画，心喜之而勿善也。意作画不应如是之易，以其粗率，不假思索耳。其父年近六旬，每论画理，言作画必先悬纸于壁上而熟视之，明日往观，坐必移时，如是三日，而后落笔。余从旁窃笑，以为此翁道气太过，好欺人。请益于先君，诏之曰：儿知王勃腹稿乎？因知古人文章书画，皆贵胸有成竹，未可枝枝节节为之也。

翌日，倪翁至，叩以画法，不答。坚请，乃曰：当如作字法，笔笔宜分明，方不至为画匠也。余谨受教而退。再叩以作书之法，故难之，强而后可。闻其议论，明昧参半，遵守其所指示，行之年余，不敢懈怠。倪翁年老不常至，余惟检家中所藏古书画，时时观玩之。家有白石翁画册，所作山水，笔笔分明，学之数年不间断。余年十三，应试返歙。时当难后，故家旧族，古物犹有存者，因得见古人真迹，多为佳品。有董玄宰、查二瞻画，尤爱之。习之又数年。家遭坎坷中落，肄业金陵、扬州，得友时贤文艺之士，见闻渐广，学之愈勤。游皖公山，访郑雪湖丈珊，年八十余。闻其于族中有旧，余持自作画，请指授其法。郑丈云：唯有六字诀，曰：实处易，虚处难。子谨志之。此吾囊受法于王蓬心太守者也。余初不以为意，以虚实指章法而言，遍求唐宋画章法临摹之，几十年。继北行学干禄以养亲。时庚子之祸方酝酿，郁郁归。退耕江南山乡水村间，垦荒近十年，成熟田数千亩。频年收获之利，计所得金，尽以购古今金石书画，悉心研究，考其优绌，无一日之间继。寒暑皆住楼，不与世俗往来。家常盐米之事，一切委之先室洪孺人；而歙中置宇增产，井井有条，皆由内助也。

逊清之季，士夫谈新政，办报与学。余游南京、芜湖，友招襄理安徽公学，又任各校教员。时议废弃中国文字，尝与力争之。由是而专意保存文艺之志愈笃。乃至沪，晤粤友邓君秋枚、黄君晦闻；于《国学丛书》《国粹学报》《神州国光集》供搜辑之役。历任《神州》《时报》各社编辑及美术主任、文艺学院院长、留美预备学校教员。当南北议和之先，广东高剑父、奇峰二君办《真相画报》，约余为撰文及插图。有署名大千、予向、滨虹，皆别号也；此外尚多，不必赘，而惟宾虹之号识者尤多，以上海地名有洋浜桥、虹口也。

近十年，来燕京。尝遇张季爰、溥心畬诸君于稷园，继而寿石工君亦至，素喜诙谐，因向众云：今日我当为文艺界办一公案。众皆竦立而听。乃云：张大千名满南北，诸君亦知其假借于黄宾虹，至今尚未归还乎？请诸君决议。即以《真相画报》为证，众乃大笑。

余署别号有用予向者，因观明季恽向字香山之画，华滋浑厚，得董巨之正传，最合大方家数，虽华亭、娄东、虞山诸贤，皆所不逮，心向往之，学之最多。又喜游山，师古人以师造化。慕古向禽之为人，取为别号。而近人撰《再续碑传录》一书，搜集称繁富，燕京出版，中采予向《新安四巧工传》文，乃谓予向为失名。最近《中和》《雅言》二杂志，皆录予向所作文，人知之复渐多。而余杭褚理堂君德彝撰《再续金石录》，载鄙人原籍，误歙县为黟县，是殆因黟有黄牧甫而误，亦应自为言明者也。

近伏居燕市将十年，谢绝酬应，惟于故纸堆中与蠹鱼争生活；书籍金石字画，竟日不释手。有索观拙画者，出平日所作纪游画稿以视之，多至万余页，悉草草勾勒于粗麻纸上，不加皴染，见者莫不骇余之勤劳，而嗤其迂陋，略一翻览即弃之。亦有人来索画，经年不一应。知其收藏有名迹者，得一寓目乃赠之；于远道函索者，择其人而与，不惜也。

自 述

予向，原名质，江南歙县籍，前清廪贡生李斗《扬州画舫录》载"虹桥烟雨"，所称潭渡黄氏，其世居也，因号宾虹。时贤褚毛彝《金石学录续补》谓黟县人，误；闵尔昌《碑传集补》谓予向为失名，亦误。幼龄以先人避洪杨乱，随侍浙东，习闻金华诸儒学理。弱岁应试返歙，读乡先生江、戴遗书，又族祖白山公《字诂》《义府》、春谷公《梦陔堂文说》《经说》，因喜治经。稍长馆谷金陵、邗江垂十年，得友当代贤士。于方伯荫霖、赵廉访尔巽莅皖，新筑敬敷书院，郡守举高材生荐入院。及年卅，弃举业，力垦荒，被党嫌远适。专治金石书画，好游山水，慕向子平，恽向之为人，易今名。或以为师洪更生，性嗜奇石，蓄古印，集六国文字之未著录者，可以千计。旅沪日久，自辛亥皖孙都督少侯电召未往，历充各学报、新闻报社编辑，数年弃去。走览粤桂蜀闽燕赵诸名胜，所至有诗草画稿存。又喜观官私收藏名迹，书习篆籀，画学明代，上窥宋元，究心古人笔墨，不拘守于一家法，今年七十有六，拟述所学著于篇云。

宾虹画学日课节目

一、广搜图籍。分画史、画评、画考、画录四大类。生平竭力搜求，凡古今出版新旧抄录线订洋装，于《美术丛书》印行外，无不搜罗购置，节衣缩食，得若干卷，另编全目，以备参考。

二、考证器物。分古今传摹、石刻木雕、甲骨牙角、铅铁铅锡、匋泥瓷料，公私收藏，残缺花纹，在所不弃。

三、师友渊源。国学宗教，汉儒训诂，宋儒性理，兼综道释，集思广益，良师挚友，实增见闻。西学东渐，声光电化，日益发明，科学哲学，不能偏废。近且东方学术灌输，海外极深研究，于绘画讨论，精益求精，缄札往还，别详记录。

四、自修加密。社会习惯，声气标榜，各分门户，流弊已久。拙情恬淡，杜门不出，诵诗读书，期于有用。学习余闲，唯以画事为休息娱乐，笔墨游戏，古今得失，品诣优绌，取长舍短，不以徇人，虽目疾中未尝间断，积纸累箧，自求进步，不敢言成就也。

五、游览写实。东南浙、赣、闽、粤、桂林、阳朔、漓江、浔江，一再溯洄；新安山水、维扬、京口大江流域，上至巴蜀，登青城、峨眉，经嘉陵、渠河、嘉州，出巫峡、荆楚，以及匡庐、九华诸山，写稿图形；江南名胜，如五湖三江、金焦、海虞、天台、雁荡、兰亭、禹陵、虎丘、钟阜，风晴雨雪，四时不同；齐鲁燕赵，万里而遥，黄河流域，游迹所到，收入画囊，足供卧观，不易胜述。

六、山水杂著，记录备忘。古文奇字，前所未言，报纸新闻，间经披露。良渚古玉，三代图腾，敦煌写经，六朝佛像，抄存汇稿，在董理中，兹举其凡，不尽缕缕。

叙村居[1]

昔潘山史景升叙潭滨形胜，比于歙之中原，以其山水之辉媚，土地之沃衍，栋宇之壮丽，而又有人文之蔚斐，风俗之粹美也。故夫硕德瑰行、奇杰异能之士，多而族以昌。安偷媠，习狷薄，猥琐疲苶，而族以微。观于挽近之微，而溯夫古昔之昌，则记载于谱牒，与传述于耆旧之言，可得而征焉。以上总论。

吾黄自晋太守公积葬黄墩，为迁新安之祖。至唐旌孝公芮始由黄屯原渡潭而北，庐光公之墓来村中。故我村曰：潭渡村。枕冈带流，瓦屋鳞比，家承孝友，士食先德，彬彬礼让，纯乎古风。陵阜蜿蜒，低近若接，西北迤太守山而来者，山势攲斜为斜山；联后坞村者为凤山。过函泉，上黄麋塘岭，为井塘山、高屋及仞，四向交疏，巡眺群峰，龙首列其南，飞布、高嵋峙其东，灵山、金竺、黄罗、天马亘其西。嵯峨巀嶪，若隐若现，遥望而无际者，其北则天都、莲花出没于云表也。以上山阜。

村之水，丰溪澄其前，潭湖环其后，山涧堨渠之流，又各因其高下而杂出焉。溪上有潭曰黄潭，又号将军潭。宋祥兴间，德庵公孝则尝愤中原故土沦丧，与徽州招讨使李公铨相结纳，共图恢复，因元兵突至，大势不支，遂隐潭上，聚众保护乡曲。至元庚寅，天下大乱，邑中盗起，公因招谕叛民凌六一等抚之，脱数千人于锋刃，弗受赏格，众因号为将军，潭之得名以此。明嘉靖中，始建专祠，曰：逸民祠。里人以其址踞村上游，呼为上祠。溪流而下，有滩曰：暮枫滩。跨溪为桥，曰：潭渡桥。述素公惟叙倡捐赀，筑石垛者十，布以大木，翼以长阑。缃城公以正输巨赀，嗣更以石。滨虹亭矗南岸，最著胜。以上江流。

---

[1] 本文1908年连载于《国粹学报》第42、43期，署名黄质。

潭湖之流，支分为二：一来自槐塘、棠樾，一来自舒塘、枨山。枨溪之水，绕斜山出，至此合而为潭湖。潭湖之上，为桥者四：踞湖最上，卷洞以度者，曰高阳桥，北通斜山曰潭湖桥，其下曰花桥。又半里许，有石梁以达黄麋岭者，曰仙人桥。桥石上有巨迹，长尺余，因名之。其流经通济、世济二桥，至百花台入豁，而会于浙江。以上豁湖。

村中有堨曰：莘墟堨。先子庸公病农人之困惫，不惜巨赀，更从菖蒲滩鲍汪溪口开凿三里许，水道利通，乡人德之，因易堨名曰黄潭堨。后金声公子德翁，尝修此堨，载于郡志。又有水圳自大溪来，过芜田，北折入村，由五猖塘注上塘，岐而为二：一达于下塘，出上圈门，历义仓后，南会于河。一由金雁桥，北折而东，历后井庐墓所，至白果树，散入田亩，今废久矣。以上塘堨。

里中道路夷坦，衢巷四通。自百花台溯流至西溪贞百里者为官道。村口古坊二，为以祚、以正二公家建，一表忠，一旌节。旌节坊，光绪庚子圮于暴风。西行入村数十武，有庵曰胜莲，初名青莲。康熙中，僧本彻募修古虹桥讫，来栖此，施姜茗以给行旅。濒河有庙，曰：大王庙，祀金龙四大王，其神为谢遂，配以萧公伯轩、晏公戎子及部将。庙西有台岿然，曰函成台，俗名三元殿，创自明万历中，地踞溪山之胜，其楼伟丽峭蒨，如在图画。

里门有亭临中洲，揭"孝行里"三字于楣，昔为方两江元焕书。重檐翚飞，八窗虚朗。与函成台相辉映者为八卦亭、明季遭毁，后复新之，规制益丽。战乱，土人涎伺于东记栈之储积，遗火又灾，今余荒址。西百余武，有奇烈坊，为黄是未婚妻吴氏建也。相传有古松一株，今不存；坊亦毁。其左有从学公妻薰烈妇墓坊，雍正中，文会重修，并树丰碑，近就荒废。以上道路、亭台、坊墓。

临流筑垛，护以石阑，椒图画瞑，鸱吻高蹲，则祖祠在焉。祠倡建于孝先公，而其采、本耀二公为之度地相原，庀材伐石，因乱旋止。迨康熙中，孝先公之子尔类，及家佩、家珣、应先诸公，实赞成之。一切门堂寝室斋庖之制，与夫笾铏锜釜筐筥之器咸备。岁时祭祀，昭穆毕至，子姓之衍，以千余计。族之贤者，屡刻祠产簿，以垂永远。又拟颁给世次排行，自三十五世起，于春秋祭日，至告祖给名，以免重犯名讳。其文曰：耆俊诞生，易直端庄，新都绥靖，治绩丕彰，至性美誉，奕祀传扬，望隆海岳、功诩伦常，本培则茂，源洁斯芳，谐和肃穆，悠远聿昌。四十八字。祠后向多古松，咸丰季年，悉遭兵害。其墟有朱氏古墓，并古社存。以上宗祠。

自祖祠右数十武，北折而西，历下三家，曰观武坦，有依月楼。窗虚三面，与祖祠相望者，为壶德祠，创志于缃城公，而叙升、锡文诸公互相踊跃以成其事。其尺度视祖祠有杀，而规模略同，凡祠中应有之具咸备。其南有义仓故址。义田之置、昉于明天寿公。乾隆中，缃城公之子履昊公，亦捐巨万，置义田于莘墟、梅渡滩等处，即今所谓东西庄也。西过文英公墓，为贻安堂。堂与思养、永思、存诚、敦睦、春晖、思诚、蓼莪，称八门。贻安乏祀，堂已圮。同治中，先君子曾醵金建龛，以奉其主。北行经潭湖，过高阳桥，则往赤墈、棠樾路也。贻安之西，为永思堂。由西折南数武，历畿辅令尹旧宅，昔为湛公遗址，后易主，展转入祠产中。其西为燕翼堂，颓圮已甚。又西为坟塘园，有思养堂祖六塚，内存碑亭，蔽榛莽中。

向北行，则明藩参公华济美祠与唐旌孝公原庐之墓在焉。先时孝德之感，致有灵芝连理木之异。向惟一碑亭，一绰楔，墙垣周之。以祚公甫建享堂三楹，以奉光公之主，榜其棚门曰"庐墓所"，则四庸子材士公之所书也。昔有古松三两株，虬姿偃盖，备极奇古。白山公景瑄，一名生曾赋吊松诗。南折至朱家井畔，为思养堂。右过巷，则春晖、思诚、蓼莪三门之厅在其西。面荷花塘，东有礼堂社。社右为孝子公祠，前有古柞甚盘郁。光绪癸巳毁于雷火，前与艮峰侄补植之，今可合拱。三门之上，过金雁桥，为存诚堂，又西为敦睦堂，皆面上塘。塘之西，为上祠，即德庵公逸民祠也，先有余屋极精洁，乱后遭毁。其南过周王庙，出许龙坊，乃大路。以上支祠。

潭之上，亭馆相望，林木葱蒨，有园曰嘉树，馆曰玉兰，阁曰潭潭，则景文公之别业也。接潭潭阁右，有酒肆曰挹翠园。繨以周垣，花竹掩映者，为清心亭。而细姑庵原址，亦筑于此。细姑者，似松公女也，字洪源，洪氏子一纲。一纲家深州，值寇乱，巷战死，姑守志不二，结室薰修。洪族之贤者，为刊《孤芳录》，题词者共四十余人。我族姓中如材士、白山诸公，共十五人。踞潭湖而园者，曰非园。旧为中阳公百步园故址，嗣归君白公，易其名。园中有轩曰染汁，有阁曰斐盖，为子孙读书其中者，期且勖也。面非园有老梅数十株，杂缀于斜山上者。俗名斜山园。山麓有亭曰泠然亭。亭之西，对岸有楼，在高阳桥畔，向为刘氏宅。尝有遗金者，主人刘斗明既拾而还之，好事者揭"还金处"三字于其室，义之也。其南数十武，有楼曰四望楼，为子钟公所创别墅，而其子彦修公成之。公与汪司马伯玉，尝相往还，四方之客造谼中者，亦多过此。名人如戚少保继光、秦殿撰鸣雷，其最著者。花桥之南为藩参公归休之地，轩曰后乐，楼曰黄山，凿池莳花，颇饶清胜。公殁久之，地归文会，仍祀公及族之先达者，易名济美。康熙中，员次公从而新之，群彦肄业其中。楼多藏书以惠宗族，卷首收藏之印，其文曰：孝里经书，子孙是教；鬻及遗毁，是为不孝。共十六字。至今不存。惜哉！以上园圃。

居村口者十馀家，谿碓杳喧，清流可掬，垣竹篱槿，开门见山。唯世琬公支裔为多。遵大路行，俗称前街，列肆数廛，杂以居址，曰高昇，曰鼎升。山店不设，仍循旧名。隔荒地数亩，为竹山铺。蔬圃相望，桑麻铺菜。里居分上、中、下三圈门。由义仓西折横路，曰横路上。有屋数椽，在陆家园西，余先人之敝庐在焉，甚湫隘。寻太高祖天伟公晚翠堂遗址，不可得。西折进圈门，曰下圈门，径行过燕翼堂，荆崖公名璧宅在其东。自北行，则花桥路也。圈门之西，有课耕楼旧址，为惟贞公赋遂初日所筑。嗣有人置酒垆其上，以供眺览。后为人住宅，不可登。又西为中圈门，直行至朱家井，井为明朱仁修。南折出沿簟巷，社屋前之左，为村西，有古庙曰天都庙，俗称石头庙，旁有汲井，曰太和井，有白山公"吾庐"遗址存。公著有《一木堂诗文集》《社诗说》《义府》《字诂》等书行世。西北行，通五猖塘，为阑干下。其南为子静公湛高峰书屋，今祀公像，俗名栗树园。北多古屋，而所称童冠巷、黄潭世泽前阶沿、平头井诸处，皆瓦砾堆耳。由里门孝行里入中村，有百岁坊，峙道左，为元公立。又跨路建坊为□坊。进圈门有承德堂，缃城公之旧宅也。公乐善好施，义举甚多；支裔居邗江，屋舍他质。过鸣凤坊，坊建于有明，旁有尔类公之亹亹堂。入更楼，经社屋西，为叙升公之慎德堂，俗称重华广胜堂，俱就毁。三门厅西，有巷曰老屋巷，今荒塞，门就圮。北行为后井，折而西，有莲坡公宗义之寿榖堂；屡易主，今尚存其匾额。东北达潭湖路左，有堂曰贵和，族兄秋宜肇敏之宅也。秋宜宦游楚，刊有《秋宜阁诗》及《黄山纪游》。身后堂亦毁，今存余屋，质他族矣。以上屋宇。

环西南行，旧有久喜巷，荆蒿没胫，蔓于雁桥。桥东老屋，颇著宏敞。又东为锡文公怀德堂，堂成于康熙戊戌之岁。质诞生东浙，长游江淮，丁酉旋皖，言怀里闬，明年夏日，卜居斯宅。上溯甲子，三元恰周，百余年来，人事递嬗。在昔先民，布公仗义，莫不勤慎节俭，克成阙家。后人席履丰厚、悉竞奢靡。奢靡之害，流为僻傲以故中落。昔黄潭公训著文集，载有《尊敬堂》《见心楼》《望云楼》《敬修堂》《可继堂》《素轩》等文十数首，皆叙村中旧宅。洎白山公、凤六公，乔梓修杂志，谓不可考。族中次孙太史崇惺叙杂志于闽中，重印成帙，而慨里中凋敝，曾不如其儿时所见为悲。近十数年，故家耆老，相继沦谢。商务外移，弃贾归者，力不任耒耜，户庭食窭，礼教凌替，勃豀诟谇之声，不绝于巷。摧栋折柱，砾石塞途，偷婿相寻、腴壤以瘠，川壅成淤，山童不材，乔荫毁于疾雷，杰构败于骤雨，天时人事，曷其有极。嗟夫！今昔之殊，兴替之感，人有同情。次孙之言，视诸二公有足悲者，以余所见，抑又不逮。岂其剥复否泰，理乏循运，抑栽培倾覆，因材笃物者，将有待于人事也。书此自省，并贻族之贤者共览焉。

一九三七年日记片段

四月十六日　三时由沪起程,宿南京莫愁路,寄存汪勖予[1]处,歙砚一,程大本轴,自画七轴。

四月十七日　宿下关。

四月十八日　上午,804,3号房下铺。

四月十九日　下午一时至北平,宿花园饭店。

四月二十日　移至大六部口新平饭店。

四月廿一日　会周救庵[2]、汪采白,往京畿道艺专校,均未晤。下午往厂[3],携崇古王铎、陈白阳卷来。

四月廿二日　寄沪信,为任□□画扇,访汪慎生。

四月廿三日　下午至中山公园。寄南京曾公祠王宏实信,托代取艺展古画并许上骐画。

四月廿四日　四牌楼同和居晚膳,赴赵校长[4]之约。往中南海。古光阁来印谱、化石。

四月廿五日　周救庵约五道厂春华楼午膳。

四月廿六日　为朵云轩作画,下午往中南海。崇古斋来祝枝山画卷。

四月廿七日　雪髯款画。访吴迪生、汪采白。博闻簃李哲生来文待诏卷。吴桐来谭友夏题山水卷。寄沪信。

四月廿八日　吴迪生约同往溥心畬花园,并访高君。见《篆隶名家》,日本出版。

四月廿九日　致西少兵马司胡同刘雪□女士函。得家信,寄蔡

1　汪勖予:汪采白之子。
2　周救庵:即周肇祥,曾任中国画学研究会会长。
3　厂:即琉璃厂。崇古:即崇古斋古玩铺,清末由陈独秀养父陈昔凡创办。
4　赵校长:即北平艺术专科学校校长赵畸。

五十元。发上海、南京信附《绸缪》杂志文。

五月一日　发广州黄文宽印谱二部，访周敉庵、郑颖孙、邓叔存，未晤。悟山册前有杨自发上称鸳湖，按《檇李诗系》选其诗。又见有山水画汪家珍、程邃、汪滋穗、饶璟跋。郑颖孙、雪涛、采白来。

五月二日　吴剑华携万印楼印，送四函来观。徐石雪来访。吴迪生还画本。王雪涛招饮西长安街庆林春。

五月三日　寄黄冰倩，陈柱尊函。祝卷标题"间居秋日"，一首："逃暑"二字。失白鹏。二首："何处"二字起，题米南宫画。三首："襄阳"二字起，题飞蓬仕女。四首："湿云"二字起，太湖。五首："咸池"二字起，厄山。六首："影浸"二字起，虎丘。七首："循口"二字起，又。八首："一点"二字起，赠乡友。九首："水南"二字起，又。十首："不将"二字起，夏月冲澹和皮陆韵。十一首："录漫"二字起，曲江谒张文节公祠。十二首："丞相"二字起，正德庚午夏五月望前酒次漫书。潜刚之印即工尧生，霍邱王氏观沧阁藏印。光绪申辰沈镇题。送赠滨虹印谱、画册至校。

五月四日　二时到校收职员录，半月俸一三四。四时往厂购浙江影印册，二十四元。

五月五日　上午购石，三十元，二时到校编稿。

五月六日　还祝枝山、王孟津草书卷。陈子野山水、绢本，题横崖山人陈芹款书款。

五月七日　彩笔斋携画来，有尤求白描，未留观。编讲义。

五月八日　上午有携赵文山水斗方、陈芹山水、法黄石书画卷来观。下午上课。

五月九日　吴剑华来，下午新新观剧。

五月十日　阅须静斋《过眼缘》，海盐陈良斋名德骥，与沈树镛同时入藏五大僧卷，后归顾艮庵，费屺怀云。往稷园[1]。

五月十一日　得陈柱尊信。南京王宏实寄画来。过石胡同。

五月十二日　画扇。王生来。

五月十三日　早画扇。崇古来，付石涛画，虞景星花鸟来。复盛

---

[1] 稷园：即中山公园。

函。得冰倩信。

五月十四日　授课。见渐江画卷，款书逊。

五月十五日　邓叔存召饮同和居，主人病未到。

五月十六日　寄陈柱尊、若婴信，附函票。作画。

五月十七日　鉴古来恽香山轴。录程功若干图。

五月十八日　下午至公园访周养庵。得许苣公函。写《归去来辞》。

五月十九日　鉴古来祝小楷书《南华经》七篇，未留。崇古来吴小仙人物。

五月廿日　留朱孝纯画，粗率。

五月廿一日　写绍庭扇。访罗复堪，见《古玺集林》，柯昌泗序云四端：一寻篆籀之同异，二稽氏族之源流，三证舆地之沿革，四补职官之阙佚。若此者比皆罗长源、董若雨所不得知者也。还八大、孝纯二轴，留祝京兆《月赋》。

五月廿二日　题学生仲衡藏花卉册。绍庭扇去。

五月廿三日　留崇周天球、纪之竹字扇。画启秀、存义两扇。临《月赋》。

五月廿四日　陈白阳《千文》临毕。发曹靖陶、许苣公、树滋[1]函件。得居素函。

五月廿五日　见程青溪《颐园图》、新罗《三星》、梅瞿山山水、杭堇浦、吴东发题。留张东海、祝京兆北轴一。

五月廿七日　有携恽子迈，荫生印，叶荫生印，虞沅沧之收藏印，春沛上款。金尧、查上标、桑豸。同来有陈澍，字春霖，澍字爕庵，或即一人。

五月廿八日　赵校长约往□□十八号蒯若木处看黄鹤山人、王廉州、王石谷画。

五月廿九日　李玉华君招饮。有携柳如是山水、王百穀字条来，留观。

五月卅日　有来方白莲画梅轴：丙辰清和白莲。书堂：方畹仪写，"方氏白莲皈依佛法"朱文印。横斜十万枝，寒色都在水，晓日上溪

---

[1] 树滋：即黄树滋，黄宾虹族侄。

梁，冰丝闻仗底。故人多远方，得似梅花迩。兼复畏春寒，草重卧不起。白莲道人再书探梅旧作。"方畹仪"印，白文长方。又"琅峰之女，两峰之妻"朱文印，在左，"淡如空藏"白文方印，在右角下。

五月卅一日　留周服卿梅卷。

六月初一　接戴云起画润，找六十元。

六月初二　往稷园看溥心畬画展。北京图书馆刊有善本全目。

六月初三　付崇古、鉴光及纸盒等，洋九十元。

六月初四　鉴光来王觉斯扇页等，未留。见西壁道上画卷。又罗两峰临阎立本卷，卷为《锁练图》。

六月初五　若婴返申。早作画扇五，又题款。

六月初六　石元伯来访。访采白。看屋。往艺专、职业学校观画展。

六月初七　敄老来，携自画轴去。

六月初八　来程孟阳扇页、人物精品扇页。

六月初九　送分数表。购汉印二。

六月初十　来吴文中《天香身处》轴，存雨楳[1]处。

六月十一日　学校行毕业礼。

六月十二日　孙坚芬君召饮。与采白往隆福寺[2]。

六月十三日　作画五，寄国学专修馆。

六月十四日　往后宅修房，付瓦匠十元，糊匠五元，付油漆十元，车夫五元。

六月十五日　复王质园、黄冰倩、吴作求、四弟函。

六月十六日　采白处晤汪济艭旌德汪逸老友。

六月十七日　收申航函。

六月十九日　修石驸马后宅寓。收居素[3]附杨铁夫函，以画答之。

六月廿日　临王仲山竹、桑悦草书。

六月廿一日　收柱尊、叶长青函。

六月廿二日　进石驸马后宅七号。购木器六十元，又送力一元。金

1　雨楳：即田雨楳，北京艺专教师。

2　隆福寺：是东城旧书肆的集中地。

3　居素：即黄居素（1898—1986），曾随黄宾虹学画。

潜庵[1]招饮。

六月廿三日　付油漆卅元，瓦匠十七元，裱匠十三元，杂费十元。添盖柴灶两间，工用杂费八十元。

六月廿四日　评阅试卷五十八本，送校。鉴光送老莲、垢道人画册，均不佳。

六月廿五日　罗两峰、李琪梅卷册。装电灯。

六月廿六日　为金潜庵画扇。

六月廿七日　留祝枝山卷二，访叔存、太侔[2]。黄志雄约公园小餐。

六月廿八日　寄蔡、宋、杨三函。

六月廿九日　往正阳门车站检行李，共费六十五元。

六月卅日　留渐师山水并册页。得许苍公函。

七月一日　往提瓷器，尽碎。舒云记转运处十六元，车二元。

七月二日　致杨□峰、宋若婴函。

七月三日　周敄老请贺天健，约陪，在春华楼。

七月四日　留尤求画《列仙图》、古光凌波将军章。

七月五日　留李士达、朱汉雯轴。

七月六日　临《醉翁亭记》《后赤壁赋》。

七月七日　留李偏大坛纽印。观王印拓有□墨拓。得申函并钥匙。覆勗予函。

七月八日　发首都法院函[3]。检南来件。方介堪偕戴幼和来。戴研古文字学。留黄氏斋草书。又薛所蕴轴。黄百川著《邺中片羽》。

七月九日　录柯燕舲序《契斋印存》。雨。写字。

七月十日　雨。为文明之题《课子图》二截。勾临《千文》一过。卢沟桥闻变。

七月十一日　支付电廿二元，车夫五元。

七月十二日　留罗两峰《豳风图》、石谿画一，付印款。覆黄冰倩、汪勗予函、顾慕飞函[4]。

1　金潜庵：湖社画会会长，当时住东城钱粮胡同15号。
2　太侔：即赵畸。
3　黄宾虹1935年底受南京"首都法院"之聘，开始鉴定故宫书画。
4　顾慕飞：即顾飞，黄宾虹女弟子。

七月十三日　还吴文彬客焕画。

七月十四日　致蒋莲僧、陈斠玄、岳东美函。

七月十五日　汪士修，岩镇，宣德庚戌生，祖季贤，父其道，妣闵氏，母吴氏。

七月十六日　留西壁翁卷。《明史》二百九十九张正常传，字清嗣，四十四代天师，宣德初入朝，应礼部尚书胡濙汉为之请加号崇谦守静真人。张正常，汉道陵四十二世孙。世居贵溪龙虎山，元时赐号天师，授正一嗣教真人，赐银印，秩视二品。

七月十七日　留蛮夷印。作画赠孙□□。

七月十八日　苏侃如招饮隆福寺福全馆。时有舒照颜，住东四十二条三号。

七月十九日　寄洪范五、申寓、王质园函。夜饮文明之宅。

七月廿日　午宴汪敬丞，晚宴杨敬夫宅，画扇。

七月廿三日　得申函。□来收房金。

七月廿四日　采白返南已三日，余拟同行不果。

七月廿五日　付洋一百元鉴古斋去代购火车票，拟南归。

七月廿六日　留趋备、恽道生。接申函。报载有飞机大沽侦察。

七月廿七日　张惺吾来，托住津，付廿元。得陈柱尊函。

七月廿八日　电津。闻铁道北津不通。代购车票款退回。

七月廿九日　报载大沽驻军与卅八师隔河对峙，广安门有战，天津平靖。晚八时塘沽冲突。宋[1]出城。

七月卅日　购车票等拥挤，退。

七月卅一日　闻津汛深恶。早画敉安[2]扇。

八月一日　凄雨。甘瑾字彦初，元末张承旨耆，侨居云锦山中，与童初及张可立、甘克孜往返，入明为严州府同知，有龙虎冲虚张真人游仙诗。

八月二日　周致倪电复无踪。家眷来天津。

---

[1] 宋：即宋哲元。

[2] 敉安：即周肇祥。

八月三日　发电天津，由周致倪[1]，无复。

八月四日　晚往西单。

八月五日　李某言：方青霖，八大画系其所出。

八月六日　得津函，云家属寓法界佛照楼。

八月七日　周言平津已通车，专函至张君，昨未果。今早张君[2]行。

八月八日　天津全眷已六时回。

八月九日　鉴光携韩元少字轴，未留。

八月十日　站长尹寿华，号码554，托汪敬亟兄查行李。6090 路局编码。

八月十一日　见钱尝叟巨联：吟到老梅诗骨瘦，宜将梁月画情多。郑颖孙君来。

八月十二日　早至文宅。思返申。留董书陶书卷。付廿五元又三元，米油。

八月十三日　阳平冶都功印，恽敬有说。

八月十四日　往车站，客满。

八月十五日　挤上车，不得坐，返。

八月十六日　未出。

八月十七日　访车。

八月十八日　减去行李寄存□。

八月十九日　取行李转寄友。

八月廿日　仍乏车。

八月廿一日　检查甚密。

八月廿二日　沮止客位□□。

八月廿四日　候车，误时未到。

八月廿五日　拟约友伴。

八月廿六日　车甚挤。

八月廿七日　查至密。

八月廿八日　未果出。

1　指由周肇祥致电天津友人倪某，嘱寻滞阻天津的黄宾虹家眷。
2　张君：即张惺吾。

八月廿九日　接田雨楳函。

往京畿道[1]，校开会。接田雨楳函。闻采白已返徽。

十月六日　复苣公函。吴山膺之题吴镇小册山水，山水不真。莫汝涛二册，崇古去，已还。

十月十六日　慎生、石工[2]来。

十一月初九　致江钟羲、吴玉成函。又十一日致汪采白、许苣公函。鉴古来。

十一月廿五日　阅《东墅集》。

1　京畿道：北平艺术专科学校所在地。
2　石工：即寿石工。

九十杂述之一

一

丙戌后返歙应试，改名质，旋食饩，奉父母大人返歙，应紫阳、问政诸书院课。受知于浙杭谭仲修山长，从乡父老游、知汪容甫《述学》、洪北江更生齐诸集，学为骈俪，并金石书画谱录。得汪切盦所藏汉印、黄山名画真迹。著画谈、印述，另详杂著中。娶洪氏来归余，北江之族裔也。

戊子游金陵，知甘叟元焕、杨叟长年，及仪征刘氏诸学长，知有东汉、西汉之学。游维扬，知有族祖白山公生《字诂》《义府》，确夫公《广阳杂记》，为颜、李之学，旁及绘画，于黄山诸家尤笃好之。晤杨仁山居士，窥佛学及舆地之学。

甲午丁外艰，奔丧返歙。丧事毕，族中父老来告篓乏，无业资生，旧业盐商及游宦，旋以兵乱废业归。闻有荒田数百亩，在歙东数十里，河溪淤塞，墟里无炊烟，惟楚越流民棚居耳，栖止无常，不获耕种。余悯之，为筑堰导流。详余《任耕赘言》中。几十年，成熟数千亩，交族众及地方自治会。邑中许疑盦太史办中学，招余聘教授。时余往来芜湖，尝住安徽公学，偕陈巢南诸教授入歙中年余。有以革党讼余省长，闻讯出门走申沪。时邓秋枚、黄晦闻诸友创为《政艺报》，及《国粹学报》，留与议办国光社，及《神州》《时报》诸编辑，居沪卅年。粤友集资议扩充，余因有蜀游，尽付王理燮出刊本。年余，余返沪，闻亏累甚巨，不能支。余有寄存刊本不及装，而经理易人矣。

二

申沪米珠薪桂。不易支持。平时所蓄长物，劫余售千金，偕友至贵池邑西乌渡湖兴渔湖。秋浦、齐山，江上风景甚佳，拟卜居。时频逢水灾，屡修皆废弃。友招入北京艺术学校任教课，居年余，被陷困燕京。前五年应浙杭艺专之聘来西湖。学识浅薄，无可贡献，自引为耻耳。

三

画谈、画史、轶闻，已成四十余册，如文征明衡山集外编、僧弘仁渐江上人遗迹、程邃垢道人、郑旼慕道人，已刊布者十余外，释石谿等留稿有待誊清者三十余种，分时代、州县、画派，综前人论说，择其精者，参以己见，辨其纯驳。

四

《古画微》原稿四册，经商馆以小丛书出版，篇幅所限，仅前六篇存原，余多删减非完本。

五

《庚辰降生之画家》，仅就待刊之画史年考全编中摘出刊入杂志，仍有依甲子编年等考，分征引旧说订误；无生殁可考者，据前人所载有时代可稽者参附之。

六

《黄山画家源流考》，一名《新安画派列传》，有分有合，在画谈中一类。如吴门、云间、金陵，总名江南，分廊庙、山林，以有关民族文艺列首；而朝臣、院体、市井、江湖、文人，论其品诣高下分论。

七

《美术丛书》，第一次刊印中国线装本一百二十本，与邓秋枚同编。第二次线装一百六十本，补四十本。三次洋装二十本。三次校对排比中有舛误，因司事印刷遗漏、误入，仍未改正。

八

《古文字研究》，自道咸中陈簠斋印举，吴平斋、愙斋考证古印，有《说文古籀补》及《三补》。作古人奇字辑，增广日本古籀篇诸书所未见，以补殷契周金所未足，尚未计卷，分考释、存疑、正误三类。昭明曹圉之帝号，或引他入，待查。

九十杂述之二

一

辛亥革命前，余屡至金陵。两江师范监督李梅庵瑞清、蒯理卿观察光典，约我兴学。余任沪留美预备校文科。聘德国人阿特梅氏。

二

叶遐庵先生招办文艺学院。上海博物馆主席聘余理事，余捐古铜器、明人书画十件存其中。

三

南社成立，余与去病赴苏州出席与会，柳亚子赋诗记其事，有"寂寞湖山歌舞尽，无端豪俊又重来"句，内多寓意。时宣统元年十月初一日，今以阳历计，即十一月十三日也。

四

余曾任商务印书馆美术编辑主任。又曾应聘广西暑期讲学及四川成都大学讲师。

五

抗战期内，屋宇焚毁，田地被人强霸冒收。流亡异乡，久已放弃。现今妻女子媳五口，依赖薪水度活。惟是抱残守缺，积有考古文字、画稿十余篓。自恨返老还童无八公术，力惧为世用。

六

余诞生于同治三年甲子之冬，实乙丑正月朔，距立春尚先十余日，应增一岁计也。世籍江南省。唐初居歙之潭渡村，先人遇洪杨之乱，避居金华县东南五十里之三白山。祖母殁，殡于是山之麓。后二年事平，移居郡城之铁岭，又迁尊贤坊。是时大难初平，余在襁褓中，闻老父谈往事。

七

我年七岁，识字千余，从蒙师读四子书。父执义乌陈春帆画师年七十余，客我家中，画我父母兄弟四人、妹二人小照，形象逼真，纯粹中国勾勒笔法，设色浓厚，装裱为横轴。南北迁移，保护如头目，今七十年，光洁如新，每年岁前悬挂一次。

八

我于十四离金华返歙应考试，弱冠游学金陵。

九

甲午年以后，内忧外患，相继交迫。我奔父丧归歙。世交戚好，青年子弟，纷纷出国留学。我先聘同邑师范毕业生汪毓英、汪印泉等创立敦愓小学。继任新安中学讲师。地方原有祖遗义田三百余亩，在邑东丰竭，经前董汪本焘支借积谷钱款七百余元，修浚未成，仅种一百余亩。

一〇

予向原名质，江南歙县籍，前廪贡生。及年三十弃举业。力垦荒，嗜金石书画，好游山水。慕向子平、恽香山之为人，易今名。

一一

余曾游粤、桂、浙、闽、燕赵、齐鲁、楚、蜀诸山。老犹读书识字，作画为卧游。

一二

近二十年比利时百年纪念国际博览会，友人携拙画参加，获奖评，至今犹汗颜。

一三

游览写实。东南：浙、赣、闽、粤、桂林、阳朔、漓江、浔江；一再溯回：新安山水，淮阳京口，大江流域；上至巴蜀，登青城、峨眉，经嘉陵、渠河、嘉州；出巫峡、荆楚，以及匡庐、九华诸山。写稿图形，江南名胜，如五湖、三江、金焦、海虞、天台、雁荡、兰亭、禹陵、虎丘、钟阜，风晴雨雪，四时不同，齐、鲁、燕、赵，万里而遥，黄河流域，游迹所到，收入画囊，足供卧游，不易胜述。

一四

前人鉴别书画，信古疑古，各有偏毗，载籍固未可全信为实，疑之太苛，亦伤忠厚；存大醇小疵，断不能无，惟不可不纠正之。宋、元、明、清画传、画评，记录之本，不胜缕析，庸有徇己徇人之弊，论断未醇。因观察古今绘画笔、墨、章法三者，得一即是模范。如吴道子有笔无墨，亦称画圣；大小李将军金碧楼台，只是单纯金彩，一色配合，厚而不浑，无墨即不华滋；王维水墨，全是浓墨，只用清水，以水破墨，以墨破水。破墨之法，上古三代、魏晋六朝画家，有法而不言法，在乎学者观察之下，心领神会；虽有授受口诀，必待升堂而后可言入室。若徘徊歧路，一门外汉为何可识公私收藏，古今真赝？故辨别之法，言"道法自然"。"道"是道路，本非高深玄妙，然有路方可入门，再言升堂入室，窥见珍奇瑰宝。而后珷玞似玉，鱼目混珠者，尤须细心用法参考，不能信口雌黄；抑或存而不论，虚心请问，仍未全明。书画同源，求之书法；文艺同科，证之诗文；王维"诗中有画，画中有诗"，得六朝人破墨法。唐人不见六朝人画，如阎立本见张僧繇画二次，且不知其法，无法，即不知画，焉知其法。五代、北宋人言"六法"，画者拘泥于法，又成泥弊。宋徽宗诫画院中人，如果守死法作画，丕不欲观；马远、夏圭写生于临安山水之间，为之一变。至明初学马、夏者，成为野狐禅。此论画者言画禅毋参死禅。所以元人学六朝、北宋，能变实为虚，即是活禅；吴伟、张路、郭诩、蒋三松学南宋，而成野禅。画家激悟以入玄妙，画之玄妙，在真内美，元人得之。虽沈石田、文征明尚不为赵鲁同、周保绪称可，况文人之无实学者，宜颜习斋斥为"四蠹",不齿于益友之类。因此昕夕陈皇,不自懈怠,以为学无止境,未可自囿。近时观人作画,于笔、墨、章法三者得一,津津有味,言不弃口;否则,如明有画状元,近代有画圣,垂之史传,吾甚耻焉。

一五

祖国疆界,时代沿革,江河陵谷,今古改易。取前哲之真迹,合造化之自然,用长舍短。古人言"江山如画",正是不如画。画有人工之剪裁,可成尽美尽善。天地之阴阳刚柔,生长万物,均有不齐,常待人力补助之。此物质文明不若精神文明,所由判然。而空言道经,侈谈释典,以视孔门四科,画属文字。唐画院体分十三科。科学言分析,哲学言综合。陈簠斋谓:"非汉儒无以见古圣之制作,非宋儒格致无以识先贤之身心。"依仁游艺,司马迁、李白、杜甫,文得江山之助;学画者徒以调脂抹粉寻生活,不能投师访友、读万卷书,行万里路,宜其闭户自封,恬不为怪,吾为此惧。方当弱冠,随舅氏方公至永康县,游读书岩,有宋五峰书院,涧水奔流,悬瀑千尺,奇峰峻岭,峭拔纡回,松林稠密,村落田舍,多盖以松,俗有"白蚁不食永康松"之谣;闻当时经雨雹,山林爆火,今见高松虬枝,枯赤近百里许,细草皆焦灼,传言"麒麟赶龙",为之一笑,写其山水实景而还。又访憩园,所居有狮山龙洞之水流。居人多莳兰蕙、栽佛手为业。因游鹿田村,探金华三洞;经知者寺,观陆放翁碑;绕北山,游赤松宫,观黄初平"叱石成羊"处,别有图记,不录。又偕同学游缙云。入闽访家次荪太史于汀洲,经行道中日记,未检出。

一六

画重苍润,苍是笔力,润是墨采,笔墨功深,气韵生动。讲求章法,唐王维、李思训、吴道子,曾画嘉陵江山水;五代范宽、郭熙、李成、荆浩、关仝，画西北黄河流域；董源、巨然，南宋刘、李、马、夏、二米，元高房山、赵孟頫、倪、吴、黄、王，画江南山。章法有殊，其法有三：

一曰山有脉络——高低起伏、宾主得宜；

二曰水有源流——云泉稠叠，曲折回环；

三曰路有出入——交通往来，若隐若现。

山则一本万殊，水则万殊一本。天倾西北，地陷东南，高下不同。运河灌输，长城捍卫，舟楫车马，夷夏杂居。古物出土，晚近为多。部落酋长，国族图腾。虞夏商周，甲骨缯帛。书画兼备，始于形象。证据说明，重之文物。古今沿革，有时代性。山川浑厚，有民族性。阴阳刚柔，从容中道，邪甜俗赖，习气尽除，是在明于抉择，多研练可耳。

一七

笔法起源于钻燧取火。欧人言起点，言光线，言透视；中国画有三时山，曰朝阳，曰夕阳，曰午时山。分别阴阳反正，其法在笔锋向背，顺逆兼用，有中锋、侧锋，俱关毫端。书法中谓为万毫齐力，力中行气，积点成线，欧人言线条美。绘画之初，全用点法，横直竖侧，藏锋露锋，一波三折，如积字成句，一句之中，词分动静，积而成文；作文之法，起承转合。用笔之法，其要有五：

一曰平，如锥画沙；

二曰圆，如折钗股；

三曰留，如屋漏痕；

四曰重，如高山坠石；

五曰变，参差离合，大小纠正，俯仰断续，肥瘦短长，齐而不齐，是为内美。

一八

  作画当以大自然为师。若胸有丘壑，运笔便自如畅达矣。

  同画一座山，彼此所画不同，非山有不同，乃画者用心有不同。六朝宗少文炳论画谓"以形写形，以色貌色"，意义深透。吾人用色，应貌山水之色，此是随类赋彩，然各有不同貌法，故马、夏与千里不同，石田（沈周）与十洲（仇英）又不同。吾人可以用水墨写青山红树，西人就不如此画法，此民族性有不同故也。

  今人生于古人之后，若欲形神俱肖古人，此必不可能之事。画家临摹古人，其初唯恐不肖，积有年岁，步亦步，趋亦趋，终身行之，有终身不能脱其樊笼者。此非临摹之过，因临摹其貌似，而不能得其神似之过也。貌似者可以欺俗目，而不能邀真赏。

  古人评画事优劣，有左文人而右作家，亦有左作家而右文人者。余以作家不易变，而文人多善变。变者生，不变者淘汰，此是历史变迁之理，非仅以优劣衡之也。

  古有"斫垩不伤鼻"事，此是心到、手到、作画亦须如此。

  笔墨之妙，尤在疏密。密不容针，疏可行舟。然要密不相犯，疏而不离。

一九

  墨为黑色，故呼之为黑墨。用之得当，变黑为亮，可称之为"亮墨"。

  每于画中之浓黑处，再积染一层墨，或点之以极浓墨，于后，此处极黑，与白处对照，尤见其黑，是为亮墨。"亮墨"妙用，一局画之精神，或可赖之而焕发。

二〇

倪迂渴笔，墨无渣滓，精洁不污，厚若丹青。其后惟僧渐江，为得斯趣。

唐画丹青，元人水墨淋漓，此是画法之进步，并非丹青淘汰。绘事须重丹青，然水墨自有其作用，非丹青可以替代。两者皆有足取，重此轻彼，皆非的论也。

| 画人画语 |

宾虹画语

　　古人学画，必有师授，非经五七年之久，不能卒业。后人购一部《芥子园画谱》，见时人一二纸画，随意涂抹，已觉貌似，作者既自鸣得意，观者亦欣然许可，相习成风，一往不返。士夫以从师为可丑，率尔作画，遂题为倪云林、黄子久、白阳、青藤、清湘、八大，太仓之粟，仍仍相因，一丘之貉，夷不为怪，此画法之不研究也久矣。要知云林从荆浩、关仝入手，层岩叠嶂，无所不能。于是吐弃其糟粕，啜其精华，一以天真幽淡为宗，脱去时下习气。故其山石用笔，皆多方折，尚见荆关遗意，树法疏密离合，笔极简而意极工，惜墨如金，不为唐宋人之刻画，亦不作渲染，自成一家。子久生于浙东，久居富春、海虞山水窟中，当朝夕风雨云雾出没之际，携纸墨摹写造物之真态，意有不惬，则必裂碎不存，然犹笔法上师董源、巨然，自开新面，以成大家。白阳、青藤，皆有工整精细之作，其少年为多，见者以为非其晚年水到渠成之候，或不之重，无甚珍惜，后世因为与习见者不同，悉弃不取，故流传者得其一二，见以为名家面目，如是而止，即如《芥子园画谱》是已。自《芥子园画谱》一出，士夫之能画者日多，亦自有《芥子园画谱》出，而中国画家之矩矱，与历来师徒授受之精心，渐即渐灭而无余。

　　古之师徒授受，学者未曾习画之先，必令研究设色之颜料，如石青、石绿、朱砂、雄黄之类，由粗而细，漂净合用。约五六月，继教之以胶矾绢素之法，朽炭摹度之形，出以最粗简之稿本，人物、山水、花卉，各类勾摹，纨扇、屏风、横直诸轴，无不各有相传之章法。人物分渔樵耕读，花卉分春夏秋冬，山水分风晴雨雪，一切名贤故事、胜迹风景，莫不有稿。摹影既久，渐积日多，藏之笥中，供他日之应求。如是者或二三年，然后授以染笔调墨设色种种。其师将作画，胶矾绢素，学徒任其事。勾勒既成，学徒为之皴染山峦者有之，点缀树石者有之。全幅成就，其师略加浓墨之笔，谓之提神。名大家莫不皆然，而惟以画为市道者尤甚。其中有名大家之师，所造就之徒，已非尽凡庸，然蓝田叔之徒，自囿于田叔，王石谷之徒，自囿于石谷，比比皆然。学乎其上得乎其次，递遭递退，弊习丛生。而后有聪明超越、才力勇锐之人出，或数十年而一遇，或数百年而一遇。其人必能穷究古今学艺之精深，而又有沉思毅力，其功超于庸常之上，涵濡之以道德学问之大，参合之于造物变化之奇，青出于蓝而胜于蓝。古来之顾、陆、张、吴，变而为荆、关、董、巨，为刘、李、马、夏，为倪、吴、黄、王、沈、文、唐、仇、四王、吴、恽，莫不如是。学者守一先生之言，必有所未足，寻师访友，不远千里之外，详其离合异同之旨，采其涵源派别之微，博览古今学术变迁之原，遍游寰宇山川奇秀之境，必具此等知识学力。而后造就成一名画师，岂不难哉！

画学为士大夫游艺之一。古之圣哲，用之垂教，以辅经传，因必有图。其后高人逸士，寄托情性，写丘壑之状，抒旷达之怀，无名与利之见存也。近今欧人某校员尝谓其学徒曰："画工以鬻艺事谋生，每一时，画得若干笔，心窃计之，可得若干金，必如何而可足吾愿，衣食住三者之费用，日必几何，吾所作画，所获之酬金，当必称是而无或缺。"手中作画，心实为利，安得专心致志，审察其笔墨之工拙？惟中国画家往往不然。其人多志虑恬退，不撄尘网，故其艺事高雅。夫以欧人竞存名利之心，于今为烈，固我国人望尘之所不及，而其服膺中国画事与中国名画家之品诣，如此其诚，抑又何故？吾思之，今之欧美，非世界所称物质文明之极盛者耶？作画之器具颜色，考求无不精美，画家之聪明才智，用力无不精深。而且搜罗名迹，上下纵横，博览参观，不遗余力。乃今彼都人士，咸斤斤于东方学术，而于画事，尤深叹美，几欲唾弃其所旧习，而思为之更变，以求合于中国画家之学说，非必见异思迁、喜新厌故也。盖实见夫人工、天趣之优劣，而知非徒矩矱功力之所能强致，以是求人品之高上，性灵之孤洁，谓未可于庸众中期之，有如此耳。

画者未得名与不获利，非画之咎，而急于求名与利，实画之害。非惟求名利为画者之害，而既得名与利，其为害于画者为尤甚。当未得名之先，人未有不期其技艺之精美者，临摹古今之名迹，访求师友之教益，偶作一画，未惬于心，或弃而勿用，不以视人，复思点染，无所厌倦。至于稍负时名，一倡百和，耳食之徒，闻声而至，索者接踵，户限为穿。得之非难，既不视为珍异，应之以率，亦无意于研精。始则因时世之厌欣，易平昔之怀抱，继而任心之放诞，弃古法以矜奇，自欺欺人，不知所之。甚有执贽盈门，挈金载道，人以货取，我以虚应。倪云林之画，江东之家以有无为清俗；盛子昭之宅，求其画者车马骈阗。既真伪之杂呈，又习非而成是。姚惜抱之论诗文，必其人五十年后，方有真评，以一时之恩怨而毁誉随之者，实不足凭，至五十年后，私交泯灭，论古者莫不实事求是，无少回护。惟画亦然。其一时之名利不足喜者此也。

画　理

画有三：一、绝似物象者，此欺世盗名之画；二、绝不似物象者，往往托名写意，亦欺世盗名之画；三、惟绝似又绝不似于物象者，此乃真画。

——1952年答编者问何谓"妙在似与不似之间"

画者欲自成一家，非超出古人理法之外不可。作画当以不似之似为真似。

——1953年11月致编者信

对景作画，要懂得"舍"字，追写物状，要懂得"取"字，"舍、取"不由人，"舍、取"可由人，懂得此理，方可染翰挥毫。

——1955年3月4日在病中对编者语

古人论画谓"造化入画，画夺造化"，"夺"字最难。造化天地自然也，有形影常人可见，取之较易；造化有神有韵，此中内美，常人不可见。画者能夺得其神韵，才是真画，徒取形影如案头置盆景，非真画也。

——1948年致编者信

山川自然之物，画图人工之物。山川入画，应无人工造作之气，此画图艺术之要求。故画中山川要比真实山川为妙。画中山川，经画家创造，为天所不能胜者。

——1948年致编者信

山水画乃写自然之性，亦写吾人之心。山水与人以利益，人生息其间，应予美化之。

——1951年致友人函

江山本如画，内美静中参。人巧夺天工，剪裁青出蓝。

——题画《富春山图》

作画应入乎规矩范围之中，又应超出规矩范围之外，应纯任自然，不假修饰，更不为理法所束缚。

——1947年《中国画学史大纲》稿

古人论画，常有"无法中有法""乱中不乱""不齐之齐""不似之似"，"须入乎规矩之中，又超乎规矩之外"的说法。此皆绘画之至理，学者须深悟之。

——1955年3月在病中对编者语

吾人作画，想得到而画不出，此乃功力欠到。画出妙处，并非有意获得，此乃偶然为之，非功力所及。学画不可有半点虚假，如大厦筑基，定要踏踏实实。

——1948年对编者语

作画时须将心收起，勿使其如天马腾空；落笔之际，应留得住墨，勿使其信笔涂鸦。纵游山水间，既要有天马腾空之劲，也要有老僧补衲之沉静。

——1948年对编者语

作画应使其不齐而齐，齐而不齐。此自然之形态，入画更应注意及此，如作茅檐，便须三三两两，参差写去，此是法，亦是理。

——1952年对编者语

古人画诀有"实处易，虚处难"六字秘传。老子言，知白守黑。虚处非先从实处极力不可。否则无由入面门。

——1948年12月致编者信

古人作画，用心于无笔墨处，尤难学步，知白守黑，得其玄妙，未易言语形容。

——1954年自题山水册

香山（恽道生）论画，言疏中密，密中疏。南田（恽寿平）为其从孙，亟称之，又进而言密处密，疏处疏。余观二公真迹，尤喜其至密处，能作至密，而后疏处得内美。于瓯香馆（恽寿平）似逊一筹。

——1953年题《柳村归棹图》

景无有不可画，在于如何画得妙。三笔两笔是为简，千笔万笔也是简。画得多是丰富，画得少也可以丰富。一以当十是为妙。

——1952年对编者语

作画如下棋，需善于做活眼，活眼多棋即取胜。所谓活眼，即画中之虚也。

——1948年致编者信

中国画讲究大空小空，即古人所谓密不通风，疏可走马。

疏可走马，则疏处不是空虚，一无长物，还得有景。密不通风，还得有立锥之地，切不可使人感到窒息。许地山有诗："乾坤虽小房栊大，不足回旋睡有余。"此理可用之于绘画的位置经营上。

——1952年对编者语

看画，不但要看画之实处，还要看画之空白处。

——1948年对编者语

后世学者师古人，不若师造化，有师古人而不知师造化者，未有知师造化而不知师古人者也。

——1938年《梁元帝松石格诠解》稿

作山水应得山川的要领和奥秘，徒事临摹，便会事事依人作嫁，自为画者之末学。

——1948年对编者语

名画大家，师古人尤贵师造化，纯从真山水面目中写出性灵，不落寻常蹊径，是为极品。

——《虹庐画谈》稿

法从理中来，理从造化变化中来。法备气至，气至则造化入画，自然在笔墨之中而跃然现于纸上。

——1953年答编者问《画学篇》之义

粗笔之画，远看如工笔，近看则笔墨分明，其法不乱为上乘。
工笔之画，远看如粗笔，近看不柔媚造作。故好画虽粗而不乱，虽工而不软弱。

——1948年对编者语

画法可以近处取身，远处取物。

——1954年对诸乐三先生语

内美外美，美既不齐，丑中有美，尤当类别。

——1947年《中国画学史大纲》稿

岩岫杳冥，一炬之光，如眼有点，通体皆虚；虚中有实，可悟化境。

——1953年题山水小品

古言山水之画无定形，而有定理，理之既失，虽有奇巧，皆无足取，故山有脉络，水有来源，路有宛转，树有根柢。大凡阴阳向背，俯仰离合之际，必先明其位置，运以神思，长短高下，如人之有四肢，无不各得其宜，而后血脉贯通，精神焕发，初未可以轻举妄动，俪规蔑矩为之。今以师心自用，不求理法为法，自可以言画。

——1938年《梁元帝松石格诠解》稿

山有脉，水有源，道路有交通，云烟出没，林木扶疏，法备气至。若断若续，曲折盘旋，举平远、高远、深远之各殊，无不入于自然，而无容其造作之迹，此其上乘。

——1954年春题编者画册

画山水要有神韵；画花鸟要有情趣；画人物要有情又有神。图画取材，无非天、地、人。天，山川之谓；地，花草虫鱼翎毛之谓，画花草，徒有形似而无情趣便是纸花。画人最复杂，既要有男女老幼之别，又要有性格之别，更要有善恶喜怒之别。

——1953年答编者问《画学篇》之义

画人物最要者有三：

一、要有神气；

二、要有分别；

三、要能化。[1]

——1948年对编者语

意远在能静，境深尤贵曲，咫尺万里遥，天游自绝俗。

——1954年自题山水册

善撰文者常谓写文章不易，善作诗者常谓诗不易作，善作画者常谓

---

[1] 所谓"化"，即石涛所谓"有法必有化"的"化"。是笔墨技法在绘画表现上的巧妙变化。

作画极难。此理所当然，若感到撰文、作诗、作画容易，便难进步矣！

遇难事如在深山遇虎豹，不能胆怯，要学武松，过得景阳冈，便可到家。学画之道也如此。

——1948年对编者语

山水画家对于山水创作，必然有着它的过程，这个过程有四：一是"登山临水"，二是"坐望苦不足"，三是"山水我所有"，四是"三思而后行"。此四者，缺一不可。

"登山临水"是画家第一步，接触自然，作全面观察体验。

"坐望苦不足"，则是深入细致地看，既与山川交朋友，又拜山川为师，要在心里自自然然，与山川有着不忍分离的感情。

"山水我所有"这不只是拜天地为师，还要画家心占天地，得其环中，做到能发山川的精微。

"三思而后行"，一是作画之前有所思，此即构思；二是笔笔有所思，此即笔无妄下；三是边画边思。此三思，也包含着"中得心源"的意思。

——1948年春对编者语

吾人唯有看山入骨髓，才能写山之真，才能心手相应，益臻化境。

——1935年致友人函

游黄山，可以想到石涛与梅瞿山的画，画黄山，心中不可先存石涛的画法，王石谷、王原祁心中无刻不存大痴的画法，故所画一山一水，便是大痴的画，并非自己的面貌。但作画也得有传统的画法，否则如狩猎田野，不带一点武器，徒有气力，依然获益不大。

——1948年对编者语

山水乃图自然之性，非剽窃其形，画不写万物之貌，乃传其内涵之神，若以形似为贵，则名山大川，观览不遑，真本俱在，何劳图焉。

——自题山水

画贵神似，不取貌似。非不求貌肖也，惟貌似尚易，神似尤难。东坡言："论画以形似，见与儿童邻。"非谓画不当形似，言徒取形似者，犹是儿童之见。必于形似之外得其神似，乃入鉴赏。

——信札残稿

形若草草，实则规矩森严，物形或未尽有，物理始终在握，是草率即工也。倘或形式工整，而生机泯灭，貌或逼真，而情趣索然，是整齐即死耳。

——自题山水

作画不怕积墨千层，怕的是积墨不佳有黑气。只要得法，即使积染千百层，仍然墨气淋漓。古人有惜墨如金之说，这是要你作画认真，笔无妄下，不是要你少用墨。世间有美酒，就是要善饮者去尝。中国有墨，就是要书画家尽情地去用。善水者，可以在小港中游，也可以在大海中游；善画者，可以只作三两笔使成一局佳构，也可以泼斗墨而成一局好画。

——1948年对编者语

磨墨心要细，落笔胆要大，有爱惜光阴者，磨墨之际，亦即打腹稿之时。德游[1]磨墨一钱，成八尺槑木图，其立意构思即在磨墨时。

——1952年对编者语

---

[1] 德游，即裴淑泳。宋代画家，原籍河南，后迁居钱塘。与当时画竹名手扬镇（子仁）有交。

画　史

汉魏六朝，画重丹青，唐分水墨、丹青，南北二宗。荆浩作云中山顶，董源、巨然画江南山，元季四家变实为虚，明代枯硬，清多柔靡，至道咸而中兴。

——1942年题《富春秋色图》

古先画用五彩，号为丹。虞廷作绘，以五彩章施于五色，是为丹青之始。周官画缋之事杂五色后素功，汉鲁灵光殿画，托之丹青，随色象类，魏则丹青炳焕，特有温室，晋则采漆画轮，油画紫绛。梁元帝《山水松石格》，始称破墨，异于丹青，水墨之始，兴于六朝，艺事进步，妙逾丹青，有可知已。

——见《论墨法》稿

丹青之画，有张僧繇没骨山水法。唐以前画，多用浓墨，李成兼用淡墨，董北苑（源）、释巨然墨法益精。

盖画法先有丹青，后有水墨，故谓丹青先于水墨。

丹青水墨之法，古用点染，习忌纵横，因有丹青隐墨，墨隐水之妙，其有不尽能形容者。

——1938年《宾虹论画》稿

魏晋六朝画尚内美，有法而不言法在，观者可以自悟。吴道子有笔无墨，阎立本不识张僧繇画，李思训金碧楼台，画重外美，丹青炫耀，古法已失。王维、王宰、张璪、郑虔于诗与书法悟得其传，五代及宋，如荆、关、董、巨，始备六法。

——1953年致编者信

唐宋人画，积迭千百遍，而层层深厚，有条不紊，五日一石，十日一水[1]，王宰、王维同为后世学者之祐，未可忽视。

——1953年自题山水

唐宋画像，凡画大幅人物，必张纸于素壁上，如此描绘，可以远视，使所画不会失去大体。

——《古代人物画的勾勒方法》（刊《美术座谈》1953年第八期）

大凡唐代画法，每多清妍秀润，时斤斤于规矩，而意趣生动。盖唐人风气淳厚，尤为近古。其笔虽如匠人之刻木鸢，玉工之雕树叶，数年而成。于画法谨严之中，尤能以气见胜，此为独造。其所成者，有吴道子、李思训及周昉三家，以道子最著，学者辗转揣摩，未易出其范围。

——1921年《古画微》稿

"元气淋漓障犹湿"[2]，唐士大夫画，重于兴酣墨饱，未可以纤细尽之。

——八十六岁题水墨山水

唐人算子学奴书[3]，道子吴装水墨无。五季荆关开画诀，虚当求实法倪迂（倪瓒）。

——1952年题山水诗

唐画重丹青，宋墨如点漆，斫垩鼻不伤，用笔在腕力。

——1946年题画诗

---

1 "五日一石，十日一水"，见杜甫《戏题王宰画山水图歌》诗。
2 "元气淋漓障犹湿"，见杜甫《奉先刘少府新画山水障歌》这句诗，透露出唐代水墨画法的艺术效果。
3 算子：干禄书，又名算子书，唐时供书判章之用。向为书画家认为艺术性不高的字体。元陈绎曾论书说："划之一，勒法也，状如算子，便不是书。"
奴书。这是讽刺学书而不知其变，即所写刻板无风姿。释栖霞《论书》中说："若执法不变，纵能入木三分，亦被号为奴书，终非自主之地。"

唐画刻画，宋画犷悍，元人以冲澹生辣之笔出之，兼取其长，而舍其短，后世所不易到。

——1946年自题山水册

画分十三科[1]，以山水为上，山水画尤以水墨为上，二米墨法赅备，自称雅格。

——1940年题画山水

黄筌矜富贵，徐熙工野逸，南宋辟院画，体格早殊别。青藤（徐渭）、白阳（陈淳）才不羁，缋事兼通文与诗，取神遗貌并千古，五百年下私淑之。笔势飞腾气蓬勃，脱屣勋名卧泉石，遂教璀璨花如锦，不传丹青传水墨。君不见将军五季郭崇韬，夫人[2]写竹金错刀，黯然非凭灯取影，射窗直悟冰轮高，功师造化人中豪。

——1940年题水墨花卉卷诗

宋画多晦冥，荆关粲一灯。夜行山尽处，开朗最高层。

——1940年题画山水

余观北宋人画迹，如行夜山，昏黑中层层深厚，运实于虚，无虚非实。

——1950年题画山水册

北宋人画法简而意繁，不在形之疏密，其变化在意，元人写意亦同。

——1953年题画山水

---

1 画分十三科：中国绘国分科，至今尚无确切规定，通称为人物、山水、花鸟，古籍所载，各有不同。
　　五代荆浩曾谓："夫山水，乃画家十三科之首也。"元汤垕的《画论》说："世俗言画家十三科，山水打头，界画打底。"究竟是哪十三科，均未有说明。至于明确写着分为十三科的，见明初陶宗仪《辍耕录》。内载："一、佛菩萨相；二、玉帝君王道相；三、金刚鬼神罗汉圣僧；四、风云龙虎；五、宿世人物；六、全境山林；七、花竹翎毛；八、野骡走兽；九、人间动用；十、界画楼台；十一、一切旁生；十二、耕种机织；十三、雕青嵌绿。"
2 李夫人，蜀人，善属文，尤工书画，郭崇韬率兵来取蜀，掠得之；夫人以崇韬武人，郁悒不乐，月夕独坐南轩，竹影婆娑，辄起瑞毫摹写窗楮上，明日视之，生意俱足，世人效之，多有墨竹。

笔墨攒簇，耐人寻味，若范华原当胜董、巨。

——1954年题画山水

宋元人渴笔法，刚而能柔，润而不枯，得一辣字诀耳。

——1952年题画《春花图》

古人立法本大自然，阎立本初不识张僧繇画，米元章（芾）自谓无一点吴生（吴道子）习气，唐人失其古法而复兴于北宋，当为正轨。

——1949年题《夜山图》

董北苑（源）画，近看只是笔，参差错杂，不辨所画为何物。远观则层次井然，阴阳虚实，处处得体，不异一幅极工细之作。

——评董源《夏山图》

米颠（米芾）使笔蔗滓粗，全凭水墨敷藤肤[1]，非关文人弄狡狯，要令时史穷临摹。

——1940年题画梅花

米虎儿（米元晖）笔力能扛鼎，王麓台（王原祁）笔下金刚杵，皆重用笔先有力，而后墨法华滋。

——1950年题画山水

宋代擅名江景，有燕文贵、江参，然燕喜点缀，失之细碎；江法雄秀，失之板刻，用长舍短，当有卓识。

——1954年自题山水册

宋人破墨，元代以后不传，惟诗人题画之作，偶用其语。

——1950年自题山水

---

1 藤肤：即藤纸。唐宋时江浙多以古藤制纸。

宋元名迹，笔酣墨饱，兴会淋漓，似不经意，饶有静穆之致。

——1948年题画《蜀山纪游图》

巨然笔力雄厚，墨气淋漓，梅花庵主（吴镇）、一峰老人（黄公望）同时共学，两家神趣虽殊，而各尽其妙。

——1954年自题山水册

黄鹤山樵（王蒙）画法唐人，能兼苏（轼）米（芾）士习之长，用笔多圆润。

——1950年题画

瓯香馆言：大痴（黄子久）富春山色，墨中有笔，浑厚华滋，全法北宋人画。

——1954年题山水小品

大痴富春山居图卷，全宗北苑，简以二米法，状凡十数峰，树木雄秀苍郁，变化极多。恽道生有摹本，得其大意，邹衣白（之麟）有拓本，唐半圆（禹昭）又有油素本[1]，丘壑位置，可以勿失，领会神趣，先师造化耳。

——1954年题山水册

大痴论画，最忌邪、甜、俗、赖，赖即专事临摹，只得貌似，不能师造化之自然。古人文章，为得江山之助，良有以也。

——1949年题画山水

沈石田师法元人，其学倪迂，格格不入。明画枯硬，而幽澹天真终有不逮。

——1954年自题山水册

---

[1] 油素本，即绢本，精白之绢，其光如油，故名油素。

古法胜明贤，然明贤在启祯间，所画亦有不朽千古也。

——1954年致友人书

元人笔苍墨润，兼取唐宋之长，至明隆、万，非入枯硬，即流柔靡。吴门、华亭，皆有习气。启、祯之间，多所振拔。如邹衣白之用笔，恽本初（道生）之用墨，即得董、巨真传矣。

——1950年题画山水

元人野逸，三笔两笔，无笔不简，而意无穷，其法皆从北宋人画中来。董玄宰（其昌）兼皴带染，娄东、虞山奉为圭臬，失之已远。至清之道、咸中，泾县包慎伯（世臣）始得之。

——1953年自题山水轴

王弇州（世贞）称张元春于明画中得董、巨浑厚华滋之意，虽文、沈有所不逮。

——1947年题《溪山深秀图》

杨龙友（文聪）说自己善用宿墨法，曾努力用功，有其成功处。可惜龙友知其一不知其二，居然宣称自己生平不用破墨法，这又何苦！当时有些评论家也害了他，偏要称赞他不用破墨法是硬汉，真是画史中之怪事。

——1952年对平三先生语

清湘老人（石涛），早年极能工细，凡人物鸟兽花卉，时有所见。生平所画山水，屡变屡奇。至其晚年，凡署耕心草堂之作，多粗枝大叶，且用拖泥带水皴，实乃师法古人积墨、破墨之秘。

——《虹庐画谈》稿

石涛专用拖泥带水皴，实乃师法古人积墨、破墨之秘。从来墨法之妙，自董北苑、僧巨然开其先，米元章父子继之，至梅道人（吴镇）守而弗失，石涛全在墨法力争上游。

——《虹庐画谈》稿

渐师（浙江）与石溪、石涛同时为僧，以画名世，人称三高僧。渐师清逸，石溪整严，石涛放纵，揆诸笔墨，各有专长。

——1948年《论明季三高僧》稿

一幅好画，乱中不乱，不乱中又有乱。其气脉必相通，气脉相通，画即有灵气，画有灵气，气韵自然生动。四王之画，小石叠成大山，点染与皴法俱分，通体气脉不相连，故乏生气。

——1948年对编者语

垢道人喜用焦墨，所谓干裂秋风，润含春雨。

——1951年自题山水

米虎儿（米元晖）笔力扛鼎，垢道人（程邃）干裂秋风，可为渴笔。若枯而不润，刚而不柔，即入野狐。清雍正后之文人画，非金石学者所不免。

——八十四岁题画

龚柴丈（半千）言，学大痴画者，以恽道生为升堂，邹衣白为入室，舟行富春江中，余尝携其真迹证之。

——1954年自题山水册

齐白石画艺胜于书法，书法胜于篆刻，篆刻又胜于诗文。
白石画，章法有奇趣。其所用墨，胜于用笔。

——1952年对编者语

齐白石作花卉草虫，深得破墨之法，其多以浓墨破淡墨，少见以淡墨破浓墨。亦多独到之处，为众人所不及。

——1955年1月对编者语

论上古三代图画之本原[1]

莽莽神皋，自喜马拉雅山以东，太平洋海以西，绵亘数万里，积阅四千年，声明文物之盛，焜耀寰宇，古今史册流传，美且备矣。圣作巧述，学术相承，授受心源，虽或有时代之变迁，支派之区别，忽显忽晦，为异为同，不可殚究。而穷流竟委，各有端绪，其精思奥义，皆自卓立不群，足以留垂万世，厘然昭晰，而未可以或废也。古者自伏羲氏始画八卦，造书契，以代结绳，为开万古文字之祖，即开万古图像之先。仓颉之初作书，盖依类象形，故谓之文；其后形声相益，即谓之字。字者，言孳乳而浸多也。著于竹帛谓之书。书者，如也。六书之义，首曰象形，画已滥觞于此。有虞氏言：余欲观古人之象，日月、星辰、山龙、华虫，作会、宗彝，藻、火、粉、米、黼黻、絺绣，以五彩彰施于五色，作服，汝明。夏后氏之远方图物，贡金九牧，铸鼎象物，百物为之备，使民知神奸。《史记》称伊尹从汤言素王及九主之事。《刘向别录》谓凡九品图画其形。《尚书·说命》云：恭默思道，梦帝赉予良弼，其代予言，乃审厥象，俾以形旁求于天下，说筑傅岩之野，惟肖。是虞夏殷商之际，民风简朴，而画事所著，已综天地、山水、人物、禽鱼、鸟兽、神怪、百物而兼有之。逮于周室尚文，郁郁彬彬，粲然可睹。《地官·大司徒》：职掌建邦土地之图。若今之郡国舆地图是也。古之九邱，或言纪载九州土地，其来已久，惟图至周而大备矣。《家语》记孔子观乎明堂，睹四门墉，有尧舜之容，桀纣之象，又有周公相成王，抱之负斧扆，南面以朝诸侯之图焉。此又善恶之状，兴废之诫之大旨也。至如《春官》掌九旗之物名，以待国事，日月为常，交龙为旂，龟蛇为旐，全羽为旞，析羽为旌。郑注言旗画成物之象，王画日

---

[1] 此文1912年发表于《真相画报》第3期。

月，象天明；诸侯画交龙，一象其升朝，一象其下复；孤卿不画，言奉政教而已。画熊虎者，乡遂出军赋，象其守，莫敢犯也；鸟隼象其勇健，龟蛇象其扞难，避害也。此因所画各异，则物亦因之异名也。他若王日视朝于路寝门外，画虎以明勇猛于守宜也。扆画斧形，盾画龙饰，饰羔雁者以缋，画布为云气，以覆羔雁为饰而相见。故设色之工，画缋之事，详于《冬官》。画缋二者，别官同职，共其事者，画缋相须故也。画缋之事，杂五色者，东方谓之青，南方谓之赤，西方谓之白，北方谓之黑，天谓之玄，地谓之黄，青与白相次也，玄与黄相次也。此又言画缋六色所象，及布采之第次也。其后画事之见于列国间者，鲁公输班之水见蠡曰，见汝形，蠡迹出头，班以足图之；燕太子丹使荆轲献督亢地图于秦；楚有先王之庙及公卿祠堂，图天地、山川、神灵、琦玮谲佹及古贤圣怪物行事；秦每破诸侯，写放其宫室，作之咸阳北阪上。载籍可稽，不胜枚举。代远年湮，今已莫觏，所可知者，而惟吉金款识，其文字与图画，纠错参差，往往联属。庾肩吾《书品》论夏瑂戈之书，谓为蛟脚旁舒，鹄首仰立；论钩带书，曰鱼犹舍凤，鸟已分虫，仁义起于麒麟，威刑发于龙虎。读者已可想见古人书画同源，非特其言语形容之妙已耳。而冤鼎象尊、鹰父癸彝之类，直作物形，持刀立戈执爵拱日之象，尤其显者。许叔重言郡国山川得鼎彝，其铭即前代古文，皆自相似，虽叵复见远流，其详可得略说也。余于上古图画亦云。

中国山水画今昔之变迁[1]

中国山水画，数千年来，载诸史乘，班班可考，流传名迹，家法派别，各各不同，古今相师，代有变易。三代制作，金镂钟鼎；汉魏六朝，石刻碑碣；隋唐而后，存于缣楮；近世发见石室上隧之藏，不可胜计。要之屡变者体貌，不变者精神；精神所到，气韵以生，本于规矩准绳之中，超乎形状迹象之外。故言笔墨者，舍置理法，必邻于妄，拘守理法，又近于迂。宁迂毋妄，庶可以论画史变迁已。

夫理法入于笔墨，气韵出于精神。学贵本原，功资搜讨，诗文书法，足以阐幽索奥。古人虽多著述，观者未易明了，而薪传授受，全凭口舌，真筌妙谛，领悟贯通，苟非其人，秘而弗泄，防微杜渐，如何矜慎。此艺之所有称术也。术有偏全，即艺有优绌，详其辨别，固不容宽。而惟不学无术之侪，师心是用，恃有聪明才智，俪规蔑矩，自诩创造，以霸悍谓之气，修饰谓之韵，用笔无曲折，类于系马之桩，用墨重痴肥，贻有墨猪之诮，自欺欺人，非不要誉于一时，无识者称之，有识者独鄙之。由古至今，画史之多，其不善变而入歧途者，夫复何限！何则？变其所当变，体貌异而精神自同；变其所不常变，精神离而体貌亦非也。此变迁之故，宜加审慎也。

间尝征之于古昔，商周汉魏，夐乎远矣。溯自晋魏而下，顾、陆、张、展，多画道释明贤之像、惟张僧繇第于缣素之上，以青绿重色，先图峰峦泉石，而后染出丘壑巘岩，不以墨笔先勾者，谓之没骨皴，是为山水画用丹青之始。展子虔写江山远近之势尤工，因有咫尺千里之趣，变高深而为平远，山水画之理益明。唐之吴道子早年行笔差细，中年行笔磊落如莼菜条，其傅采于焦墨痕中，略施微染，自然超出缣素，世谓

---

[1] 本文1935年载于《国画月刊》第1卷第4期。

之吴装。此由重色变为淡渲，山水画之法渐备。李思训金碧辉映，王摩诘水墨清华，宗分南北，各成一家，变易寻常，不相沿袭，千古所师，岂偶然哉！

五代荆浩，善言笔墨，尤尚皴勾，关仝学之，为得其传，变而为简易。宋之董元，下笔雄伟，林霏烟霭，巨然师之，独出己意，变而为幽奇，其与李成、郭熙、范宽画寒林不同。至米氏父子，笔酣墨畅，思致不凡，水墨画中，始有雅格。刘、李、马、夏，时当南宋，专尚北宗，虽号精能，均有不逮。二米之画，最为善变。元之赵鸥波、高房山，及其叔季，有黄子久、吴仲圭、倪云林、王叔明，皆师唐宋之精神，不徒袭其体貌，所为可贵。明之沈石田、文征仲，力追古法，而长于用笔墨。唐子畏、仇实父，兼师北宗，更研理法。董玄宰上窥北苑，近仿元人。娄东、虞山学之而一变，新安、邗江学之而又变。所惜前清，不善学者，务于体貌而遗其精神，囿于理法而限其笔墨，常为鉴家所诟病。而訾元者因不屑临摹，过于自信，率尔涂抹，以为名高，虞理法之拘牵，置笔墨于不讲，虚造而向于壁，欲入而闭之门，由此观之，滔滔皆是，势不至沧海横流，神州陆沉不止。且今之究心艺事者，咸谓中国之画，既受欧日学术之灌输，即当因时而有所变迁，借观而容其抉择。信斯言也，理有固然。然而抚躬自问，返本而求，自体貌以达于精神，由理法以期于笔墨，辨明雅俗、审详浅深。后之视今，犹今视昔。鉴古非为复古，知时不欲矫时，则变迁之理易明。研求之事，不可不亟亟焉。

论画宜取所长[1]

画分十三科，山水画打头，界画打底。此特以画品言之也。至赵子昂诫其子雍作界画，可知古人艺事，无不从规矩准绳而来，步趋合轨，由勉强以臻自然。故拘守迹象者为庸工，脱略形骸者为名作，要非漫无法纪，轻心以掉，可谓超出凡庸，博得高名也。一技之微，与年俱进，学然后知不足；而师心自用，矜其私智，以唾弃一切者，皆由不学无术之过也。

上古书画同源，仰观俯察，以造六书，取乎象形。自有丹青之画，书与画分；后世因重文而轻艺，有士夫之画，画与图分。由论道而重文。夫山水画者非文人莫属，其他杂艺，巧工哲匠、尚优为之。是画事固文字之绪余，非经博览典籍，遍求师友，不能得授受之心传、精进之要旨已。

唐及北宋，画学之盛，精能已极。吴道子之三百里嘉陵江山水，一日而成，先变顾、陆、张、展之旧，超于自然，非徒以速为高也。南宋梁楷，始作减笔，笔简而意工。元季倪云林，幽淡天真，多作平远山水，其实师法荆关，极能槃礴。学南宗者，咸祖北苑，后人以其多画江南山水，颇近平易，要如董玄宰所论北苑《潇湘帝子图》，何等精工，精工之极，归于简淡。董非精工无以明其理。非简淡无以全其真。始循乎法之中，终超乎法之外，大含细入，其技乌得不神乎？

学有门径，艺有醇疵。彼信口雌黄，不究古今源流派别、因变递蜕之由，凭臆断其是非者，固无论已；即有竭思殚虑，博引旁征，以求确实之议评，往往瞻望徘徊，苦不得其要领。何则？艺术流传，在精神不在形貌；貌可学而至，精神由领悟而生。无分繁简、不辨工拙，而各有优长。若狃偏私之见，所谓一目之论，未可与艺事之微也。

---

[1] 本文1935年载于《国画月刊》第1卷第7期。

画学升降之大因[1]

昔称宋人善画，吴人善冶；名家荟萃，先兴于宋，赋色工丽，尤盛于吴。吴中画派，轻秀有余，藉藉人口，今犹艳之。至于宋人，如左氏之言宋聋、孟子之言无若宋人然，世皆以愚蒙等诮。然《庄子》载：宋元君时，图画众史皆至，受揖而立，舐笔和墨在外者半。有一史后至，儃儃然不趋，受揖不立。因之舍，使人视之则解衣槃礴，裸，君曰：可矣，是真画也。观其气度大雅，旁若无人，以视众史，忙忙倪倪，慴服于权威之下，奚啻霄壤！善哉邓椿有云：多文晓画。惟蒙庄之文，能状画者真态。可知画家能手，别有一种高尚思想、不假修饰，嚣嚣自得，流露形骸之外，初非人世名利所能挠。如此可以论古今优劣已。

上古书画同源，道与艺合，后世图画各异，道与艺分。盖自结绳画卦，虞廷采绘，夏鼎象物，商岩旁求、周公、孔子，多才多艺。古之创造，本乎圣贤，久则因循，成为流俗，补偏捄弊，准古酌今，不朽之业，往往非关廊庙，而在山林。何则？三代而上，君相有学，道在君相；三代而下，君相失学，道在师儒。学之所系，顾不重哉！汉承秦世，至武帝时，崇尚儒术，以经文饰吏治，于是董仲舒、公孙弘之伦，务以伪学相蒙。画史毛延寿辈，习其颓风，皆惟利禄是图，比于司马相如，受贿千金，作《长门赋》，其何以异！一则因文见宠，播为美谈；一则婪贿重惩，致遭显戮。虽曰祸福不齐，要亦重文轻艺之见端也。

东汉之初，严陵高隐，濯磨儒行，激引清流，文学之士，尊崇艺能，叙述画人，赵岐、张衡，皆所著录。晋则王氏父子羲之、献之，戴逵、戴颙祖孙称盛，刘宋之宗炳、王微，因传论文，陈之顾野王画图，王褒画赞，文采风流，照耀宇宙，固非特顾恺之、陆探微、张僧繇、展子虔之徒工六法已耳。自汉明帝，设鸿都学，别开画室，置尚方画工，

---

[1] 本文载于1935年《教育杂志》第25卷第9号。

洎于李唐，阎立德历官尚书，立本拜右相、兄弟以画齐名；吴道玄供奉时，为内教博士；李思训官左武卫大将军，因此待诏、祗候诸职，详于史传，可谓众矣。南唐、后蜀有翰林待诏，并开画院；宋初增画学正学生，转国子博士，徽宗更加荣宠、赐绯紫佩鱼，俸值支给，不以众工待之，尤异数也。然而考试题材，诗词并举，非不新巧，但以艺极精能，或流匠作，格多拘忌、常乏自然，为世诋议。岂不惜哉！岂不惜哉！

夫图画之事，文字之绪余，士夫之游戏耳。一艺之成，必先论品。盖以山川磅礴之气，草木雨露之华，著为丹青，形之楮墨，偶然挥洒，具见性灵，拓此胸襟，俱征娴雅。其人有若顾长康之痴，范中立之缓，米漫仕之颠，倪幻霞之迂，皆不为病。维能精义入神，与众殊异，乃成绝艺。故谢去尘俗，曲尽幽微，类多际世艰虞，处身困厄，甘自肥遁，不求人知。如洪谷子隐居太行山中，李营丘避地北海，黄、吴、倪、王，生于元季；石谿、清湘、渐江，成名清初，讵有时乎？非得已也。

宋东坡论吴道子、王摩诘画，曰"维也无间言"。米元章创为墨戏，自言无吴道子一毫俗气；明初戴进、吴伟，追踪马、夏，渐趋犷悍，为世惊骇；至郭诩、张路、蒋三松，恶俗极矣！时则王叔明、赵善长、陈汝言诸贤，夷戮殆尽，非有沈石田、文征仲崛起，南宗正派，无由振拔，不能斥野狐禅之邪。前清娄东，虞山，上承董思翁之传，石谷画《南巡图》，麓台内廷供奉，名非不显，识者谓为师法宋元，华滋浑厚，恒不逮古。因有君学，枉己徇人之意存乎其间，朝市之气，未能摆脱，可深惋惜。若方小师、罗两峰、华新罗、高南阜，生当晚近，追摹古昔，肥不臃肿，瘦不枯羸，欲于四王、吴、恽之外，独树一帜，益以闻见既宏，资学俱备，故非途泽为工、苍莽为古者所能彷佛。是画师古人，兼师造化，方能有成。取古人之矩矱，参造化之殊变，画学渊源，不致失堕。若断若续，绵绵千古，端赖山林隐逸、骚人墨客为多。然非汉晋之世，朝宁砥砺名节。唐宋荐绅，通晓绘事，宣和、宣德宫闱之际，雅重丹青，则评骘品流，甄择优绌，无由审确。学者如牛毛，获之如麟角，庸史之多，一代之中，可千百计；而特出之士，百年千里，曾不数人。昔米南宫临晋唐书画，辄曰若见真迹，惭愧煞人。不实学之是务，而徒事声华标榜，以延誉于公卿之前，虽弋浮名，縻厚禄也，又奚益耶！

图画非无益[1]

今之谈时事者，夸功利而耻文艺，茫茫世宙，其不欲以力征经营，至目图画为不急之务。盖以绘事之设，独宜国家闲暇，无所事事，草野优游乎岁月，朝堂粉饰其太平，初非关于政治之大要，等于人生娱乐，博弈者流而已。乃遍征往史，历考前贤，观其用意所在，至深且远，不徒文人之游戏已也。昔者黄帝之时，史皇作图，原与仓颉、沮诵制造文字并尊。坂泉一战，奄有黄河流域，垂数千年文化之昌明，胥赖乎此。虞廷绘采，夏室铸鼎。舜之致治，画衣冠以为戮而民弗犯。禹则远方贡金，图物而为之备，使民知神奸。及周之襄，孔子观乎明堂，睹四门墉，有尧舜桀纣之象，周公、成王之事，各彰善恶，足觇兴废，至于徘徊而不能去，岂偶然哉！宋张敦礼谓：画之为艺虽小，其使人鉴善劝恶，耸人观听，为补益岂仅侪于众工哉！洵乎其知言也。

汉画盛行，明帝雅好图画，别立画官，诏博洽之士班固、贾逵辈，取诸经史事，命尚方画工图画，可谓隆矣。晋戴安道独好画，范宣以为无用，不宜劳心于此；戴乃画《南都赋图》，范看毕咨嗟，甚以为有益，始重画事。盖言语文字，非图画不易明，而工艺技巧，非图画无所据。故记传所以叙其事，不能载其形，赋诵所以咏其美，不能备其象。三色为文，五色为章，文章之旨，比喻丹青。绘画之工，遵循规矩，通方术而不诡于俗，习技能而必蹈乎礼，是为大雅君子，岂虚誉哉！

盖闻宝玉之蕴，山辉川媚，盛德之士，道艺弸襮，技术之于用者既博，则仁义之于教也益宏。古之画者，多蓄道德能文章，达则物与民胞，惟殷殷于济世，穷则穴居野处，不汲汲于沽名。故能虑周万变，气备一时。阴阳陶蒸，草木布漫，渭滨莘野，早裕其经纶，颍水箕山，自安于隐逸。出处之际，节义斯系，其人虽不必濡毫染翰，识者知其富于画情。而况画山水

---

[1] 本文1934年载于《国画月刊》第1卷第2期。

者，若王右丞之重深，杨仆射之奇瞻，境与性会，艺由道成者乎！虽然，古之画家，不尽显贵，人之绝艺，恒出时难。唐末之乱，逮于北宋，有荆浩、关仝、郭熙、范宽、李成，号称大家，董源、巨然崛起，蔚为同宗。元季有黄子久、吴仲圭、倪云林、王叔明，画学极盛。明社既屋，太仓、虞山、金陵、新安诸派以兴。士夫画者，不可胜纪，皆能殚精六法，各成一家。其人又多忠臣义士、孝悌狷介才伦，惩于世道污浊，政纪紊乱，不欲仕于其朝，甘退居于寂寞，而惟林泉岩谷以自适。游览之暇，或写其胸中逸气，留传缣楮，不朽千古。后世之人，仰瞻手迹，详其轶事，感发心志，不乏廉顽袪懦之风，即暴戾恣睢者，亦可渐摩而化，駸駸致于郅隆之治，非无以也。

　　所惜宋之宣和，徽宗建设画院、四方咸集，应征辟者数千百人，时史诸作，大都形貌采章，历历具足，甚谨甚细，而外露巧密，世以为工。然深于画者，盖不之取，虽极精能，先乏天趣然也。明初陈惟允、王蒙、赵善长诸人，先后重罹罪罟，士夫画者，芟夷殆尽。自戴文进临摹马、夏，取法北宗，吴伟入选为画状元，一时郭清狂、蒋三松、张平山之流，任情涂抹，放诞自喜，其弊汩于恶俗，无书卷气，论者以野狐禅嗤之，至为士林所不齿。前清推崇四王、吴、恽，尤重石谷，以为石谷之前，无如石谷，石谷以后，更无石谷。不知石谷当时，学徒代笔，如杨晋、目存，已数十人，辗转傅摹，习伪承谬。后之学者，已置前代名画于不问，渊源授受，藐焉无闻，画法精微，几乎中绝。夫宋画细谨，明画粗恶，一变而为石谷派，疑若无可指摘，而笔松墨懈，神采尽失，章法徒存，易同乡愿，皆由院画诸作，鲜通文墨，公家赏识，徇于一偏，因慨矫枉过正，中道为难能矣。

　　士夫之画，华滋浑厚。秀润天成，是为正宗。得胸中千卷之书，又能泛览古今名迹，炉锤在手、矩矱从心，展观之余，自有一种静穆之致扑人眉宇，能令观者矜平躁释，意气全消。晋郤縠说礼敦诗，羊叔子轻裘缓带。古来儒将风流、多文晓画，固不独斐将军识吴道玄、袁中郎传徐文长也。即身游绝塞，时际凶荒者，领略山水草木之精英，形诸笔墨，聊以遣怀，以类诗人之比兴，画烈火而知热，图北风而生寒，笔端神妙自不可测。古者圣王致治，贵于潜移默化，文章礼乐，常有胜于刀锯鼎镬，岂有他哉！老子曰：圣人法天，天法道，道法自然。图画之事，肇始人为，终侔天造，艺成勉强，道合自然，悦有涯之生，致无穷之乐，其视人世寻常玩好，愉快几何而哀戚随之者，不已多欤？

| 艺术随笔 |

古画微

自　序

　　自来文艺之升降，足觇世运之盛衰。萧何收秦图籍而汉以兴，阎立本为右相而唐以治。天宝之乱，明皇幸蜀，图嘉陵江者，李思训三月而成，吴道子一日之迹。王维学吴道子，开士夫画。五季之衰，至于北宋，文治转隆，艺事甚盛；及其南渡，残山剩水，马远、夏圭，稍稍替矣！惟赵鸥波、高房山及元季四家黄、吴、倪、王，集唐宋之大成，追董巨之遗矱，学画昌明，进于高逸。有明枯硬，而启祯特超；前清荼蘼，而道咸复起。盖由金石学盛，究极根柢，书法词章，闻见博洽，有以致之，非偶然也。世代迁移，物质改易，丹青水墨，用各不同，优绌低昂，论或偏毗。唐画刻画，董玄宰谓不足学；宋人犷悍，米元章云俗未除。要之山林廊庙，往古来今，屡变者面貌，不变者精神，研几入微，发挥尽致；气原骨力，韵在涵蓄；气韵生动，全关笔墨。六法精进，必多读书行路，远师古人，近参造化，精神贯注，浑厚华滋；一落时趋，工巧轻秀，浮薄促弱，便无足取。爰本斯旨，著为浅说。昔刘彦和有言：品列成文，有同乎旧谈者，非雷同也，势不可异也；有异乎前论者，非苟异也，理自不可同也。评文如此，画亦宜之。道法自然，人与天近。物质有穷，精神无穷。《易》曰：穷则变，变则通，通则久。先儒言：天不变，道亦不变。变者人事。上先志道，据德依仁，归纳游艺，以底于成。时当危乱，抑塞磊落，才智技能，日益发舒，感事兴怀，形诸缣楮，守先待后，寿之梨枣。中经禁毁，加以兵燹，既罕储藏，复多散佚。欲增学识，务尚观摩，非事搜罗，无由征集。况若声华标榜，门户排挤，闻见混淆，是非颠倒，各狃一偏，难祛众惑。此则审时度势，略迹原心，前所未言，固嫌触忌，后之立说，致免滋疑。传远垂久，援引论古，阐幽发微，创获知新。比之稗野遗闻，为考史者不弃，苔岑契合，尤通人所乐称。敢云文以致治，感于无形，聊因书此备忘，言之有物云耳。

总　论

　　画称艺术，艺本树艺，术是道路，道形而上，艺成而下。画之创造，古人经过之路，学者当知有以采择之，务研究其精神，不徒师法其面貌，以自成家，要有内心之微妙。

　　自来中国言文艺者，皆谓书画同源。作书之初，依类象形谓之文。文先有画。夏商周之画，著于三代钟鼎尊彝泉玺甲骨匋瓦之属，至于近世，出土古物，椎拓精良，影印亦富。周代文盛，宣王时史籀作大篆，文字孳生，书与画始分。周秦汉魏画法，石刻图经，犹文字之不用象形而已，改篆为隶矣。春秋之前，礼不下庶人，刑不上大夫，学业掌于官守，为朝廷所专有，定于一尊，人民自足，不相往来，愚民无学，可以治生。东周而后，至于战国，王室衰微，列国争斗，时事变迁，民不聊生。文学游说之士标新立异，取重诸侯，其不得志者，聚徒讲学，著书立说，以传道于来世。诸子百家纷纷而起，学术发达，冠绝古今。国运绵长，皆由文化伟大之力。画即六艺，礼、乐、射、御、书、数之中，结绳画卦其先务也。秦汉魏晋画法，留传金石为多，国体专制，辅佐政教，宗庙、祠堂、道观、僧寺，咸有图画。两晋六朝顾恺之特重传神，陆探微、张僧繇、展子虔，其技益工。至于唐代，有吴道子，尤以气胜。王维画学吴道子，称为南宗。南宗北宗之分，倡于明季。然南宗之画，常欲溯源书法，合而为一。宋开院体，画专尚理。而元人上溯唐宋，兼又尚意，显有不同。明初沿袭宋元，文征明、沈石田、唐六如、仇十洲，稍变其法。清代士夫，祖述董玄宰，专宗王烟客、石谷、廉州、麓台及吴渔山、恽寿平，以为冠绝古今，遂置前人真迹于不讲。而清代之画，遂不及于前人。然学者犹沾沾于形似之间。以论画家优劣，区别而次第其品格，言神、妙、能三者之外，而为逸品。不明画旨纯与书法相通，而其蔽也，不能博综古今图画之源流，与评论优绌之得失。虽皮藏卷轴，不过皮相其缣墨，而于古人之精神微妙，迄无所得，岂不谬哉！故惟深明于六法（南齐谢赫言六法，曰气韵生动，曰骨法用笔，曰应物写形，曰随类傅彩，曰经营位置，曰传移摹写），上焉者合于神理，纯倖化工。下焉者得其形似，亦非庸史。至有狂怪而入于歧途，虚造而近于向壁者，虽或成名，可置弗论。董玄宰谓读万卷书，行万里路，方合作画。诚哉！闻见不可不广，而雅俗不可不分也。古今名家，以画传者，不啻千万。然其天资学力，足以转移末俗，振刓浮靡者，代不数人。兹举大概，间附己意，次其编第，著为浅说云。

上古三代图画实物之形

上古未有文字之先，人事简易，大事作大结，小事作小结，仅为符号而已。伏羲氏出，画卦之文，云即天地风雷等字。考古者至引巴比伦文字为证，莫不相合。其象形犹未显也。又作十言，即一至十等字之古文，已立横线、纵线、弧三角之形式，是为图画之胚胎矣。黄帝之世，仓颉造六书，首曰象形，言制字者先依类而象其形。时有史皇，以作画著，当为画事之始，画与字其由分也。且上古云鸟、蝌蚪、虫鱼、倒薤之书多类于画，其形犹存。有虞氏言欲观古人之象，曰日月、星辰、山龙、华虫、作会、宗彝、藻、火、粉、米、黼黻、絺绣十二章，用五彩彰施于五色，是画用之于服饰矣。夏后氏之远方图物，贡金九牧，铸鼎象形，百物为之备，使民知神奸，是画用之于铸金矣。《史记》称伊尹从汤言素王及九主之事，谓凡九品，图画其形。《尚书·说命篇》言：恭默思道，梦帝赉予良弼，其代予言，乃审厥象，俾以形旁，求于天下，说筑傅岩之野，惟肖。是虞夏、殷商之际，民风虽朴，而画事所著，而综合天地山水人物禽鱼鸟兽神怪百物而兼有之，已开画故实（今称历史画）与写真之先声矣。至于周代尚文，郁郁彬彬，粲然可睹。职官所掌，绘画攸分。《家语》记孔子观乎明堂，睹四门墉，有尧舜之容，桀纣之象；又有周公相成王，抱之负斧扆，南面以朝诸侯之图。《离骚》言楚有先王之庙及公卿祠堂，图天地山川神灵，奇伟谲诡，与古圣贤怪物行事，是其时画壁之风，已盛于列国。而旗常所著，如王者画日月以象天明，诸侯画交龙，一象其升朝，一象其下复；画熊虎者，乡遂出军赋，象其守，莫敢犯之；鸟隼象其角健，龟蛇象其扞难避害。且杂五色者，青与白相次，玄与黄相次，是名物之各异，布采之第次，皆有法度，为绘画于缣素者之滥觞矣。然后之考古者，仅可征实于器物，标举形似，以供众庶之观鉴。廊庙典章，亦犹是华饰之用，而未及艺事之工拙也。虽然，古之文学，多列史官，其精意所存，必非寻常所可拟议。而惜乎代远年湮，近世于金石古物之外，不得而睹之，安能不为之望古遥集哉！

两汉图画难显之形

　　商周邈矣！商周之图画，彰于吉金，如钟彝之属，不少概见。秦汉之时，有三羊鼎、双鱼洗、龙虎鹿庐之制，形状精美，反不逮于前古。秦破诸侯，写放其宫室，作之咸阳北阪上。汉文帝三年，于未央承明殿，画屈轶草、进善旌、诽谤木、敢谏鼓、獬豸（独角兽，能触邪佞）荐。宣帝之时，图画汉列士；或不在于画上者，子孙耻之。后汉顺烈皇后常以列女置于座右，以自监戒。武帝中，令奉高作《明堂汶上如带图》；又作甘泉宫，中为台室，画天地太一诸鬼神，而置其祭具，以致天神。至明帝时，别立画官，诏博洽之士班固、贾逵辈，取诸经史事，命尚方画工图画之。是画著为劝诫之事，举载籍所不能明者，可图其形以明之。杜陵毛延寿、安陵陈敞、新丰刘白、雒阳龚宽之徒，并工牛马飞鸟众势，人形好丑老少，为得其真。画者仅以姓氏著。今所及见之汉画，惟以石刻存，传者犹夥。武帝元狩中，有凤皇刻石、嵩岳太室、少室、开母庙三阙诸画。永建中，孝堂山石室画像、武侯祠堂画像、李翕黾池《五瑞图》、朱长舒墓石，诸凡人世可惊可喜之事，状其难显之容，一一毕现，此画之进乎其技矣。今观石刻笔意，类多粗拙，犹与书法相同，其为写意画之鼻祖耶？然当明帝时，佛教已入中国，庄严瑰丽之品饰，其工艺必挟而俱东。近论东方美术者，有谓中国画事源流，皆出于印度斯坦古代之绘画雕刻。今考印度古代所遗之美术，多关于宗教鬼神之作。印度国王，于其画家，每年给俸界之，甚且免其地租，使得专心于艺术，不以富贵利禄分其心。正如悟道之高僧、避世之隐士，故其技有独至，而为古今所共仰。当时中国汉画，虽有濡染于外域之风，而笔墨精神，保存古法，有可想象于石刻外者。而今之仅存，所可见者，亦徒有石刻而已。

两晋六朝创始山水画以神为重

魏晋六代，名画家之杰出，初以图写人物为多。如阮谌之《禹贡图》、王景之《三礼图》。又有郭璞之图《尔雅》、卫协之图《毛诗》。若《周易》《春秋》《孝经》，莫不有图。然犹意存考证名物，辅翼经传，取于形似而已。故其山水于群峰之势，若钿饰犀栉，或水不容泛，或人大于山，率皆附以树石，映带其地，列植之状，则若伸臂布指。至吴曹弗兴，早有令名，冠绝一时，孙权令画屏风，误墨成蝇状，权疑其真，以手弹之，神其技矣。又尝见溪中赤龙，写之以献孙皓，更假借于神物以明其技。顾恺之以画自名，丹青亦妙，笔法如春蚕吐丝，初见甚平易。且形似时或有失，细视而六法咸备，傅染以浓色，微加点缀，不求晕饰，人称"虎头三绝"，时为谢安所激赏。在瓦官寺画壁，闭户往来，月余成维摩一躯，启户而光耀一寺。每画人成，或数年不点目睛，人问其故，答曰四体妍媸，本无阙少，于妙处传神写照，正在阿堵中。又图裴楷像，颊上加三毛，观者觉神明殊胜。故其得神之妙，亦犹今之称印度绘画者，长技在于不写物质之对象，而象物质内部之情感耶？不然，古称弗兴所画龙，置之水旁，应时雨足，恺之所画神佛，特显灵异，何以故神其说，奇诞若此？盖画贵取其神而遗其貌，故未可以迹象求之。深明其传神之旨者，当自顾恺之始矣。夫画者既殚精竭神于人物之间，幻而为图其神怪。龙与神虽非人所习见，犹易得其神者也。至若含思绵邈，游心于天地草木之华，而使人之神，务与造化为合。惟两晋士人性多洒落，崇尚清虚，于是乎创有山水画之作，以为中国特出之艺事。时与顾恺之齐名者，有陆探微，宋明帝时，图画古圣贤像之外，传有《春岫归云图》，梁张僧繇所画释氏为多，又尝于缣素之上，以青绿重色，先图峰峦泉石，而后染出丘壑巇岩，不以墨笔先勾，谓之没骨皴。展子虔身处隋代，历北齐、周，去古未远，尝画台阁，为江山远近尤工，咫尺之间，具有千里之势，为六朝第一。其源多出于顾恺之、陆探微。而汝南董伯仁，亦以才艺名于时，号为智海，特长于山水画，与展子虔齐名。大抵两晋六朝之画，每多命意深远，造景奇崛，尤觉画外有情，与化同游，颇能不假准绳墨，全趋灵趣。此由得之天性，非学所能，又其不拘形似，能以神行乎其间者也。若郑法士画师僧繇，独步江左，尝为颤笔，自诩其妙，而以为神。其后作者，拘守矩矱，弊以日滋。梁元帝论画，致有"高岭最嫌邻石刻，远山大忌学图经"之句。然化板滞刻画之病，非求其神似，不易为功。譬善相马者，常得之于牝牡骊黄之外，盖所谓老庄告退，山川方滋，其以此也。

唐吴道子画以气胜

唐人承六代之余风，画家造诣，更为精进。虽真迹罕传，至今千数百年，伪托者又多凿空杜撰，大失本来面目。或谓唐画皆极粗率，此犹一偏之论，未足以知唐画之深也。大凡唐代画法，每多清妍秀润，时斤斤于规矩，而意趣生动。盖唐人风气淳厚，犹为近古。其笔虽如匠人之刻木鸢，玉工之雕树叶，数年而成，于画法谨严之中，尤能以气见胜，此为独造。其所最著，惟吴道子。学者辗转撰摹，未易出其范围。道子初学书于张颠、贺知章，久之不成，去而学画。见张孝师画《地狱相》，因效为《地狱变相》。早年行笔差细，中年行笔磊落，如莼菜条，非粗率也。沉着之处，不可掩者，其气盛也。画人物有八面，生意活动。其傅采于焦黑痕中，略施微染，自然超出缣素，世称吴装。其徒翟琰、杨庭光、庐楞伽，均学于道子，时谓吴生体。吴生之作，独为万世法，号曰画圣。阎立德、立本昆季画法，皆纯重雅正，不甚露其才气。所传有《秦十八学士》《凌烟阁功臣图》，及为群僧作《醉道士图》。贞观中，画《东蛮谢元深入朝图》，仪服庄正恢奇，形神兼备。又虢王元凤射获猛兽，太宗命图其真。尝与侍臣泛春苑池中，有异鸟戏波中，召立本写之。其画之表著，皆从生人活物而得者也。张萱画贵公子，鞍马屏帏，宫苑仕女，冠冕一时。周古言、周昉诸人，时亦专工人物，或画岁时行乐之胜，形貌传神，丰肥秾艳，谓得目睹贵游之盛，腕底具有生气。至韩幹画马、戴嵩画牛，能尽野性，各极其妙，非元气淋漓，不能有此。此画佛道、人物、仕女、牛马之迹，有迥出乎前代者，必非粗率矣。今以唐画之可宝贵，因其气韵生动，有合六法。故言画事者，咸曰法唐，非仅年代久远，为其真迹难求而得之也。唐人画法，上接晋魏六朝，下启宋元明清，精妍深远，极其美备。而山水林石，花竹禽鱼，尤多穷神尽变，灵气涌现。唐山水画，亦当首推道子。当未弱冠，即穷丹青之妙。裴旻将军为舞剑，观其壮气，可助挥毫，奋笔顷成，有若神助。明皇天宝中，忽思蜀道嘉陵江水，遂假吴道子驿驷，令往写貌。即回日，帝问其状，奏曰：臣无粉本，并记在心。后宣令于大同殿图之，嘉陵三百余里山水，一日而毕。世徒惊其神速，遂疑道子下笔，多作草草。然道子传人虽多，惟王陀子尤善。或称其山水幽致，峰峦极佳，亦非粗率可知。时有杨惠之者，尝与道子同师张僧繇画迹，号为画友。其后道子独显，惠之遂焚笔砚，毅然发愤，专肆塑作，乃与道子争衡。画者法既备矣，必求气至，气不足而未有能得气韵者。六法言气，必兼言韵者，以此也。

王维画由气生韵

　　士夫画与作家画不同，其间师承，遂有或异。画至唐代，如禅门之南北二宗。世称北宗首推李思训，用金碧辉映，为一家法。后人所画着色山水，往往师之。明皇亦召思训与吴道子，同图嘉陵江水于大同殿壁，累月方毕。明皇语云：李思训数月之功，吴道子一日之迹，皆极其妙。思训子昭道变父之势，繁巧智慧，抑有过之。南宗首称王维。维家于蓝田玉山，游止辋川。兄弟以科名文学，冠绝当代。其画踪似吴生，而风标特出，平远之景，云峰石色，纯乎化机。读其诗，诗中有画，观其画，画中有诗。文人之画，自王维始。论者又谓其画物多不问四时，如画《卧雪图》，有雪中芭蕉，乃为得心应手，意到便成。故造理入神，迥得天趣，正与规规于绳墨者不同，此难与俗人论也。今观南北两宗，虽殊派别，迹其蹊径，上接顾、陆、张、展，往往以精妍为尚，深远为宗，既以气行，尤以韵胜。故王维之学道子，较道子之画为工，韵已远过于道子，其气全也。李思训之工过于王维，韵亦差似于王维，其气亦全也。学者求气韵于画之中，可不必论工率，不必言宗派矣。王宰之画《临江双树》，一松一柏，古藤萦绕，上盘下际，千枝万叶，分布不杂。其山水多画蜀景，玲珑嵌空，巉嵯巧峭。张璪手握双管，一时齐下，一生一枯，随意纵横，应手间出，其山水之状，则高低秀丽，咫尺重深，虽多不尚粗率，而气亦不弱，匠心独运，为可想见。至项容之笔法枯硬，王洽之泼墨淋漓，又其纵笔所如，不求工巧，标新领异，足称善变。究之古人，笔虽简而意工，后世画虽工而意索，此南北宗之所由分。故迅速而非粗率，细谨未为精深，观于此，而可知唐画之可贵已。

五代北宋之尚法

五代创始院体，艺事精能，虽宗唐代，而法益加密。盖隋唐以前，其善画者，恒多高人逸士，随意挥洒，悉见天机，洞壑幽深，直是化工在其掌握。五代两宋之间，工妍秀润，斤斤规矩，凡于名手所作，一时画院诸人争效其法，遂致鱼目混珠，每况愈下。故世之目匠笔者，以其为法所碍；其目文人之笔者，则又为无法所碍。宋徽宗立画学，考画之等，以不仿前人，而善摹万类之情态形色，俱若自然，笔韵高简为工。其上者真能纳画事于轨范之中，而又使之超轶于迹象之外，是最明于画法者也。

河西荆浩，山水为唐宋之冠。关仝尝师之。浩自称洪谷子，博通经史，善属文。五季多故，隐于太行之洪谷。善为云中山顶，四面峻厚。

尝语人曰：吴道子画山水，有笔而无墨，项容有墨而无笔。吾当采二字之所长，成一家之体。是浩既师道子，兼学项容，而能不为古人之法所囿者也。著《山水诀》一卷，为范宽辈之祖。

关仝师荆浩，所画山水，脱略毫楮，笔愈简而气愈壮，景愈少而意愈长，深造古淡。其画树石，又出于毕宏，有枝无干，喜作秋山寒林，村居野渡，见人如在灞桥风雪中，非碌碌画工所能知也。当时郭忠恕以师事之。

洛阳郭忠恕，字恕先，善画屋木林石，格非师授。重楼复阁，间见叠出，木工料之，无一不合规矩。天外数峰，略有笔墨，使人见而心服者在笔墨之外。其法用浓墨汁泼渍缣素，携就涧水涤之，徐以笔随其浓淡为山水形势。论者谓与《封氏闻见》所说江南吴生画同，但尤怪诞。是恕先之作虽师关仝，而实祖述道子之法，不欲蹈袭其迹者也。

唐之宗室李成，字咸熙，后避地北海，遂为营丘人。画法师荆浩，擅有出蓝之誉。家世业儒，胸次磊落有大志，寓意于山水。挥毫适志，精通造化，笔尽意在，扫千里于咫尺，写万意于指下，平远寒林，前所未有。凡称画山水者，必以成为古今第一，至于不名，而曰营丘焉。

长安许道宁学李成画山水，初卖药都门，以画聚观者，故所画俗恶。至中年脱去旧习，稍自检束，行笔简易，风度益著。峰头直皴而下，林木劲硬，自成一家。体至细微处，始入妙理，评者谓得李成之气。翟院深，营丘人，师李成，画山水有疏突之势。其见浮云以为范，而临摹李成，仿佛乱真，评者谓得李成之风。李成综合右丞、二李之长，惟不沾沾于古人，而能对景造意，戛然以成其独至，故气韵潇洒，烟林清旷，虽王维、李思训不能过之。要其六法俱备，足为画苑名程，又未尝尽弃古人之法而为之也。

华原范宽，名中正，字仲立，性温厚有大度，故时人目之为宽。画师荆浩，又学李成笔。虽得精妙，尚出其下，遂对景写山之骨，不取繁饰，自为一家。故其刚古之气，不犯前辈，由是与李成并行，时人议曰：李成之笔近视如千里之远，范宽之笔远望不离坐外，皆所造乎神者也。宽于前人名迹，见无不摹，摹无不肖，而犹疑绘事之精能，不尽于此也。喟然叹曰：吾师人曷若师造化！闻终南、太华奇胜，因卜居其间。数年笔大进，名闻天下。

河阳郭熙善山水寒林，亦宗李成法，得云烟出没，峰峦隐显之态，布置笔法，独步一时。早年巧赡工致，晚年落笔益壮。著《山水论》，言远近深浅，风雨晦明，四时朝暮之所不同。至于溪谷桥径，钓舟渔艇，人物楼观等景，莫不位置得宜，后人遵为画式。郭熙之出，后于营丘，当时以李成、郭熙并称，固已崇重如此。沈石田论营丘云：丹青隐墨墨隐水，其妙贵淡不贵浓。脱去笔墨畦径，而转趋于平淡古雅。虽层峦叠嶂，萦滩曲濑，略无痕迹。信乎非熙不能，而真足为营丘之亚也。李成、郭熙，皆能以丹青水墨，合为一体，特其优长，非马远、刘松年辈所能仿佛。

　　宋初承五代之后，工画人物者尚多，董源而后，则渐工山水。董源一作元，字叔达，钟陵人。事南唐为北苑副使。山水水墨类王维，着色如李思训。工秋峦远景，多写江南真山，不为奇峭之笔。皴法用淡墨扫，屈曲为之，再用淡墨破。其平淡天真多，唐画无此品格，高莫与比也。先是唐人工画，多写蜀中山水，玲珑嵌空，巉嵯巧峭，高岭危峰，栈道盘曲。荆浩、关仝，尤多峻厚峭拔之山。至北苑独开生面，峰峦出没，云雾显晦，岚色郁苍，枝干劲挺，论者称为画中之龙。

　　僧巨然、刘道士，皆各得董源之一体。得北苑之正传者，独推巨然。刘道士，亦江南人，与巨然同师北苑。巨然画则僧居主位，刘画则道士居主位。宋画尚无款识，二画如出一手，世人以此辨之。巨然师董源，师其神，不师其迹。少时作矾头山，老年平淡趣高，野逸之景甚备。大体董源、巨然两家画笔，皆宜远观。其用笔甚草草，近视之几不类物象，远观则景物粲然，幽情远思，如睹异境，此其妙处。且宋人院体，皆用圆皴。北苑笔意稍纵，为一小变，遂开侧笔先声，由有法以化于无法。师其法者，可以悟矣。

　　虽然，宋人之画，莫不尚法，而尤贵于变法。古人相师，各有不同，然亦可以类及者。黄筌、徐熙，同以花鸟名于时。黄家富贵，徐熙野逸，其显殊者，黄筌有春山秋岸、云岩汀石诸图，所画山水，咸有足称，尤多唐人之遗韵。僧惠崇画《溪山春晓图》，烘染清丽，笔意秀润。惠崇以艳冶，巨然以平澹，皆为高僧，逃入画禅。

　　赵伯骕、伯驹多学李思训，赵大年学王维，画法悉本唐意，而纤妍淡冶中，更开跌宕超逸之致。钱松壶言赵大年设色绝似马和之。钱塘马和之，山水笔墨飘逸。盖皆谨守宋规，而毫无院习者也。

宋道字公达，宋迪字复古，兄弟齐名。所画山水，多以平素简淡为宗，师李成法。复古声誉尝过其兄。论画之法，惟崇天趣。

王诜晋卿，画学李成，着色师李将军法。其遗迹最烜赫者为《烟江叠嶂图》，清润可爱。燕肃字穆之，益都人。燕文贵一作文季，吴兴人。文贵画《秋山萧寺图》，穆之画《楚江秋晓图》，皆能师王维、李成，上承唐人坠绪，下开南宋先声，已离画工之度数，而得诗人之清丽焉。

南宋士夫与院画之分

自文湖州画怪木疏篁，苏东坡写枯木竹石，胸次之高，足以冠绝天下，翰墨之妙，足以追配古人。其画出于一时滑稽诙笑之余，初不经意，而其傲风霆、阅古今之气，常可以想见其人。东坡论画，尝以人禽宫室器用，皆有常形，至于山石竹木水波烟云，虽无常形而有常理。常形之失，人皆知之；常理之不当，虽晓画者有不知。故凡可以欺世而取名者，必托于无常形者也。古人亦言：人物难工，鬼魅易画。画鬼者同为无常形之作，后世之貌为士夫画者之易以此。东坡又言，常形之失，止于所失，而不能病其全。若常理之不当，则举废之矣，以其形之无常，是以其理不可不谨也。世之工人，或能曲尽其形；而至于其理，非高人逸士不能辨。观于东坡之说，因知拘守于法者，犹不失其常形；而俪规越矩，自以为古法可尽废者，必至悖于常理。是无法之碍，既甚于为法所碍。且惟有法之极，而后可至于无法之妙。南宋画家刘李马夏，悉由精能，造于简略，其神妙于此可见。

宋高宗南渡，萃天下精艺良工。时凡应奉待诏所作，总目为院画，而李唐其首选也。李唐字晞古，河阳人，在宣靖间已著名。入院后，乃尽变前人之学而学焉。唐初至杭州，无所知者，货楮画以自给，日甚困，有中使识其笔曰：待诏作也。因奏闻。而唐之画，杭人即贵之。唐有诗曰：雪里烟村雨里滩，为之如易作之难。早知不入时人眼，多买胭脂画牡丹。概想其人，虽变古法，而不远于古法，可知也。古人作画，多尚细润，唐至北宋皆然。李唐同时，惟刘松年多存唐韵。马远、夏圭，用意水墨，任笔粗放，亦存董巨之风。

刘松年，钱塘人，居清波门外，俗呼暗门刘，又呼刘清波。淳熙画院画生，绍熙年待诏。山水人物师张敦礼，而神气过之（敦礼避光宗讳，改名训礼，宋汴梁人。学李唐山水，人物树石并仿顾、陆，笔法细密，神秀如生）。李西涯题刘松年画，言松年画，考之小说，平生不满十幅，笔力细密，用心精巧，可谓画中之圣。所画《耕织图》，色新法健，不工不简，草草而成，多有笔趣。《问道图》尤其得意之作，画法全以卫贤《高士图》为其矩矱。林木殿宇人物，苍古精妙，不似南宋人，亦不似画院人。宁宗当日，特赐之金带，良有得唐人之气韵为多，非但以精巧胜也。

河中马远，号钦山，世以画名，后居钱塘。光、宁朝待诏。画师李唐，工山水、人物、花鸟，独步画院。所画下笔严整，用焦墨作树石，枝叶夹笔，石皆方硬，以大斧劈带水墨皴。全境不多，其小幅或峭峰直上而不见其顶，或绝壁直下而不见其脚，或近山参天而远山则低，或孤舟泛月而一人独坐，此边角之景也。间有其峭壁丈障，则主山屹立，浦溆萦回，长林瀑布，互相掩映。且如远山外低，平处略见水口，苍茫外微露塔尖，此全景也。画树多斜欹偃蹇，松多瘦硬，如屈铁状。间作破笔，最有丰致。杨娃字妹子，杨后之妹也。书似宁宗，印章有杨娃者。以艺文供奉内廷，凡远画进御，及颁赐贵戚，皆命娃题署云。马远画出新意，极简淡之趣，号马半边，形不足而意有余。评画者谓远多剩水残山，不过南渡偏安风景，世称马一角，实不尽然。远子麟，能世家学，然不逮父。远爱其子，多于己画上题麟字，盖欲其名彰也。

夏圭，字禹玉，宁宗朝待诏，赐金带。画师李唐，夹笔作树，梢间有丁香枝，树叶间有夹笔，人物面目，点凿为之。柳梢间以断缺，楼阁不用界尺，只信手为之。笔意精密，奇怪突兀，气韵尤高，故当为一代名士。山水布置皴法，与马远同。但其意尚苍古而简淡，喜用秃笔。马巧而夏拙，善于用拙者也。夏圭师李唐，更加简率。其意欲尽去模拟蹊径，而若灭若没，寓二米墨戏于笔端。他人破觚为圆，此则琢圆为觚耳。然其《千岩竞秀图》，岩岫萦回，层见叠出，林木楼观，深邃清远。盖李唐之画，其源出于范、荆之间，夏圭、马远，又法李唐，故形模若此。至其精细之极，非残山剩水之地，或谓粗而不失于俗，细而不流于媚，有清旷超凡之远韵，无猥暗蒙尘之鄙格，其推崇有如此者。子森，亦以画名。

南宋光、宁朝，李唐、刘松年、马远、夏圭为四大家，如宋初之李、范、董、郭。其时濩泽萧照字东生，画师李唐。先靖康中，流入太行为盗。一日掠至李唐，检其行囊，不过粉奁画笔而已。雅闻唐名，即随唐南渡。唐尽以所能授之。知书善画能诗，有游范罗山句：萝翠松青护宝幢，烟波万里送飞䑸。真人旧有吹箫事，俱傍明霞照晚江。画笔潇洒超逸，妙得李唐之神。李嵩，钱塘人，少为木工，工人物，尤精界画，巨幅浅绛，笔法高古，虽出画院，犹有唐法。此虽暴客贱役，洁身自好，意气不凡，卒成精诣，其感人深矣。

况若身处世胄之家，志抱坚贞之节，如梁楷者，本东平相义之后。画院待诏，赐金带不受，挂于院内，嗜酒自乐，号梁疯子。玄之又玄，简而又简，传于世者，皆直草草，谓之减笔。人但知其笔势遒劲，谓为师法李公麟，而要酝酿于王右丞、李将军二家，用力既深，由繁而简，独出心裁。赵由俊句云：画法始从梁楷变，观图犹喜墨如新。又于刘、李、马、夏四家之外，能自立帜者矣。其后俞珙、李权辈多师之。权，一作瓘，皆钱塘画院中人也。

元人写意之画倡于苏米

苏东坡言：观士人画，如阅天下马，取意气所到；乃若画工，往往只取鞭策皮毛，槽枥刍秣而已，无一点俊发者，看数尺许便卷。此即形似、神似，元人尚意之说也。画法莫备于宋，至元搜抉其意蕴，洗发其精神，实处转松，奇中有淡，以意为之，而真趣乃出。元代诸君，资性既高，取途复正，往往于唐法中，幻出为逸格，绝无南宋以下习气。惟时元运方长，贤人不立其朝，故绘事绝盛，前后莫能比方。夫惟高士遁荒，握笔皆有尘外之想，因之用笔生，用力拙，善藏其器，惟恐以画名。盖自唐宋两朝，画院中人，规矩准绳，束缚日久，即有嬗变，不过视一二当宁之人，为之转移。譬如唐人楷法，非不精工，虽其遒美可观，而干禄字书既已通行，绝少晋贤潇洒自如之态。元画师唐，不袭唐人之貌，兼师北宋之法，笔墨相同，而各有变异，非好学深思，心知其意者，不克臻此。张浦山论画，谓重气韵，气韵有发于墨者，有发于笔者，有发于意者，有发于无意者。发于无意者为上，发于意者次之，发于笔墨者又次之。墨之渲晕，笔之皴擦，人力可至，走笔运墨，我如是而得如是，无不适当，人力所造，是合天趣矣。若神思所注，妙极自然，不惟人力，纯任化工，此气韵生动，为元人独得之秘。宜其空前绝后，下学上达，妙绝今古，而无与等伦者已。然由浓入淡，由俗入雅，开元人之先者，实惟宋之文湖州、苏东坡、米襄阳诸公之力为多。

　　文同，字与可，梓潼人，官湖州，以文学名世，操行高洁，善诗文、篆隶行草飞白，又善画竹，兼工山水。所画《晚霭图》，潇洒似王摩诘，而功夫不减关仝。东坡称其下笔能兼众妙；都穆言，石室先生，人知其妙于墨竹，而不知山水之妙，乃复如是。

　　苏轼，字子瞻，眉山人，自号东坡居士。作枯槎寿木，丛筱断山，笔力跌宕于风烟无人之境。自谓寒林已入神品，用松煤作古木，拙而劲，疏竹老而活，亲得文湖州传法。故湖州尝云：吾墨竹一派，近在彭城。然东坡实少变其法，老干磊砢，数叶萧疏，而其意已足。盖胸次不凡，落笔便有超妙处。次子过，字叔党，善作怪石丛筱，咄咄逼东坡。世称叔党书画之胜，克肖其先人。又时出新意，作山水，远水多纹，依岩多屋木，皆人迹绝处，并以焦墨为之。此出奇之处，全关用意，有不觉其法之变有如此者。

　　师东坡之竹石，后有柯九思，字敬仲，号丹丘，台州人，槎枒大树，枝干皆以一笔涂抹，不见有痕迹处。自谓写干用篆，写枝用草书，写叶用八分，或用鲁公撇笔，石用折钗股、屋漏痕之遗意云。

　　李公麟，字伯时，舒州人，宦后归老于龙眠山。博学精识，用意至到，凡目所睹，即领其要。始学顾、陆、张、吴及前世名手佳本，乃集众善，以为己有，更自立意，专为一家。自作《山庄图》，为世宝传。尝从苏东坡、黄山谷游，盖文与可一等人也。初留意画马，有僧劝其不如画佛。东坡言观伯时作华严相，皆以意造，而与佛合。画《悬溜山图》，李廌《画品》称其于画天得也，尝以笔墨为游戏，不立守度，放情荡意，遇物则画，初不计其妍媸得失，至其成功，则无遗恨毫发。此殆进技于道，而天机自张，于元画尚意之说，有可合者，正未可以其白描细笔而歧视之。此善用唐人之法者也。

米芾，字元章，襄阳人，寓居京口，宋宣和立画学，擢为博士。初见徽宗，进所画《楚山清晓图》，大称旨。山水人物，自名一家。以李公麟常师吴生，终不能去其习气，山水古今相师，少有出尘格，因信笔为之。多以烟云掩映树木，不取工细，不作大图。求者只作横挂三尺，无一笔关仝、李成俗气。人称其画能以古为今，妙于熏染。所画山水，其源出于董源。枯木松石，时有新意。又用王洽泼墨，参以破墨、积墨、焦墨，故融厚有味。宋之画家，俱于实处取气，惟米元章于虚中取气。然虚中之实，节节有呼吸，有照应。邓公寿言李元俊所藏元章画，松梢横偃，淡墨画成，针芒千万，攒簇如铁。又有梅松兰菊，交柯互叶而不相乱。项子京藏有青绿山水，明媚工细，沈石田题句云：莫怪湿云飞不起，米家原自有晴山。而当时翟耆年称其善画无根树，能描朦胧云，乃其一种，未可以尽海岳。后世俗子点笔，便是称米家山，岂容开人护短径路耶！

子友仁，字元晖。言云山画者，世称米氏父子，故曰二米。元晖能传家学，作山水，清致可掬，略变其尊人所为，成一家法。烟云变灭，林泉点缀，生意无穷。然其结构，比大米稍可摹拟，古秀之外，别有丰韵，书中羲、献，正可比伦。黄山谷诗：虎儿笔力能扛鼎，教字元晖继阿章。虎儿，元晖小字也，元晖墨勾细云，满纸浮动，山势迤逦，隐显出没，林木萧疏，屋宇虚旷。山顶浮图，用墨点成，略不经意。然其水墨，要皆数十百次积累而成。故能丹碧绯映，墨彩莹鉴，自当竟究底里，方见良工苦心。至谓王维之画，皆如刻画，为不足学。惟其着意云烟，不用粉染，成一家法，不得随人取去故也。每自题其画曰墨戏，盖欲淘洗宋时院体，而以造物为师，可称北苑嫡家。

二米家法，得其衣钵者，高尚书克恭，字彦敬，号房山。初写林峦烟雨，后用李成、董源、巨然法，造诣益精，为一代奇作。其笔踪严重，用墨峦头树顶，浓于上而淡于下，为独得之法。青山白云，甚有远致。赵集贤为元冠冕，独推重高彦敬，如后生之事名宿。倪云林题黄子久画云：虽不能梦见房山、鸥波，特有笔意。当时推房山、鸥波居四家之右；吴兴每遇房山画，辄题品作胜语，若让伏不置然。其时士大夫能画者，高彦敬而外，莫如赵孟頫，字子昂，号松雪。作画初不经意，对客取纸墨，游戏点染，欲树即树，欲石即石。少时学步王摩诘、李营丘、大小李将军，皆缣素瀚染之笔。董玄宰谓其画法有唐人之致，去其纤；有北宋人之雄，去其犷。尝入逸品，高者诣神。识者谓子昂衮然冠冕，任意辉煌，非若山林隐逸者惟患人知，故与唐宋名家争雄，不复有所顾虑。然其仕也，未免为绝艺所累。元代名家，恒多隐逸，于此可见。天真烂漫，脱尽俗气者，皆从诗文书翰中来，故能绝去笔墨畦径，萧然物外，而为寻常画史之所不可及。

元季四家之逸品

古人作画，皆有深意，运思落笔，莫不各有所主。元四家多师法北宋，上溯唐法，笔墨相同，而各有变异，其逐一不同也。黄子久师法北苑，汰其繁皴，瘦其形体，峦顶山根，重加累石，横其平坡，自成一代。王叔明少学松雪，晚法北苑，将北苑之披麻皴，屈曲其笔，名为解索皴，亦自成一体。倪高士师法关仝。改繁实为空灵，成一代之逸品。吴仲圭多学巨然，易紧密为疏落，取法又为少异。要其以董巨起家，成名后世，尤古今卓立者已。至如朱泽民、唐子华、姚彦卿辈，虽学李成、郭熙，究为前人蹊径所压而胥逊矣。

黄公望，字子久，号一峰，别号大痴，浙江衢州人。生而神童，科通三教，善山水。居富春，领略江山钓滩之概。其画纯以北苑为宗，而能化身立法，气清而质实，骨苍而神腴，淡而弥旨，为元季四家之冠。寄乐于画，自子久始开此门庭。山头多矾石，别有一种风度。往往勾勒轮廓，而不施皴擦，气韵深沉浑穆。常于道路行吟，见老树奇石，即囊笔就貌其状。凡遇景物，辄即模记。后至虞山，见其颇似富春，遂侨寓二十年。湖桥酒瓶，至今犹传胜事。吾谷枫林，为秋山之胜，一生笔墨最得意处。至群山朝暮之变幻，四时阴霁之气运，得于心而形于笔，千丘万壑，愈出愈奇，重峦叠嶂，越深越妙。其设色浅绛者为多，青绿水墨者少。其画格有二种：作浅绛色者，山头多矾石，笔势雄伟；一种作水墨者，皴纹极少，笔意尤为简远。有《论画》二十则，不出宋人之法。但于林下水边，沙渍木末，极闲中辄加留意，归于无笔不灵，无笔不趣。于宋法之外，又开生面焉。

王蒙，字叔明，吴兴人，赵子昂甥也，号黄鹤山樵。山水得巨然墨法，用笔亦从郭熙卷云皴中化出，秀润细密，有一种学堂气，冠绝古今。秾如王右丞，不涉舅氏鸥波之蹊径，极重子久，奉为师范。生平不用绢素，惟于纸上写之，得意之笔，常用数家皴法。山水多至数十重，树木不下数十种，径路纡回，烟霭微茫，曲尽幽致。自言暇日为郡曹刘彦敬画竹趣图，甫毕，而一峰黄处士见过，仆出此求印证，处士谓可添一远山并樵径，天趣迥殊，顿增深峻。可知熏染磋磨之益，增进学识，所关甚大也。

倪瓒，字元镇，号云林子，无锡人。性爱洁，不与世合，惟以诗画自娱。画师李成、郭熙，平林远黛，竹石茅亭，笔墨苍秀，而无市朝尘埃气。生平不喜作人物，亦罕用图记，故有迂癖之称，元季高品第一。所画山石多从李思训勾斫中来，特不敷色。其树谓之减笔李成。家藏古迹成帙，尤好荆关之笔。中年得荆浩《秋山晚翠图》，如获至宝，为建清闷阁悬之，时对之卧游神往，常至忘膳。画《狮子林》，自谓得荆关遗意。然惜墨如金，至无一笔不从口含濡而出，故能色泽腻润。江东人家，以有无为清俗。其笔疏秀逾常，固非丹青炫耀，人人得而好之。或谓仲圭大有神气，子久特妙风格，叔明奄有前规，而三家未洗纵横习气，独云林古淡天然，米颠后一人而已。宋画易摹，元画难摹。元人犹可学，独云林不可学。其画正在平淡中，出奇无穷，直使智者息心，力者丧气，非巧思力索可造也。

吴镇，字仲圭，号梅花道人，嘉兴人。博学多闻，藐薄荣利，村居教学以自娱，参易卜卦以玩世。遇兴挥毫，非酬应世法也。故其笔端豪迈，墨汁淋漓，无一点朝市气。师巨然而能轶出其畦径，烂漫惨淡，自成名家。盖心得之妙，殊非易学，北宋高人三昧，惟梅道人得之。与盛子昭同里闬而居，求盛画者，填门接踵，远近著闻。仲圭之门，雀罗无问，惟茅屋数椽，闭门静坐。妻孥视其坎壈，而语撩之曰：何如调脂杀粉，效盛氏乎？仲圭莞尔曰：汝曹太俗！后五百年，吾名噪艺林，子昭当入市肆。身后上大夫果贤其人，争购其笔墨，其自信有如此者。泼墨之法，学者甚多，皆粗服乱头，挥洒以鸣其得意，于节节肯綮处，全未梦见，无怪乎有墨猪之诮也。

四家而外，余若曹知白，号云西，画笔韵度，清妙与黄子久、倪云林相颉颃。方从义，号方壶，画山水极潇洒，非世人所能及。盖学仙之颖然者，由无形而有形，虽有形终归于无形。云树蒸氲，其画如此。张雨，字贞居，高逸振世，文绝诗清，韬光山水间，默契神会，点染不群，大得北苑之意。徐贲，字幼文，画亦出自董源，大抵与王孟端、杜东原气味相类，盖元人之遗风也。孟端人品特高，能不为艺事所役，虽片楮尺缣，苟菲其人，不可得也。

明画繁简之笔

明自宣庙妙于绘事，其时惟戴文进不称旨归。边景昭、吴士英、夏昶辈皆待诏，极被赏遇。孝宗政暇，游笔自娱，点刷精妍，妙得形似。赏画工吴伟辈彩段。然戴琎、吴伟之伦，笔墨粗犷，渐离南宋马夏诸法。至于张路、钟钦礼、汪肇、蒋嵩，遂有野狐禅之目。徒摹其状貌，失其神气，人谓为没兴马远。至于沈周、唐寅、文徵明辈，遥接董巨薪传，务以士气入雅，而画法为之一变。高者上师唐宋，近法元人，恒多入于简易。久之吴浙二派，互相掊击，太仓、云间，亦别门户。惟其笔墨修洁，胸次高旷者，乃骎骎于古作者之林，不欲徇于俗好。故已卓然成家，此非习守之所能拘，方隅之可或限者，一代之间，尚不乏人也。

戴琎，字文进，号静庵，又号玉泉山人，家钱塘。山水其源出于郭熙、李唐、马远、夏圭，而妙处多自发之，俗所谓行家兼利者也。神像、人物、杂画，无不佳。宣德初，征入画院。一日在仁智殿呈画，遣文进以得意者为首，乃《秋江独钓图》，画一红袍人垂钓于江边。画家推红色最难着，文进独得古法。谢廷询从旁奏云：画虽好，但恨鄙野。宣庙诘之，乃曰：大红是朝官服，钓鱼人安得有此。遂挥其余幅，不经御览。文进寓京大窘，门前冷落，每向诸画士乞米充口。而廷询则时所崇尚，曾为阁臣作大画，遣文进代笔。偶高方毅毂、苗文康衷、陈少保循、张尚书瑛同往其家，见之，怒曰：原命尔为之，何乃转托非其人耶？文进遂辞归。后复召，潜寺中不赴。尝自叹曰：吾胸中颇有许多事业，争奈世无识者，不能发扬。身后名愈重而画愈贵。论者谓其画如玉斗，精理佳妙，复为巨器，可居画品第一。文进画笔，宋之画院高手或不能过。不但工画，制行亦复高洁，宜其下视时流，为庸俗人所龃龉，良可慨已。然文进《东篱秋晚》，以为初阅之极似沈启南作，盖其苍老秀逸，同一师法也。

　　元四家后，沈石田为一大宗，董玄宰数言之。王百穀撰《丹青志》，列为神品，惟沈一人。沈周，字启南，号石田，自号白石翁。画学黄子久、吴仲圭、王叔明，皆逼真，独于倪云林不甚似。尝师事赵同鲁。同鲁每见用仿云林，辄谓落笔太过。所画于宋元诸家，皆能变化出入，而独于董北苑、僧巨然、李营丘，尤得心印。上下千载，纵横百辈，兼综条贯，莫不揽其精微。每营一障，则长林巨壑，小市寒墟，高明委曲，风趣泠然，使览者目想神游，下视众作，直培嵝耳。会郡守某召画照墙，石田往役。后守入观，谒李西涯相国，首问沈先生无恙否，乃知即画墙者也。家吴郡之相城里。石田山舆入郭，多主庆云庵及北寺水阁，掩扉扫榻，挥染不倦。公卿大夫，下逮缁流贱隶，酬给无间。一时名士，如唐寅、文征明之流，咸出其门。石田少时画，所谓率盈尺小景，至四十外，始拓为大幅，粗株大叶，草草而成。有明中叶以后，画多简易，悉原于此，盖所师法者多也。生平虽以画擅名，而每成一轴，手题数十百言，风流文彩，照耀一时。诗文与匏庵并峙。石田诗自斐其少作，海虞瞿氏耕石轩为锓版行之。

　　正嘉中，吴郡多士大夫之画，而六如第一。唐寅，字子畏，号六如，中南京解元。才艺兼美，风流倜傥。画山水人物，无不臻妙。原本刘松年、李晞古、马远、夏圭四家，而和以天倪，运以书卷之气。故画法北宗者，皆不免有作家面目，独子畏出，而北宗始有雅格。由其笔姿秀逸，纯用圆笔，青出蓝也。家吴趋里。才雄气轶，花吐云飞，先辈名硕，折节相下。坐事就吏，逃禅学佛，任达自放。其论画曰：工画如楷书，写意如草圣，不过执笔转腕灵妙耳。世之善画者，多善书，由于转腕用笔之不滞。又云：作画破墨，不宜用井水，性冷凝固也。温汤或河

艺术随笔·古画微

79

水皆可。洗砚磨墨，以墨压开，饱浸水讫，然后蘸墨，则吸上匀畅。若先蘸墨而后蘸水，冲散不能感动。惟能善用笔墨，故其画法沉郁，风骨秀峭，刊落庸琐，务求深厚，连江叠巘，缅缅不穷。又作《寒林高士》，纸本巨幅，绝似李营丘、范华原法。写枯树五株，高二尺许，大如股，用干笔湿墨，层层皴擦出之，槎枒老干，墨气郁苍，人物衣冠，神姿闲淡，魄力沉雄，虽石田不能过也。设六如都无他艺，孤行其画，犹自不朽，况文之巨丽，诗之骀宕，又其人之任侠跅弛也乎？晚年漫兴生涯，画笔兼诗笔，踪迹花船与酒船，旷然空一世矣！此其所以能预识宸濠于未叛之先也。

　　文征明，名璧，以字行，更字徵仲，长洲人。以世本衡山，号衡山居士。贡至京师，授翰林待诏，三载，谢病归。父，温州守，宗儒，有名德。吴原博、李贞伯、沈启南，皆其执友。徵仲授文法于吴，授书法于李，授画意于沈。而又与祝希哲、唐六如、徐昌国，切磨为诗文。其才亚于诸公，而能兼擅其长。当群公凋谢之后，以清名长德，主吴中风雅之盟者三十余年。文人之休有誉处，寿考令终，未有能及之也。宁庶人宸濠以厚币招致海内名士，征仲谢弗往，六如佯狂而返，识者两高之。生平雅慕赵松雪，每事多师之。诗文书画，约略似之。所画山水，松雪而外，又兼王叔明、黄子久之长，颇得董北苑笔意，合作处，神采气韵俱胜，单行矮幅更佳。晚年师李晞古、吴仲圭，翩翩入室，逍遥林谷，益勤笔砚，大图小轴，皆有奇致。既臻耄耋，德高行成，宇内望风钦慕，以缣楮求画者，案几若山积，车马骈阗，喧溢里门。寸图才出，承学之士，千临百摹，家藏而市鬻者，真赝纵横。一时砚食之徒，丐其芳润，沾濡余沥，无不自为厌足。精巧本之松雪，而出入于南北二宗。翁覃溪特谓粗笔是其少作，老而愈精。今则于其磅礴沉厚之作，谓之粗文，得者尤深宝爱。徵仲生九十年，名播海内。既没而名弥重，藏其画者，惟求简笔为尤难也。

　　言明画之工笔者，必称仇实父。实父仇英，字实甫，号十洲。画师周东村。所临小李将军《海天落照图》及李龙眠《西园雅集图》《上林图》，极为精妙。人物、鸟兽、山林、台观、旗辇、军容，皆臆写古贤名笔，斟酌而成。平生虽不能文，而画有士人气。仇以不能文，在文、沈、唐三公间，稍逊一筹。然于绘事，博精六法深诣，用意处可夺龙眠、伯驹之席。董思翁不耐作工笔画，而曰：李龙眠、赵松雪之画极妙，又有士人气，后世仿得其妙，不能其雅，五百年而有仇实父。实父作画时，耳不闻鼓吹阗骈之声，如隔壁钗钏。顾其术近苦，行年五十，方知此一派画，不可专习。至为《孤山高士》及《移竹》《煎茶》《卧雪》诸图，树石人物，皆萧疏简远，行笔草草。置之六如，衡山之间，几不可辨。岂可以专事雕绘，丝丹缕素，尽其能哉。是其能画繁中之简者也。

明画之有文、沈、唐、仇，不啻元季四家之有黄、吴、倪、王焉。石田之先人沈贞，字贞吉，号陶庵，世居相城里。工律诗。雅善山水。每赋一诗，营一幛，必累月阅岁乃出，不可以钱帛购，故尤以少得重。沈恒字恒吉，号同斋，即贞弟，而石田之父也，工诗。兄弟自相倡酬，仆隶皆谙文墨。画山水师杜琼，才思溢出，绝类王叔明一派。两沈并列，寿俱大耋。沈召，字翊南，石田之弟，画山水有法，惜早逝。与石田先后而为沈氏师友者，杜琼，字用嘉，号鹿冠老人，明经博学，贞澹醇和，粹然丘壑之表，山水宗董源，年登上寿，私谥渊孝；赵同鲁，字与哲，善诗文，著有《仙华集》，所作山水，涉笔高妙，石田师事之；吴麟，字瑞卿，常熟人，山水仿宋元诸家，笔墨秀朗；史忠，字端本，一字延直，号痴翁，上元人，山水纵笔挥写，不拘家数，皆与石田交好。王纶，字理之；杜冀龙，字士良，又师石田者也。

文、沈二氏之门，画士师法者甚盛，而文氏之学，尤多著于时。衡山之长子彭，字寿承，次子嘉，字休承，季子台，字允承，皆能画，尤以休承为最。休承山水清远，逸趣得云林佳境。从子伯仁，字德承，号五峰，山水笔力清劲，时发巧思。其后习者益多，不废家学。其时师事衡山者尤多。钱毂，字叔宝，读书多著述，家贫好客，从文衡山游，尝题其楣为悬磬室，自号磬室子，山水不名其师学，而自腾踔于梅花、一峰、石田间，爽朗可爱。陆师道，字子传，号元洲，晚称五湖道人，工诗，善小楷古隶，从文衡山游，尽得其法。山水澹远类倪云林，精丽者不减赵吴兴。陆士仁，字文近，号澄湖，师道子也，书画俱宗衡山，山水雅洁。陈淳，字道复，以字行，号白阳山人，兼工花卉，又文氏之门之特出者也。由是而文氏一派愈趋简易矣。

继文、沈之后，为能崛起不凡、独树一帜者，惟董其昌，字玄宰，号思翁，华亭人。官至大宗伯，晋宫保，谥文敏。天才俊逸，善谈名理，少好书画，临摹真迹，至忘寝食。中年悟入微际，遂自名家。山水宗北苑、巨然，秀润苍郁，超然出尘。自谓好画有因：其曾祖母，乃高尚书克恭之玄孙女，所由来者有自。早年全学黄子久山水，一仿辄似。尝言唐人画法至宋乃畅，至米元章父子乃一变；惟不学米，恐流入率易。晚年之笔，高岳长松，浓墨挥洒，全用董北苑法，绝不蹈元人一笔一画。故思翁之画，以临北苑者为胜。间仿大米，称米元章作画，一正画家谬习。观其高自位置，谓无一点吴生习气。又云王维之迹，殆如刻画，真可一笑。盖元章学董北苑，初变其法，思翁欲兼董、巨、二米而又变之。至谓学古人不能变，便是篱堵间物，去之转远，乃由绝似故耳。然而阎古古犹曰：黄子久学董北苑，不似而似。思翁笔笔学北苑，似而不似。甚矣神似之难，难于形似奚啻万万！钱松壶亦谓董思翁画笔少含蓄，而苍郁有致。其当时之卓著者，有陈继儒，字仲醇，号眉公，为高才生，与同郡董其昌齐名。年二十九，取儒衣冠焚弃之，结茅昆山之阳，后居东佘山。工诗文，虽短翰小词，皆极风致。既高隐，屡征不就。有晚香堂白石山房稿。画山水，涉笔草草，苍老秀逸，不落吴下画师甜俗魔境。自言儒家作画，如范鸱夷三致千金，意不在此，聊示伎俩。又如陶元亮入远公社，意不在禅，小破俗耳。若色色相当，便与富翁俗僧无异。故其画皆在畦径之外。

华亭一派，时有顾正谊，字仲方，莫是龙，字云卿，山水出入元季大家，无不酷似，而于子久尤为得力。宋旭，字初旸，善诗，工八分书，所画山水，高华苍蔚，名擅一时；游寓多居精舍，世以发僧高之。孙克弘，字允执，号雪居，仕汉阳太守，山水参马远法，而以米元章为宗，兼花鸟佛像。其从宋旭受业者有宋懋晋，字明之，善诗画，山水参宋元遗法，自成一家。而赵文度、沈子居，又从学于宋旭与懋晋之门，而为华亭后起之秀。赵左，字文度，山水与宋懋晋同学于宋旭。懋晋挥洒自得，而左惜墨构思，不轻涉笔，画宗董北苑，兼得黄、倪两家之胜。云山一派，能以己意发之，有似米非米之妙。沈士充，字子居，画山水，出宋懋晋之门，兼师赵左，清蔚苍古，运笔流畅。其后学者，务为凄迷琐碎，至以华亭习尚，为世厌薄，不善效法之过也。

明季节义名公之画

　　明季士夫，多工翰墨，兼长绘事，足与元人媲美者，恒多节义之伦。黄道周，字幼玄，一字螭若，号石斋，漳浦人，官至礼部尚书。山水人物，长松怪石，极其磊落。真草隶书，自成一家。以文章风节高天下，明亡，殉国难，谥忠端。

　　倪元璐，字玉汝，号鸿宝，上虞人，官至户部尚书。善竹石水云山草，苍润古雅，颇有别致。诗文为世所重。工行草书。李自成陷京师，自缢死。

　　祁彪佳，字幼文，山阴人，官至巡抚应天都御史，谢病归。尝治别业于寓山，极林壑之胜。乙酉闰月六日，坐园中，题其案曰：图功为其难，洁身为其易。吾为其易者，聊存洁身志。含笑入九泉，浩然留天地。步放生碣下，投水，昧旦犹整巾带立水中，因以殉国。画山水，不多作。其弟豸佳，字止祥，官吏部司务，国亡不仕，隐梅市。山水学思翁，又善花卉。同时抱道自重，甘于韬晦，亮节清风，盖亦多矣。

清初四王吴恽之摹古

　　自明代董思翁画宗北宋，太原王时敏，字逊之，号烟客，家太仓，少时即为董思翁及陈眉公所深赏。于时思翁综揽古今，阐发幽奥，自谓画禅正宗，真源嫡派。烟客实亲得之。祖相国文肃公赐爵，以暮年抱孙，钟爱弥甚，居之别业，以优裕其好古之心。故烟客所得，有深焉者，家本富于收藏，及遇名迹，不惜多金购之。如李营丘《山阴片雪图》，费至二十镒。每得一秘轴，闭阁沉思，瞪目不语。遇有赏目会心之处，则绕床大叫，拊掌跳跃，不自知其酣狂。故凡布置设施，勾勒斫拂，水晕墨彰，悉有根柢。早年即穷黄子久之奥窔，着意追摹，笔不妄动，应手之制，实可肖真。用力既深，晚益神化。以荫官至奉常，而淡于仕进，优游笔墨，啸吟烟霞，为清代画院领袖。平生爱才若渴，不俛仰世俗，以故四方工画者，踵接于门，得其指授，无不知名于时，海虞王石谷翚其首也。当烟客家居时，廉州太守王鉴挈石谷来谒，即与之论究古人，为揄扬名公卿间；又悯其贫，周恤亦备至。

时与烟客齐驱，其笔墨亦相近者，王鉴，字玄照，号湘碧，弇州王世贞之孙。精通画理，摹古尤长。凡唐宋元明四朝名绘，见之辄为临摹，务肖其神而止。故其苍笔破墨，时无敌手，丰韵沉厚，直追古哲。于董北苑、僧巨然两家，尤为深造，皴擦爽朗，不求工细。玄照视烟客为子侄行，而年实相若，互深砥砺，并臻极妙。论六法者，以两人有开来继往之功。特玄照所画，运笔之锋较烟客稍实。烟客用笔，在着力不着力之间，凭虚取神，苍润之中，更能饶秀。玄照总多笔锋靠实，临摹神似，或留迹象。然皆古意盎然，为画品上乘，无疑也。

尊王石谷者，至称画圣，以为前无古人，后无来者，莫石谷若，殊非实然。王翚，字石谷，号耕烟外史，常熟人，于清代四王之中，最有盛名。王玄照游虞山，石谷以画扇托人呈玄照，因得见，遂以弟子礼事之。玄照曰：子学当造古人。即载之归。先命学古法书数月，乃亲指授古人名迹稿本，学乃大进。玄照将远宦，又引谒烟客，挈之游江南北，得尽观收藏家秘本。石谷既神悟力学，又亲炙玄照、烟客之指授，集众画之大成，为一代作家。烟客既得见石谷之画成，恨不及为董思翁所及见，嗟叹不已。康熙南巡，石谷绘图称旨，厚币赐归。朝贵有额以清晖阁者，因自号清晖主人。尝曰：以元人笔墨，运宋人丘壑，而泽以唐人之气韵，乃为大成。家居三十载，厅事之前，笔墨缣素，横积几案。弟子数十人，凡制巨画，树石人物，各主一艺。惟于立稿之前，粗具模形，既成之后，略加点染，非必己出，遂为大观。其后赝本迭兴，妍媸混目。论者每右南田而左石谷，谓：恽本天工，王由人力，有仙凡之别。又云：南田胸有卷轴，石谷枵然无有。在南田萧萧数笔，石谷极力为之所不能及。翁覃溪亦言：近日学于石谷之画或厌薄不足道，石谷六法到家，处处筋节，画学之能，当代无出其右；然笔法过于刻露，每易伤韵。石谷之画，往往有无韵者，学之稍不留神，每易生病。近二百年来，临摹石谷之画，日见其多。师石谷而不求石谷之所师，此清代画学日衰之由也。

石谷弟子，其亲炙与私淑之徒，不可偻指计。杨晋，字子鹤，号西亭，常熟人，长于画牛。蔡远，字月运，号生涯，闽人，侨居常熟，画牛不逊于杨晋。僧上睿，字浔濬，号目存，又号浦室子，吴人，兼人物花卉。皆得石谷之指授，所画山水，有名于时，此其尤著。

至与石谷同时，而所画纯仿石谷者，有王荦，字耕南，号稼亭，又号栖峤，吴人。山水临摹石谷而有不逮，盖徒貌似耳。恒托其名以专利，石谷虽深恨之，而当时之托名石谷者尤多，其不逮荦笔，而传后世，非真善鉴者不易为之辨别。盖石谷画有根柢，其摹仿诸家，笔下实有所见，笔姿之妩媚，又其天性。学者徒恃其稿本，辗转传橅，元气尽失，而秀韵清姿，复不能及，流为匠气，致引石谷为戒，非石谷之过也。

传烟客之家学者，其嫡孙王原祁，字茂京，号麓台，官司农。童时偶作山水小幅，粘书斋壁，烟客见大奇之。闲与讲析六法之要，古今异同之辨。成进士后，专心画理，笔法大进，于黄子久浅绛山水，尤为独绝。熟而不甜，生而不涩，淡而弥厚，实而弥清，书卷之味，盎然楮墨之外。入仕后，供奉内廷，每作画，必以宣德纸，重毫笔，顶烟墨，曰：三者不备，不足以发古隽深逸之趣。客有举王石谷画为问，曰：太熟。复举查二瞻为问，曰：太生。盖以不生不熟自处。尝称笔端有金刚杵，在脱尽习气。麓台山石，妙如云气腾逸，模糊蓊郁，一望无际。用笔均极随意，绝无板滞束缚之态。论者谓其稍有霸悍之气，非若烟客之冲和自在。后人又因其专师子久，干墨重笔，皴擦而成，以博浑沦，仅有一种面目；未能如石谷之兼临各家，格局变化，兼具两宋名人及元四家之形体，可供模拟者随意效法，是以得名亦次于石谷。然海内绘事家，不入石谷牢笼，即为麓台械杻。至为款书，皆求绝肖，陈陈相因，贻诮一丘之貉。故二家之后，非无画士，徒工其貌而遗其神，遂以宋元古画皆不足观，抑亦过矣。

时与石谷同邑而为复古之画学者，有吴历，字渔山。因所居有言子墨井，故又号墨井道人。画法宋元，多作阴面山，林木蓊翳，溪泉曲折，不仅以仿子久、叔明见长。笔力沉郁深秀，高闲奇旷，宜在石谷之上。晚年墨法，一变溟溟蒙蒙，多作云雾迷漫之景，或谓其为欧法画所化。翁覃溪有题吴渔山画石谷留耕堂小影诗云：意在欧罗西海边，渔山踪迹等云烟。题诗岂解留耕趣，荒却桃源数亩田。渔山清洁自好，不谐于世，弹琴咏诗，萧然高寄。所画山水，王烟客、钱牧斋皆亟称之。同时王石谷名满天下，持缣币而请者，日塞其门，而不屑与之争名，以跧伏于海上。学者称其魄力绝大，落墨兀傲不群。山石皴擦，颇极浑古。点苔及横点小树，用意又与诸家不同，惬心之作，深得唐子畏神髓，尤能摆脱其北宋窠臼，真善于法古者也。六如学李晞古，一变其刻画之习。渔山学六如，又去其狂纵之容，纯任天机，是为可贵。云间陆昉，字日为，传其法，山水喜为挑笔，颇有画痴之目，笔意古拙，稍有不逮。

画格高于石谷，能于石谷外自辟蹊径者，有恽寿平，字正叔，初名格，后以字行，武进人，号南田，又号白云外史，一作云溪外史。工诗文，所画山水，力肩复古，以此自负。及见石谷，而改写生，学为花卉，斟酌古今，以北宋徐崇嗣为归，一洗时习。虽专写生花卉，山水亦间为之。如柯丹丘《古木竹石》、赵鸥波《水村图》，细柳枯杨，皆超逸名贵，深得元人冷淡幽隽之致，而不多作。尝与石谷书云：格于山水，不免于窘之一字，未能逸出于古人规矩法度所束缚。然南田山水浸淫宋元诸家，得其精蕴，每于荒率中见秀润之致，逸韵天成，非石谷所能及。又手书屡劝石谷勤学，每见其画间题语未善，辄反复讲论，或致诃斥，务令自爱其画，勿为题识所污。盖由天资超妙，学力醇粹，故其所画，落笔独具灵巧秀逸之趣。或谓其小帧山水特工，虑为石谷所压，乃以偏师取胜，未必然也。

三高僧之逸笔

三高僧者，曰渐江、石溪、石涛，皆道行坚卓，以画名于世。明季忠臣义士，韬迹缁流，独参画禅，引为玄悟，濡毫吮笔，实繁有徒，然结艺精通，无以逾此三僧者。新安渐江僧，俗姓江，名韬，字六奇，号鸥盟，晚年空名弘仁，歙人，明诸生。少孤贫，性癖，以铅椠养母。一日负米行三十里，不逮期，欲赴练江死。母大殡后，不婚不宦，游幔亭，皈报亲寺古航师为圆顶焉。画法初师宋人。为僧后，尝居黄山、齐云。山水师云林。王阮亭谓新安画家多宗倪黄，以渐江开其先路。画多层峦陡壑，伟峻沉厚，非若世之疏林枯树，自谓高士者比。以北宋丰骨，蔚元人气韵，清逸萧散，在方方壶、唐子华之间。当时士夫以渐江画比云林，至以有无为清俗。既而游庐山归，即怛化。论者言其诗画俱得清灵之气，系从静悟来。与查士标、汪之瑞、孙逸，称新安四大家。而程功，字又鸿，汪家珍，字璧人，凌畹，字又薰，汪霨，字涤厓，山水皆入妙品。

释髡残，字介邱，号石溪，又号白秃，自称残道人，家武陵。少时自薙其发，投龙三三家庵。旋游诸名山，参悟后，至金陵受衣钵于浪杖人，住牛首，工山水，奥境奇辟，绵邈幽深，引人入胜，笔墨高古，设色清湛，诚得元人胜概。自言庚子秋八月曾来黄山，路中风物森森，真如山阴道上，应接不暇。又言尝惭愧两脚不曾游历天下名山，又惭眼不能读万卷书，阅遍世间广大境界，两耳未亲智人教诲，纵有三寸舌，开口便秃。今日见衰谢，如老骥伏枥，奈此筋力何！观石溪所言，知其题识，固多寓兴亡之感。所画皆由读书游山兼得良朋益友磋磨而来，故能沉穆幽雅，为近世不经见之作。施愚山谓石溪和尚盖为方外交，而未索其画，甚为懊惜。在当时相去未久，已见重若此。此其艺事之方驾古人，有可知已。

释道济，字石涛，号清湘，又号大涤子，明楚藩后。画兼山水人物兰竹，笔意纵恣，脱尽窠臼。尝客粤中，所作每多工细，矩矱唐宋。晚游江淮，粗疏简易，颇近狂怪，而不悖于理法。自言：画有南北宗，书有二王法。张融谓不恨臣无二王法，恨二王无臣法。今问南北宗，我宗耶？宗我耶？一是捧腹曰：我自用我法。此石涛画之不囿于古法也。又言：作书画，无论老手后学，先以气胜得之者，精神灿烂，出之纸上，意懒则浅薄无神。所著《画语录》，钩玄抉奥，独抒胸臆，文乃简质古峭，直可上拟诸子。识者论其节操人品，履变不移，而精深于艺事，类宋王孙赵彝斋，其知言哉。

隐逸高人之画

贤哲之士，生值危难，不乐仕进，岩栖谷隐，抱道自尊，虽有时以艺见称,溷迹尘俗,其不屑不洁之贞志,昭然若揭,有不可仅以画史目之者。八大山人,江西人,或曰姓朱氏,名耷,字雪个,故石城府王孙。明亡,号八大山人。或曰:山人固高僧,尝持《八大人觉经》,因以为号。画山水花鸟竹木,其最佳者松莲石三品,笔情纵恣,不拘成法,而苍劲圆秀,时有逸气,拙规矩于方圆,鄙精研于彩绘。襟怀浩落,慷慨啸歌,世目为狂。及逢知己,十日五日,尽其能,又何专也。释石涛言:山人花甲七十四五,登山如飞,十年以来,见往来书画,皆非侪辈可能赞颂得之。其倾倒可想见已。

傅山,字青主,一字公之他,外号甚多。精鉴别。居太原,代有园林之胜。少读书于石山之虹巢,游迹甚多。浮淮渡江,复过江。尝登北岳、华岳、岱岳。为道士装,以医为业。工诗文,善画山水,皴擦不多,丘壑磊砢以骨胜;墨竹亦有气。自托绘事写意,曲尽其妙。

丁元公,字原躬,嘉兴布衣。书画俱逸品,不屑屑庸俗语。性孤洁,寡交游。画兼山水人物,佛像老而秀,工而不纤。后髡发为僧,号曰愿庵,名净伊。尝遍访历代佛祖高僧阵容,迄明季莲池大师像,绘为巨册。周栎园言其自为僧后,专画佛像,而山水笔墨,尤高远焉。

邹之麟,字臣虎,号衣白,明官都宪。国破还里,号逸老,又自号昧庵。山水摹法黄子久,用笔圆劲古秀。

徐枋,字昭法,号俟斋,长洲人。父少詹事汧,殉国难。俟斋隐居上沙,土室树屋,邈与世隔,人莫得见。家极贫,卖画卖箸以自存,守约固穷,四十年如一日。汤斌抚吴,两屏驺从来访,不得一面。山水有巨然法,亦间作倪黄丘壑。用笔整饬,墨气淹润,多不设色。江左人得其诗画,不啻珊瑚钩也。

程邃,字穆倩,歙人,自号江东布衣,又号垢道人。博学工诗,品行端悫,敦崇气节。从漳浦黄道周、清江杨延麟两公游,名公卿多折节交之。家多收藏金石书画。山水纯用枯笔,写巨然法,别具神味。人得其片纸,皆珍宝之。

恽本初,字道生,后改名向,号香山,武进人。博学有文名。授中书舍人,不拜。山水学董巨家法,悬笔中锋,骨力圆劲,而用墨浓湿,纵横淋漓。晚乃敛笔,人于倪黄。宋漫堂言香山画有二种:气厚力沉,全学董源,为早年墨;一种惜墨如金,翛然自远,晚年笔也。题画多论古法，著《画旨》四卷。

张风，字大风，上元人。明诸生，乱后弃去。家极贫。尝游燕赵间，公卿争迎致之。后归金陵，寓居精舍，画山水人物花鸟，早年颇工；晚以己意为之，有自得之乐，称为笔墨中之散仙焉。姜实节，字学在，莱阳人，居吴中。郑旼，字慕倩，歙人。山水皆超逸，高风亮节，无多愧也。陈洪绶，字章侯，崔子忠，号青蚓，世称南陈北崔，人物追纵顾、陆、张、吴，出陈枚、禹之鼎诸人之上。山水不多作。

搢绅巨公之画

自米南宫、赵松雪至董华亭，名位煊赫，文艺兼工，鉴赏既精，收藏亦富，故所作画，悉有本原。清初显宦之家，不废风雅，雍乾而后，作者弗替。程正揆，字端伯，号鞠陵，又号青溪道人，孝感人，官至少司空。山水初师董华亭，得其指授；后则自出机杼，多用秃笔。清劲简老，设色秾湛，树石浓淡，极意交插，而疏柯劲干，意致生拙，脱尽画习，妙有别趣。青溪论画，尝云：北宋人千岩万壑，无笔不减。元人枯枝瘦石，无笔不繁。其言最精。吴山涛，字塞翁，工书能诗，山水亚于青溪。

王铎，字觉斯，孟津人，官至尚书。性情高爽，伟躯美髯，见者倾倒。博学好古，工诗古文。山水宗荆关，丘壑伟峻，皴擦不多，以晕染作气，傅以淡色，沉沉丰蔚，意趣自别。其论画云：寂寂无余情，如倪云林一流，虽略有淡致，不免枯干，尪羸病夫，奄奄气息，即谓之轻秀，薄弱甚矣。大家弗然，又云：以境界奇创，然后生以气韵，乃为胜可夺造物。其旨趣如此。

吴伟业，字骏公，号梅村，太仓人，官至祭酒。博学工诗，山水得董北苑、黄子久笔法。与董思白、王烟客辈友善，作《画中九友歌》以纪之，所画沉厚秾古，雅近陈眉公。论者言其山水清疏韶秀，当别有此一种，已不可见。九友者，董玄宰、王烟客、王元照、李长蘅、杨龙友、程孟阳、张尔唯、卞润甫、邵僧弥，要皆以华亭为取法，而能上窥宋元之奥窍者也。

金陵八家之书画

明季金陵，人文特盛，画士之流寓者恒多名家。山水画法，首推龚贤，字半千，号柴丈人，家昆山，侨居金陵。为人有古风，工诗文。善书画，得董北苑法，沉雄深厚。识者称其笔意类郑广文，意有繁简。同时有声者，樊圻，字会公；高岑，字蔚生；邹喆，典之子，字方鲁；吴宏，字远度；叶欣，字荣木；胡慥，字石工；谢荪，字未详。山水师法北宋，各擅所长，能于文、沈、唐、仇、华亭之外，别树一帜，号为八家。所惜相传日久，积弊日滋，流为板滞甜俗，至人谓之纱灯派，不为士林所见重。惜哉！

江浙诸省之画

在昔文艺方技，列于地志，学术渊源，各有所自。方士庶字小师之山水，罗聘字两峰之人物，华喦号新罗之花鸟，其特出者。蓝瑛，字田叔，号蜨叟，钱塘人，山水法宋元诸家，晚乃行笔细劲，师法北宋者居多，惟枯硬干燥，殊少苍润，难于入雅，不为世重。

罗牧，字饭生，宁都人，侨居南昌。山水意在董、黄之间，林壑森秀，墨气㴞然，惟恣肆奇纵，笔少含蓄，世以江西派轻之。

闽之高士，先有许友字介眉，宋珏字比玉，诗文书画，冠绝常伦，世不多觏。其卓著者，山水人物，声名藉甚。黄慎，字瘿瓢，出其门，侨寓扬州，渐开恶俗。潘恭寿，字慎夫，号莲巢，丹徒人。山水人物花卉均妙。弟思牧，字樵侣，亦画山水，师法文衡山。万上遴，字辋冈，江西南昌人，兼山水，又写梅及花卉。奚冈，号钦生，又号蒙泉外史，兼精篆刻。黎简，字未裁，号二樵，粤人，山水学元四家，盎然书味。

布置深稳，皆由胸有卷轴，故能气息不凡，四方学者，莫不尊之。至其品流，尚未可以方域限之也。

太仓虞山画学之传人

清代士夫画法，多宗石谷、麓台；而能上追远人，笔墨醇粹，善变家法，不失其正者，四王之后，有称小四王之号，首推麓台。是大四王以麓台为殿，而小四王又以麓台为最也，其族弟王昱，字日初，号东庄，又号云槎，出麓台之门，山水淡而不薄，疏而有致。王愫，字素存，号林屋，烟客曾孙，山水用干墨皴擦，不加渲染，得元人简淡法。王宸，字子凝，号蓬心，麓台曾孙，山水稍变家法，苍古浑厚，深得子久之学。王玖，字次峰，号二痴，翚曾孙，山水亦变家法，胸有丘壑，特饶别趣。余则王敬铭，字丹思；王诘，字摩也，号心壶；王三锡，字邦怀，皆其秀出者。

华亭沈宗敬，号狮峰，山水师倪黄，兼巨然法，笔力古健。所画水墨为多，偶作青绿设色，其布置隐恓，山峦坡岫，深浅得宜。李世倬，号毂斋，三韩人，善画山水，兼工人物，花鸟果品，各得其妙。与马退山昂游，昂工青绿山水，故宗传醇正，而笔亦秀隽，非但得诸舅氏高其佩之指授也。

黄鼎，字尊古，号独往客，常熟人，山水笔墨苍劲，气息醇厚。游梁宋间，所历名山水，及见古人真迹颇多。张宗苍，字墨岑，吴县人，淡墨干皴，神气葱蔚。张鹏翀，嘉定人，号南华，长于倪黄法，云峰高厚，沙水幽深。

唐岱，字静岩，满洲人，山水布置深稳，著《绘事发微》，自言潜心画艺三十余年，塞外游归，追踪往古，日事翰墨，因举前人言有未尽者，略抒管见。

董邦达，号东山，富阳人，谥文恪。山水取法元人，善用枯笔。钱维城，号稼轩，丘壑幽深，气韵沉厚。古人画山水多湿笔，故云水晕墨章。元季四家，参用干笔，而仲圭尤重墨法。作者贵知干湿互用之方，尤以淹润为要。所谓"元气淋漓障犹湿"，湿非墨猪，是在用笔有力也。

扬州八怪之变体

　　淮扬画家，变易江浙之余习，师法唐宋，工者雅近金陵八家，粗者较率于元明诸人。兴化顾符稹，字瑟加，号小痴，能诗善书。少从父宦游，父卒家贫，卖画自给。山水人物，学小李将军，工细入毫发。王阮亭赠诗，有"丹青金碧妙铢黍，近形远势工毫芒"之句。袁江，字文涛，江都人，与弟耀，咸善山水，楼阁略近郭忠恕。因购一无名氏所临古画稿，效法为之，遂大进。其工者不让瑟加，盖宗唐法也。张崟，字宝岩，号夕庵，宗宋元大家，尤得石田苍秀浑厚之气。高邮王云，字汉藻，号清痴，父斌画花卉有黄筌、边鸾笔意，汉藻楼台人物山水多工细之作，驰名江淮间。

　　自僧石涛客居维扬，画法大变。杭人金农，字寿门，号冬心；闽人华嵒，字秋岳，号新罗山人，相继而来，画山水人物花卉，脱去时习，力追古法，学者因师其意。李方膺，字虬仲，号晴江，画松竹梅兰。汪士慎，字近人，号巢林，善墨梅。高翔，字凤冈，号西唐，甘泉人，善山水。边寿民，字颐公，淮安人，写芦雁。郑燮，号板桥，善书画，长于兰竹。李鱓，字宗扬，号复堂，兴化人，善花鸟。陈撰，字楞山，号玉几，仪征人，善写生。罗聘，号两峰，歙籍寓邗江，善人物，画《鬼趣图》。时有扬州八怪之目。要多宋元家法，纵横驰骋，不拘绳墨，得于天趣为多。

金石家之画

　　书画同源，贵在笔法。上夫隶体，有殊众工。程穆倩以节义见高，丁元公以孤洁自许，人品学问超轶不凡，皆不得徒以篆刻目之。高凤翰，字西园，号南村，又号南阜，工篆隶镌刻，山水纵逸，画以气胜。宋保淳，号芝山，又号陞陂，山西安邑人，工山水花鸟。丁敬，字敬身，号钝丁，又号龙泓山人，画有仙致。巴慰祖，字予藉，歙人，山水似方方壶，笔墨古厚。桂馥，号未谷，山东曲阜人，画工倪黄。黄易，号秋盦，一号小松，画访碑图，山水淡雅。吴荣光，号荷屋，广东南海人，画设色山水，兼写花卉。吴东发，字侃叔，浙江海盐人，山水用焦墨。朱为弼，字右甫，号椒堂，侨浙江之平湖，工山水花卉。赵之谦，字撝叔，会稽人。张度，字和宪，长兴人。胡义赞，字石查，河南光州人。山水人物各有专长，能文章，精书法，得金石之气者也。

汤戴继响四王之画

言山水画者，于清代名家称四王、吴、恽，又曰四王、汤、戴。恽虚而吴实，犹之汤疏而戴密也。汤贻汾，号雨生，晚号粥翁，武进人，壬子殉难，谥贞愍。画山水蔬果墨梅，高旷疏爽，笔意简洁，著《琴隐诗钞》。

戴熙，字醇士，一号鹿床，钱塘人，庚申殉难，谥文节。山水花木，气息冲澹深厚，盖学王廉州。著《习苦斋画絮》。汤官浙江协副将，以风雅被谤；戴官刑部，以画忤当道当官，卒因归田，得以优游画事，致成令名。

沪上名流之画

画士游踪，初多萃聚通都。互市以来，橐笔载砚者，恒纷集于春申江上。南汇冯金伯，字南岑，号墨香，官训导。山水气韵生动。寓沪住曹浩修之同兰馆。著《墨香斋画识》。昭文蒋宝龄，字子延，号霞竹。山水清逸。寓小蓬莱，与诸名流作画叙，著《墨林今话》。无锡秦炳文，字谊亭，画师元人。华亭蒋确，字叔坚，号石鹤。山水花卉用焦墨勾勒，再以湿笔渲染，尤精画梅。客豫园。改琦，字伯蕴，号香白，又号七芗，别号玉壶外史，家松江。李廷敬备兵沪上，主盟风雅，七芗甫弱冠，受知最深，画学精进，人物仕女，出入龙眠、松雪、六如、老莲诸家。山水花卉兰竹小品，妍雅绝俗，世以新罗比之，好倚声，故题画之作，以词为多。费丹旭，号晓楼，乌程人。工仕女，旁及山水花卉，轻清淡雅。寓沪甚久。中多江浙之士，崇尚四王、吴、恽，参之新罗，而沉着深厚之致，抑已鲜矣。

沈焯，原名雏，字竹宾，吴江人。初画人物花卉，后专工山水，以文氏为宗，参董思翁笔法。胡公寿、杨伯润辈皆师之。胡公寿，名远，以字行，华亭人，号横云山民。画山水兰竹花卉。买宅东城，颜所居曰寄鹤轩，与方外虚谷交游。杨伯润，字佩甫，号南湖，又号茶禅，嘉兴人。父韵藏名迹颇多，伯润幼承家学，临古不辍。其画初尚浓厚，中年渐平淡。有《语石斋画识》。虚谷，姓朱氏，籍本新安，家于广陵，官至参将，后被薙入山，不礼佛号，以书画自娱。山水花卉蔬果禽鱼，落笔奇肆。有《虚谷诗录》一卷。山阴任氏以画名者诸多，可比于金陵胡氏，楮笔盈架，不啻满床笏焉。任熊，字渭长，萧山人，画宗陈老莲。人物花卉山水，结构奇古。画神仙道佛，别具匠心。寄迹吴门，偶游沪上，求画者踵接。有《于越先贤传》《列仙酒牌》等画谱行世。与姚梅伯燮友善。弟薰，字阜长，以人物花卉擅名。渭长子预，字立凡，工山水，别辟蹊径，性极疏放，喜画马。时与渭长同时同姓者，有山阴任颐，字伯年，笔力超卓，花卉喜学宋人双钩法，山水人物，无不兼善，白描传神，自饶天趣。

吴人顾沄，字若波，山水法古，清丽疏秀。镇海陈允升，字纫斋，号壶舟，山水生峭幽异，笔力坚凝。秀水张熊，字子祥，别号鸳湖外史，花卉古媚，山水力追四王、吴、恽，笔意老到。吴毂祥，字秋农，山水师文唐，工于画松，设色秾古。蒲华，字作英，善画竹兼花卉，皆不愧于老画师也。

绘事精能，常推轩冕。以其泽古之深，宦游之远，见闻既广，笔墨自清也。吴云，字少甫，号平斋，晚号退楼，又号愉庭，归安人，官江苏知府，善山水，兼枯木竹石。吴大澂，字清卿，号恒轩，吴县人，官至巡抚，山水法古，颇存矩矱。江浙能画之士，多所汲引，尝仿吴梅村祭酒作《续画中九友歌》，亦艺林中足称好事者已。

通都大邑，冠盖往来，文节之士，轮蹄必经；然有不必尽寓沪江，而画事流播，名著远近者。迩年维扬陈崇光，字若木，画山水花鸟人物俱工，沉着古厚，力追宋元。怀宁姜筠，字颖生，工山水，中年笔意豪放，晚岁师石谷，名噪京师。沈翰，字韵笙，宦湘中，山水师王蓬心，纵横雅淡。郑珊，字雪湖，家皖上，山水笔力坚凝，设色静雅。此近古中之尤佼佼者也。

闺媛女史之画

虞舜之妹，嫘为画祖，后嫔贤淑，代有传人。谱录记诸书，别类分门，多所称述之者。年代绵邈，姑存其略，举其较著，以见一斑。南唐则江南童氏，学出王齐翰，工道释人物。宋则仁怀皇后朱氏，学米元晖，着色山水甚精妙。文氏，同第三女，张昌嗣母，尝手临父作《黄鹤嶂》于屋壁。杨娃，宁宗皇后妹，写《琴鹤图》。艳艳，任才仲簉室，善着色山水。金则谢环，小字阿环，山水学李成，竹学王庭筠。元则管道昇，字仲姬，吴兴人，赵孟頫室，墨竹兰梅，笔意清绝，为后人模范。

明代则有吴娟，字眉生，画学米元章、倪云林，竹石墨花，标韵清远，归汪伯玉，时称女博士。邢慈静，临清邢侗字子愿之妹，善墨花，白描大士，宗管道昇。仇氏，杜陵内史仇英女，山水人物，绰有父风。李因，字今生，号是庵，会稽人，海宁葛征奇室，花鸟山水俱擅长。李道坤，姓范氏，东平州人，山水仿倪云林，亦作竹石花卉。北方学画，自李夫人始。傅道坤，会稽人，山水摹仿唐宋，笔意清洒。此皆闺秀之选也。至若马守贞，字湘兰，小字元儿，又号月娇，时以善兰，故湘兰之名独著。兰仿赵子固，竹法管仲姬，俱能袭其余韵。杨宛，字宛若，亦工写兰。虽或寄籍平康，怃离致叹，要其清淑之气，固自不凡也。

清初，吴中文俶，字端容，奇花异卉，小虫怪蝶，信笔而成。海宁徐粲，字湘萍，号紫箜，陈之遴室，仕女得北宋傅色笔意。晚年专画水墨观音，间作花草。秀水陈书，号上元弟子，晚年自号南楼老人，花鸟草虫，笔力老健，渲染妍润，深得南田没骨遗意。亦画佛像。胡净鬘，陈老莲箜室，善花鸟草虫。崔青蚓二女皆工画，见称于王渔洋。恽冰，字清于，南田之女；马荃，字江香，元驭之女；花卉皆有父风，妙得家法。蔡含，字女萝，工山水人物禽鱼；金玥，字晓珠，山水摹高房山，亦善水墨花卉，称为两画史，皆如皋冒辟疆姬人。徐眉本姓顾，字横波，合肥龚鼎孳箜室，山水天然秀绝，兰竹追摹马守贞。黄媛介，字皆令，秀水人，画似吴仲圭。杨芬，字瑶华，吴人，兼工诗画，仕女秀丽。方畹仪，号白莲居士，歙人，罗聘室，善梅花兰竹。董琬贞，字双湖，武进汤贻汾室，工画梅。其女嘉名，字碧生，工白描人物，画法之妙，出自家传。吴珩，字玉卿，桐城吴廷康女，画花卉，咸丰中，殉寇难。任雨华，萧山任伯年之女，工山水，有家法。盖多收藏繁富，学有渊源，故于耳濡目染之余，见其妙腕灵心之致，非以调脂抹粉，徒博虚声已耳。

结　论

学者师今人，不若师古人；师古人，不若师造化。所谓师古人者，非徒工临摹而已。古人已往，历代名家，不啻千万，拘守一二家之陈迹，固不足以发扬一己之技能，即遍习群贤，亦虑泛应而无当。要知古人之画，其精神在用笔用墨之微，而不专在章法之变换。名家之章法，既有各异，古今学者，无不师之。学之如牛毛，获者如麟角，一代之中，学画之人，计有千万，其成名者或数十人，或数百人，而卓成大家，可为千古所师法者，不过数人耳。三代秦汉远矣，如晋魏之顾、陆、张、展，唐之李思训、吴道子、王维，五代北宋之李成、范宽、郭熙，以及荆、关、董、巨，南宋刘、李、马、夏，元明之高房山、赵鸥波，元季之黄、吴、倪、王，以至文、沈、唐、董，明季江浙轩冕隐逸诸贤，落落可数。前清自娄东、虞山，接轨玄宰，画史益多。其后专尚临摹，艺事寝焉。惟方小师、罗两峰、华新罗，温故知新，可称杰出。盖师古人，必师古人之精神，不在古人之面貌。面貌有章法格局，人所易知易能。精神在用笔用墨之微，非好学深思不能心知其意。知用笔用墨，古人之意，极其惨淡经营，非学养兼到，不能得之。此古人之写意，与后世之虚诞不同。虚诞之习，即由胆大妄为而成。然而开拓万古之胸襟，推倒一时之豪杰，非从古人精神理会，而徒求于形貌之似，无怪其江河日下，不至沦胥以亡不至。故学古人，重神似不重貌似。面貌随时可变，精神千古不移。如行路然，昏夜游行，不得途径，有灯火之明，不患颠踬失路之叹。古人画迹之精神，见之记传著录评论考证，皆后学之灯也。一灯之微，而得康庄之道，由此而驰骋于光天化日之下，为不难矣。

怎样才是一张好画

余喜习绘事，生长新安山水窟中，新安古称大好山水，至今韪之。顾古人言好山水尝曰：江山如画。"如画"之谓，正以天然山水，尚不如人之画也。画者深明于法之中，能超乎法之外，既可由功力所至，合其趣于天，又当补造物之偏，操其权于人，精诚摄之笔墨，剪裁成为格局，于是得为好画，传播于世。世之欲明真宰者，舍笔法、墨法、章法求之，奚可哉乎！

法者，古今授受不易之道。石涛《画语录》言：古人未立法以前，不知古人用何法；古人既立法以后，又使后人不能离其法。其曰我用我法者，既超乎法，而先深明于法者也。"法"字原从廌作瀍。廌，兽名，性触邪，故法官之冠，取以为饰，与法为水名异，今省作法。本意法当如折狱之有律，所以判别邪正，昭示疑信也。自人各挟其私见，以评论是非，视朱见碧，取赝乱真，颠倒于悠悠之口者多矣。

人皆有爱好之心，宜先有审美之旨。艺术之至美者，莫如画，以其传观远近，留存古今，与世共见也。小之状细事微物之情，大之辅政治教育之正，渐摩既久，可以感化气质，陶养性灵，致宇宙于和平，胥赖乎是。故人无贤否智愚、尊卑老少，莫不应有美术之观念。然美无止境，而术有不同，学者宜深致意焉。

世有朝市之画，有山林之画。院体细谨之作，重于貌似，而笔墨或偏。士夫荒率之为，得于神来，而理法有失。故鉴之者，于工笔必观其笔墨，于逸品兼求其理法。工于意而简于笔，遗其貌而取其神。用笔之妙，参于古人之理论，用墨之妙，审于名迹之真本。多读古书，多看名画，更须多求贤师益友，以证其异同，使习工细者，不入于俗媚，学简易者，不流于犷悍，渐积日久，不期于美而美在其中。否则专工涂泽，则无盐、嫫母，益见其媸，任情放诞，牛鬼蛇神，愈形其恶。彼盲昧者，徒惊其妖冶，诧为雄奇，堕五里雾中，沉九泉下，而不之悟，皆误认究本寻源为复古，用夷变夏为识时。因未求笔法、墨法、章法，致浪漫而无所归也。

　　必也师近人兼师古人，而师古人不若师造化。师其所长，而遗其所短，在精神不在面貌。夫而后为繁为简，各得其宜，或毁或誉，无关于己。若其自信有素，不欲为时俗所转移，昔庄叟谓宋元君画者，解衣般礴，旁若无人，是真画者，其知言哉！

说艺术

今论国画是艺术，学习艺术者，当先明了艺术之解说，循其方法而力行之，可至于成功。古昔之圣哲，为古今艺术家之祖。观其言论，详其方法，俱载于古人之书与其作品。作品之优绌不易知，并不易见，必读古人之书，以先研究其理论，可即艺术之解说，证之于书以明之。

《周礼·天官·宫正》：会其什伍而教之道艺。注谓：礼、乐、射、御、书、数，艺，才能也。

《前汉书·文艺志》：刘歆有《六艺略》。师古曰：六艺，六经也。

《书·禹贡》：蒙羽其艺。《传》：两山已可种。《诗·小雅》：艺我黍稷。《孟子》：树艺五谷。《说文》：艺，种也。

《周官》：教之道艺。道与艺原是一事，不可分析。《易》曰：道成而上，艺形而下。换言之，道是理论，艺是工作。古圣人如周公之多才多艺，孔子之不试故艺。道可坐而言，艺必起而行。自能言者未必能行，能行者不皆能言，于是有劳心、劳力之分。《孟子》曰：劳心者治人，劳力者治于人。艺术之事，徒用其力而不能用其心，所以有才能者，往往受治于人，即与众工为伍，而不自振拔，不谈道之过也。是不研求理论，而艺事微矣。

画本六书象形之一，画法即书法。习画者不究书法，终不能明画法。六艺之目，言书不言画；画属于书之中。唐宋以前，凡士大夫无不晓画，亦无不工书。其书画之名，多为事业文章所掩，不欲以曲艺自见，而人尤鲜称之。故艺术一途，专属之方技，同视为文学之支流余裔，而无足轻重。而安于庸工俗匠者，遂终身于描摹涂抹为能，非但画法之不明，而知书法者亦寡矣。此唐画分十三科，而六法益晦者也。

艺言树艺，如农夫之于五谷，场师之于树木，自播种而灌溉，以及收获，而储藏于仓廪，皆工作也。一年之树如此。若十年之树，其工作较久，而收获更大。至于百年树人，其成效高远，自当出于树木之上，皆由平日之栽培人才，勤劳不倦，用心甚苦，用力甚多。因其关于世道人心，立国基础，兴废存亡，胥在乎此。

是故学者，知艺是才能，详记于古人之书。当如田园之种作，四时勤劳，期于大成，以为世用，必多读书以明其理，求之书法以会其通，游历山川，遍观古人真迹，参之造化，以尽其变。孔门言游艺，先曰志道据德依仁。道是道路，术即是路之途径。艺术是艺事之道路。行道而有得于心之谓德。如浏览山川风景，心中皆有所感想，而得以文字图画发扬之。仁者爱人。艺术感化于人，其上者言内美不事外美。外美之金碧丹青，徒启人骄奢淫逸之思；内美则平时修养于身心，而无一毫之私欲。使人人知艺术之途径，得有所感悟，可发扬于世，皆能安身立命，而无忧愁疾病之痛苦。语云：艺术救世。是不可不奋勉之也。

虽然，言之非难，行之维难。行之者宜求见闻。有见闻而无抉择之明，即不能立志。有坚强之志，而误于一偏，则贻害良多。当知艺术为辅助政教，与文字同功。文以载道，则千古不朽。游艺依仁，可知游非游戏，本仁者爱人之心，所谓君子爱人以德，小人之爱人也以姑息。姑息养奸，祸至烈也。此不明理之害，因作说艺术篇。

国画之民学

——八月十五日在上海美术茶会讲词

我国号称中华民国,现在又为非专制封建时代,所以说"民为邦本"。今天我便要同诸位谈谈"国画之民学"。所谓"民学",乃是对"君学"以及"宗教"而言。

在最早的时候,绘画以宗教画居多,如汉魏六朝以及唐宋画的圣贤仙释,绘画的人多少要受宗教的暗示或束缚,不能自由选择题材。在宗教画以前,也大都是神话图画。如舜目重瞳、伏羲蛇身之类。再后,君学统治一切,绘画必须为宗庙朝廷之服务,以为政治作宣扬,又有旗帜衣冠上的绘彩,后来的朝臣院体画之类。

君学自黄帝起,以至于三代;民学则自东周孔子时代始。在商朝的时候,君位在于传贤,不乏仁圣之君;西周一变而为传子,封建制度成立。自后天子诸侯叔侄兄弟之间,觊觎君位,便战乱相寻,几无宁日。春秋战国时代,封建破坏,诸子百家著书之说,竞相辩难,遂有了各人自己的学说,成为大观。要之,三代而上,君相有学,道在君相;三代而下,君相失学,道在师儒,自后文气勃兴,学问便不为贵族所独有。师儒们传道设教,人民乃有自由学习和自由发挥言论的机会权利。这种精神,便是民学的精神,其结果遂造成中国文化史上最灿烂辉煌的一页。诸如农田水利,通工易事,居商行贾,九流总计,都有所发明和很大的进展。这些除已见于经籍记载以外,从出土的铜器、陶器、兵器上的古文字也都有确切的证据。

中国艺术本是无不相通的。先有金石雕刻,后有绢纸笔墨。书与画也是一本同源,理法一贯,虽音乐博弈,也有与图画相通之处。六朝宗少文氏,曾经遨游五岳,归来即将所见山水,绘于四壁,俨如置身于山水之间，时或抚琴震弦，竟能够使那墙壁上的山水，也自铮有声，所谓"抚琴动操，欲令众山皆响"，音乐和图画便完全融合在一起了。宗氏自称卧游，后来人所说的"卧游"便是本此。张大风论博弈，他说：善弈者落落初布数子，而全局已定，即画家之位置骨法。这又是博弈与绘画相通的地方。

春秋时孔子论画，《论语》所记"宰予昼寝"，其实为"画寝"之误。"昼"与"画"本易混淆，便为宋人所误。"宰予画寝"，乃是宰予要在他的寝室四壁绘上图画，但因房子破旧，不甚相宜，孔子见到，就认为是"朽木不可雕也，粪土之墙不可圬也"，劝他不必把图画绘在那样不堪的地方。假如仍然照"昼寝"解释，以宰予既为孔门弟子之贤，何至于如此不济？或者仅仅一下午之睡而已，老夫子又何至于立即斥之为"朽木""粪土"呢？未免太不在情理了。

又如孔子所说的"绘事后素"，也是讲绘画方法的。宋人解释为先有素而后有绘，以为彩色还在素绢之后。这也是一种误解。实际上那时代有色的绢居多，而且没有纯白色的绢，后来直到唐代，纸都还是淡黄色。"绘事后素"的意思，乃是先绘彩色，然后再加上一种白粉，这和西洋画法相同，日本画也是如此。

中国除了儒家而外，还有道家、佛家的传说，对于绘画自各有其影响。孔孟讲现在，老子讲未来，佛家讲过去和未来。比较起来，中国画受老子的影响大。老子是一个讲民学的人，他反对帝王，主张无为而治，也就是让大家自由发展的意思。他说："圣人法地，地法天，天法道，道法自然。"圣人是种聪明的人，也得法乎自然的。自然就是法。中国画讲师法造化，即是此意。欧美以自然为美，同出一理。不过，就作画而讲，有法业已低一格，要透过法而没有法，不可拘于法，要得无法之法，方为天趣，然后就可以出神入化了。

近代中国在科学上虽然落后，但我们向来不主张以物胜人。物质文明将来总有破产的一天，而中华民族所赖于生存，历久不灭的，正是精神文明。艺术便是精神文明的结晶，现时世界所染的病症，也正是精神文明衰落的原因。要拯救世界，必须从此着手。所以，欧美人近来对于中国艺术渐为注意，我们也应该趁此努力才是。

这里，我讲一个某欧洲女士来到中国研究中国画的故事。她研究中国画的理论，并有著作在商务印书馆出版。在她未到中国以前，曾经先到欧洲各国的博物馆，看遍了各国所存的中国画，然后来到中国，希望能够看到更重要的东西。于是先到北京看古画，看过故宫画之后，经人介绍，又看了北京画家的收藏，然后回到上海，又得机会看过一位文人的收藏。结果，她表示并不满意，她还没有看到她想看的东西。原来她所要看的画，是要能够代表中华民族的画，是民学的；而她所见到的，则以宫廷院体画居多，没有看到真正民间的画。这些画和她研究的中国画的理论，不甚符合，所以，她不能表示满意。从这个故事里，我们可以看出欧美人努力的方向，而同时也正是我们自己应该特别致力的地方。

当我在北京的时候，一次另外一位欧美人去访问我，曾经谈起"美术"两个字来。我问他什么东西最美，他说不齐弧三角最美。这是很有道理的。我们知道桌子是方的，茶杯是圆的，它们很实用，但因为是人工做的，方就止于方，圆就止于圆，没有变化，所以谈不上美。凡是天生的东西，没有绝对方和圆，拆开来看，都是由许多不齐的弧三角合成的。三角的形状多，变化大，所以美；一个整整齐齐的三角形，也不会美。天生的东西绝不会都是整齐的，所以要不齐，要不齐之齐，齐而不齐才是美。《易》云：可观莫如木。树木的花叶枝干，正合以上所说的标准，所以可观。这在中国很早的时候，便有这种认识了。

君学重在外表，在于迎合人。民学重在精神，在于发挥自己。所以，君学的美术，只讲外表整齐好看，民学则在骨子里求精神的美，涵而不露，才有深长的意味。就字来说，大篆外表不齐，而骨子里有精神，齐在骨子里。自秦始皇以后，一变而为小篆，外表齐了，却失掉了骨子里的精神。西汉的无波隶，外表也是不齐，却有一种内在的美。经王莽之后，东汉时改成有波隶，又只讲外表的整齐。六朝字外表不求其整齐，所以六朝字美。唐太宗以后又一变而为整齐的外表了。借着此等变化，正可以看出君学与民学的分别。

近几十年来，我们出土的东西实在不少，这些东西都是前人所不曾见到过的，也可以说我们生在后世的人，最为幸福。有些出土的东西，如带钩、铜镜之类，上面都有极美极复杂的图案画。日本人曾将这些图案加以分析，著有专书，每一个图案，都可以分析出多少层不同的几何图形来，欧美人见了也大为惊服。大体中国图画文字在六国时代最为发达，到汉朝以后就完全两样了，大多死守书本，即使有著作，也都是东抄西抄，很少自辟蹊径。日本人没有什么成就，也就是在于缺乏自己的东西，跟在人家后面跑。现在我们应该自己站起来，发扬我们民学的精神，向世界伸开臂膀，准备着和任何来者握手！

最后，还希望我们自己的精神先要一致，将来的世界，一定无所谓中画西画之别的。各人作品尽有不同，精神都是一致的。正如各人穿衣，虽有长短、大小、颜色、质料的不同，而其穿衣服的意义，都毫无一点差别。愿大家多多研究，如果我有什么新的消息或新的意见，也很愿意随时报告。

（赵志钧记录）

国画中外之观测

中外学术之沟通，语言文字传其精神，而潜移默化，纯任自然，要莫先于图画。夫耳治目治，各有不同。语言文字，研习之者，求其贯彻会通，全无扞格，当以岁月期之。而惟绘事播传，虽民情风土，远隔重洋，村妇蚩氓，语言文字之所未达，一望皆知其意。如入园林，疏枝茂叶，百果草木，皆有可观。当其含苞吐萼之时，游人往来，裙屐咸集，携童扶老，少长毕至，所谓桃李无言，下自成蹊者也。《易》曰：可观莫如木。语云：老庄告退，山水方滋。山水画固包人物花鸟而言，而与语言文字同为政教所关。古昔圣贤，在朝在野，多才多艺，见诸设施，经史所详，班班可考。六艺言书，书画同源，初无二致。道与艺分，书画歧视。画有神、妙、能三品，作者之天资、学力、胸襟、境遇不齐，而观之者亦喜悦厌恶之互异。要之深者见深，浅者见浅，无不同也。又有逸品画，或称在神、妙、能之上，或言在神、妙、能之外。此为中华学术之异彩奇光，发露于楮墨之间，非高人畸士不易知，尤非寻常庸史所可拟。其包含广大，涵泳深泓，真美内藏，外视平易。此艺事之菁华，犹花木中之有山梅野菊，凌霜傲雪，而幽香古艳，樵夫牧竖，过而不顾。乃若晋之陶靖节、宋之林逋仙，心焉爱之，寄咏于诗篇，契合如性命，至有意义渊深，通乎哲理，往往文字语言所不能尽者，而逸品画，尤足以传之。故言东方文化者，首重逸品，神品、妙品次之，能品为下。能品谨守规矩，亦步亦趋，临摹形似而已。神品、妙品，深明规矩，千变万化。至于逸品，超然规矩之外，而不失于规矩之中，恽南田称为粉碎虚空，释石涛谓之法本无法。盖无法者道之始，而有法者艺之终。知此可以论画，与中外学术之沟通而无难矣。

山水画与道德经[1]

昔人论作画曰读万卷书，蒙见以为画者读书宜莫先于《老子》。盖《道德经》为首，有合于画旨，《老子》为治世之书，而画亦非徒隐逸之事也。孔子适周，老子谓之曰：君子得其时则驾，不得其时则蓬累而行。古之画者始晋魏，六代之衰而有顾、陆、张、展，五季之乱而有荆、关、董、巨，元季有黄、吴、倪、王，明末有僧渐江、释石谿、石涛之伦，皆生当危乱，托志丹青，卒能以其艺术拯危救亡，致后世于郅隆之治，其用心足与《老子》同其旨趣，岂敢诬哉！

三代以前，以儒术治天下。汉兴，黄老之学始盛行，文景因之以致治。西汉之治，比隆三代。河上公注《道德经》，谓为五味辛甘不同，期于适口，麻丝凉燠不同，期于适体；学术见闻不同，要于适治。今夫天下所以不治者，贪残奢傲，吏不能皆良，民不能皆让，以及于乱。故画之高者恒多隐逸之士，一意孤行，不屑睇荣希宠，甘自蹈于林泉，固殊于庸众，其人之高风亮节，往往足与忠义抗衡，而学术之正，又得秉经酌雅，发扬毫翰，如诸子之有功圣经。是以一代之兴衰，视乎文化之高下；艺术之优绌，由于品格之清俗。图画者，文字之绪余，工艺之肇始，有关学术、政治，非泛泛也。

《宣和画谱》言：司马迁叙史，先黄老而后六经，议者纷然。及观扬雄书，谓六经济乎道者也，乃知史迁之论为可传。汉兴，张良学《老子》，多阴谋，邵康节特称老子得《易》之体，留侯得《易》之用。不知萧何收秦图籍，已开叔孙通定《礼》、公孙弘治《经》之先，黄老之学已与刑名并盛。画家首重理法。惟去理法而臻于自然者，可以为道。行道而有得于心谓之德。太上立德，其次立功，其次立言，是三不朽。

---

[1] 此文录自手稿，为居北京后期所撰。

《老子》，古今不朽之书，画亦古今不朽之业。

　　大凡游览山水，一丘一壑，足迹所经，必先考其志乘，详其遗轶，诗词之歌咏，人物之荟萃，而后有味乎山水之美景，得形之图画，以为赏鉴而永其传。否则山水与图画皆非灵活，虽游览，亦同勉强。不特此也。以山水之心读古人之书，悟文理之妙，有如明太祖云：观《道德经》中尽皆明理，其文浅而旨奥。见本经云：民不畏死，奈何以死惧之！当是时，天下初定，民顽吏弊，虽朝有十人而弃市，暮有百人而仍为之。如此者，岂不应《经》之所云，因罢极刑。复睹其文之行用，谓若浓云霭群山之叠嶂，外虚而内实，貌态仿佛其境；又不然，架空谷以秀奇峰，使昔有巍峦，倏然成于幽壑；又若皓月之沉澄渊，镜中之睹实象，虽形体之如，然探亲不可得而扪抚。是论《道德经》，直谓之论画可也。清世祖序《老子》云：非虚无寂灭之道，亦非权谋术数之学。故其注中所阐明者，皆人事常经。说者谓由睿鉴宏通，包涵万有，随在可以观理，非过谀也。故尚自然。方今人欲横流，道义沦丧，偶有訾詆。辄动兵戈，人民流离，血膏原野，时将救死扶伤不暇，更何学术之可言。然西邦人士，自欧战以后，渐悟争夺之不可以久长，因有东方文化之倾向。吾国学者，鉴于外侮迭乘，国学凌替，咸思有以振兴而董理之，遗其糟粕而尚精华，去其淫躧而趋雅正。故夫浚发性灵，顺应物理，行之永远，其可予人永久欣幸者，宜莫文字与图画若已。图画非文字不详，文字非图画不显。然而世俗之所谓图画者，不过宫室人物之美丽，卉木鸟兽之鲜妍，徒足增益侈靡贪戾之观瞻，而不能为藏息优游之涵养。此人心世道之忧也。夫惟存止足之思，极冲虚之气，行藏无兴于己，毁誉可听之人。古之画者，其庶几乎？澄怀观化，少私寡欲，故曰返淳朴，非虚言也。本斯旨也，养身安民，推而行之，谓道极之于玄则曰无。

　　《老子》首言体道，曰：道可道，非常道。名可名，非常名。道本归自然，名亦未可强求。画以羽翼经传，辅助政教，其来已旧。《周礼·冬官》：画绘之事，杂五色以为设色之工。于是丹青一道，设官分职。郑司农云：画天随四时色，火以圜，山以章，水以龙鸟兽蛇，杂四时五色之位以章之，谓之巧。凡布采之次第，皆循途径，若道路然，莫不各有方位之可言，所谓"道可道"者是也。虽然，此特言画工之画耳。自南齐谢赫云：画有六法，一曰气韵生动，二曰骨法用笔，三曰应物象形，四曰随类傅彩，五曰经营位置，六曰传移模写，是为画称六法之始。唐张彦远论画六法曰：古之画，或遗其形似，而尚其骨气。以形似之外求其画，此难与俗人道也。今之画纵得形似，而气韵不生。以气韵求其画，则形似在其间矣。论者往往以气韵为难言。离气韵而谈画法，即是呆法。守其呆法，循其轨辙，亦步亦趋，终成庸夫。五代荆浩《画山水录》云：气者，心随笔运，取象不惑；韵者，隐迹立形，备遗不俗。故曰造化之神秀，阴阳之明晦，万里之远，可得于咫尺间。非其胸中具有丘壑，发而见诸形容，未必知此。自唐至宋，以山水画得名者，类非画家者流。董其昌《画旨》言气韵不可画，此生而知之，自然天授。然亦有学而得处，读万卷书，行万里路，胸中脱去尘俗，自然丘壑内营，成立郛郭，随手写出，皆为山水传神。因以气韵生动，全属性灵，绘画之事，归于上习。其人为逸才隐遁之流，名卿高蹈之士，悟空识性，明了烛物，得其趣于山水者之所作也。

梁陶弘景画品超迈，笔法清真，鉴者谓惟南阳宗少文、范阳卢鸿一，其遗迹名世，差堪鼎足。南宗之画，自唐王右丞始分。其后五代北宋董源、巨然、李成、范宽为嫡子，李龙眠、王晋卿、米南宫及虎儿，皆从董巨得来。直至元四家黄子久、吴仲圭、倪元镇、王叔明，皆其正传。明代文征仲、沈石田，则又远接衣钵。后世因疑气韵专属南宗，而以北宗目为匠派，不知古人所谓书卷气，不以写意、工致论，要在乎雅俗之分耳。不善学者，学王石谷，易有朝市气，学僧石涛，易有江湖气，而况急于求名，近名即俗。唐宋以上，画不书名，而名常存；元明之人，生前无名，而名以永。清俞曲园著《诸子评议》，谓《老子·体道篇》非常道、非常名之常，常，古与尚通。尚者，上也。《道德经》言上德不德，即其旨也。

《老子》言：常无欲以观其妙，常有欲以观其徼。宋司马温公、王荆公读《老子》，并于无字有字为绝句。常字依上文当作尚，下云此两者同出而异名，同谓之玄，正承有、无二义而言。若以无欲、有欲作连读，既有欲矣，岂得谓之玄乎！有无云者，即画家分虚实之谓也。天地初开，万物化生，自色自形，总总林林，皆莫得而名也。画树木者曰某单夹点叶，画山石者曰某横直皴纹，初不必名其为何树何山，故曰无名。天地之始，有名万物之母，山实则虚之以云烟，山虚则实之以楼阁，自无而有，自有而无。此虚实之间，有笔法，有墨法，有章法。实处易，而虚处难。用实之处，尚可以功力造之，凭虚之处，非可以摹拟为之。丈山尺树，寸马豆人，远人无目，远树无枝，远山无石，远水无波，善用虚也。山腰云塞，石壁泉塞，楼台树塞，道路人塞，善用实也。无虚非实，无实非虚；虚者自虚，而实者非实。故曰：有之以为利，无之以为用。老子以无为宗，是谓无状之状，无物之象，是为惚恍。道之为物，惟恍惟惚。惚兮恍兮，其中有象；惚兮恍兮，其中有物。笔者，虽依法则，运转变通，不质不形，如飞如动。墨者，高低晕淡，品物浅深，文采自然，似非因笔。夫而后笔中有墨，墨中有笔，丹青隐墨墨隐水。笔笔是笔，即笔笔是墨。昔观董北苑画者，近只见其笔墨之流动酣畅，远而望之，则林木之远近，冈峦之重叠，其中村落，映掩浮岚夕照间，半阴半阳，无不毕露。不言章法，而章法自无不妙，与道同归自然，此其所以为神耳。

  宋董逌论画，言明皇思嘉陵江山水，命吴道玄进，嘉陵江三百里，一日而尽，远近可尺寸许也。评之者言天地生物，特一气运化耳，其功用与物推移，故能成于自然。考吴道子所画多水墨，笔法超妙，为百代画圣，行笔磊落挥霍如莼菜条，殆又悟老子所谓五色令人目盲，因思知其白、守其黑者耶！不然，何与世之晕形布色、求物比似者，其不相侔若此。非其神明于画，知求于造物之先，凡赋形出象，发于生意，而能得之自然乎！

讲学集录

国画理论讲义

绪　言

人之初生，在襁褓中，未能言语，先有啼笑。见灯日光，哑哑以喜，寘之暗室，呱呱而泣。晦明既辨，即分黑白。黑白者，色相之本真，其他不过日光之变化，皆伪幻耳。图画丹青，本原天造。准绳规矩，类属人为。人与天近，天真发露，极乎文明，画事为最。古入小学，初言洒扫，画沙漏痕之妙，寓乎其间，因开书画之法。从事学画，研磨丹墨，悬肘中锋之力，习于平时，用明笔墨之法。六书假借，隶变古籀，谐声会意，渐废象形。画论貌似神似，作家士习，由此而分。写实摹虚，以备章法。专言章法，不求笔墨，派别门户，由此歧分。教者画成，各有面貌，笔墨章法，自必完全。学画之先，笔法易明，稍加用功，即可貌似。徒求貌似，不明笔墨，徒习何益？画之要旨，人巧天工而已。老子言"道法自然"，庄子云："技进乎道"。论者谓孔孟悲天悯人，一车两马仆仆诸侯，徒劳无益，因激忿而为离世乐天之语，所谓"老庄告退，山水方滋"者也。晋代王羲之之书，谢灵运之诗，多托情于山水，当代士大夫能画者已众。唐画分十三科，山水为首，界画打底。画言立法，事虽勉强，辛勤劳苦，功在力行，行之有得，乐在其中。古来为圣为贤，成仙成佛，其先习苦，莫不忧勤惕虑，朝夕孜孜，及其道成，皆有优游自得之乐。庄子云栩栩之蝶，蝶之为蚁，继而化蛹，终而成蝶飞去凡三时期。学画者师今人、师古人、师造化，亦当分三时期。师今人者，练习技术方法；师古人者，考证古今源流；师造化者，融合今人古人，参悟自然真趣。如此有得，始克成家。古今画评，皆论赏鉴古今艺成之作，非示初学途径。学者初师今人，授以口诀；继师古人，重在鉴别；终师造化，穷极变化，循序而进，以底于成。吴道子初师从张旭，学书不成，去而学画。杨惠之学画不成，去而学塑，亦可成名。成与不成，全关功候，昔人造就，确有平衡。否则欲速成名，未尽研求，徒凭臆说，离经叛道，不学无术，妄议是非，识者嗤之。

  道在上古，结绳画卦，书画同源。两汉三唐，贵族荐绅莫不晓画。赵宋而后，文武分途，人罕识字，画多犷悍，遂流江湖。宣和院体，专事细谨，又沦市井。苏、米崛起，书法入画，士夫之学，始有雅格。浅人肤学，废弃名作，非谓鉴赏，玩物丧志，即言画事，是文人游戏。米元章亦云人物花鸟，贵族玩赏，为不重视。而《北风》《云汉》，有关人心世道，宜有真知。但喜人物花鸟，不明山水画之阴阳显晦能合变化虚灵，无以悟名理之妙，与宙合之观。笔墨流美，远追金石篆隶。然非砚几，优绌不分，世好多殊，画事以坠。自李渔刻《芥子园画谱》，笔墨之法，学无师承。欧化影印盛行，人事机巧，过于发露，而天然古拙，无复领悟，聪明自逞，愈工愈远。或有时代性者如刍狗，无时代性者为道母；道之所在，循流溯源，史传记载，古今品评，贯彻会通，庶可论画。笔墨章法，先从矩矱，由生而熟，归于变化，学期有成，成为自然，可勉而至。若有未成，互相劝诫，精益求精，不自满足。此师儒之责，亦学者宜勉也。

本　源

  自来书画同源。书是文字，单体为文，孳生为字，以加偏旁。文字所不能形容者，有图画以形容之，尤易明晓。故图画者，文字之余，百工之母也。今求学画之途径，非讨论文字，无以明画之理，非研究习字，无以得画之法。画家古今之史传，真迹之记载，名人之品评，天地人物，巨细兼该，皆详于文字。学画之用笔、用墨、章法，皆原于书法，舍文字书法，而徒沾沾于缣墨朱粉中以寻生活，适成其为拙工而已，未可以语国画者也。

精　神

　　人生事业，出于精神，先于立志，务争上流。学乎其上，得乎其次。有志者事竟成。语云：天下无难事，只怕用心人。专心练习，不入歧途，前程远大，无不可到。古代名手，朝斯夕斯，功无间断，必为真知笃好。百折不挠之人，虽或至于世俗之所讪笑，而不之顾。学以为己，非以为人。一存枉己徇人之见，急于功利，废自半途；往往聪明才智之士，敏捷过人，而多蹈此迷误，终身门外，岂不可惜。昔吴道子学书不成，去而学画。杨惠之学画不成，去而学塑。立志为学，务底于成，量力而行，不为废弃，方可不负一生事业。此精神之宜振作，尤当善为爱护其精神，慎不邻于误用也。

品　格

　　以画传名，重在人品。古今技能优异，称誉当时者，代不乏人，而姓氏无闻，不必传于后世。以其一艺之外，别无所长，庸史之多，不为世重，如朝市江湖之辈，水墨丹青，非不悦俗，而鉴赏精确者，恒唾弃之。古有苏东坡、米海岳、赵松雪、徐天池，诗文书画，莫不兼长，墨迹流传，为世宝贵。又若忠臣义士、高风亮节之士尤为足珍。此论画者固以人重，而其人之画，亦必深明于理法之中，故能超出乎理法之外，面目精神，自然与庸众殊异。特浅人皮相，不点俗目，往往见之骇诧，以为文人之游戏如此，心不之喜。而不学之文人，又借此以为欺世盗名，极其卑下，可胜慨哉！

学　识

　　古人立言垂教，传于后世。口所难状，手画其形，图写丹青，其功与文字并重。人非生知，皆宜有学，成己仁也，成物智也。《大学》言：格物致知。《中庸》曰：好学近乎智。《说苑》亦云：以学愈愚。学问日深，则知识日广，故孔子论为学之序，必先智者不惑，而仁勇之事，尤非智者不能为。孔子又曰：好智不好学，其蔽也荡。子贡曰：学不厌智也。人生于世，惟学可以化为智，而智者更当好学而无疑矣。

立 志

学以求知，先别品流。志道据德，依仁游艺，成于自修。出而用世，可以正人心，端风化，功参造化，兼善天下，此其上也。博综古今，师友贤哲，狂狷自喜，淡泊可安，不阿时以取容，无矫奇而立异，穷居野处，独善其身，此其次也。至若声华标榜，利禄驰驱，凭荣辱于毁誉，泯专一之趣向，观乎流品，画已可知。是以画分三品，曰神，曰妙，曰能。三品之上，逸品尤高。有品有学者为士夫画，浮薄入雅者为文人画，纤巧求工者为院体画。其他诡诞争奇，与夫谨愿近俗者，皆江湖、朝市之亚，不足齿于艺林者也。此立志不可不坚也。

练 习

释清湘云：古人未立法以前，不知古人用何法；古人既立法以后，学者不能离其法。画之法有三：曰笔法，曰墨法，曰章法。初由勉强，成乎自然。老子言：圣人法天，天法地，地法道，道法自然。因天地之自然，施人力之造作，应有尽有，应无尽无，如锦绣然，必加剪裁，而后可成黼黻。语曰"江山如画"，正谓江山本不如画，得有人工之采择，审辨其入画之处而裁成之。此画之所由宝贵也。

涵　养

　　董玄宰言：读万卷书，行万里路，乃可作画。画学之成，包涵广大。圣经贤传，诸子百家，九流杂技，至繁且赜，无不相通。日月经天，江河行地，以及立身处世，一事一物，莫不有画；非方闻博洽，无以周知，非寂静通玄，无由感悟。而况乾坤演绎，理贯天人。书画同源，探本金石，取法乎上，立道之中，循平实而进虚灵，遵准绳以臻超轶，学古而不泥古，神似而非形似，以其积之有素，故能处之裕如焉。

成　就

　　古人为圣为贤，成仙成佛，其先习苦，莫不有忧勤惕厉之思。及至道成，又自有其掉臂游行之乐。庄子云：栩栩然之蝶。蝶之为蚁，继而化蛹，终而成蛾飞去，凡三时期。学画者师今人不若师古人，师古人不若师造化。师今人者，食叶之时代；师古人者，化蛹之时代；师造化者，由三眠三起，成蛾飞去之时代也。当其志道之初，朝斯夕斯，轧轧终日，不遑少息，藏焉修焉，优焉游焉，无人而自得，以至于成功，其与圣贤仙佛无异。虽然，君子择术，慎于始基。昔赵子昂画马，中峰大师劝其学为画佛。此则据德依仁，亦立言垂教之微旨也。游艺之士，可忽乎哉！

画学通论讲义

论画之有益

图画者，工之母，亦文之极也。小之可以涵养性情，变化气质，消泯鄙悖之行为；大之可以救正人心，转移风俗，巩固治安之长久。稽之经传，编诸史册，博载于古人文辞论说之书，图画綦重，班班可考。是故人人所当研究而明晓之，宝爱而尊崇之，未可以为不急之务，无益之物，而轻忽之也。人之不齐，各殊其类，资禀有智愚，学力有深浅，境遇有丰啬，时世有安危，惟于绘事，爱好同之。衣食住三者，人生不能有一日之缺乏，因为爱护身体之大要也；身体之康强，其精神可用之于不弊。人生爱护精神，宜视爱护身体为尤重，身体之爱护，虑有未周，则预防其疾病，设有刀圭药饵，以剂其平。而精神之消耗于功名利禄、礼数酬酢之间，劳劳终日，无少息之暇豫者，夫复何限！苟非得有娱观之乐，清新于心目，势必奔走征逐，志气昏惰，滔滔不返，精神愈为之凋敝。苟明于画，上而窥文字之原，理参造化，下而辨物类之庶，妙撷英菁。古人所以功成身退，啸傲林泉，非徒保身，兼以明志。李长吉呕肝，为文伤命。书画之事，人心曾不以寸，晚知有益，期悦有涯之生，可谓达矣。书家兼通画事，得悟墨法，不同经生。百工先事绘图，艺能之精，可进于道。画贵生动，正与管子书称古人糟粕，释家毋参死禅，同其妙悟，况乎清明在躬，志气如神。古来善画，类多高人逸士，不汲汲于名利，而以天真幽淡为宗。然而诣力所至，固已上下今古，融会贯通，无所不学。要非空疏无具，徒为貌似，所可伪为，有断然已。

赏　识

　　看画如看美人，其丰神韵致，有在肌体之外者。今人看古迹，必先求形似，次及传染，而后考其事实，殊非赏鉴之法也。昔米元章有言，好事与赏鉴家自是两等。家业优饶，循名好胜，遇既收置，不辨异同，此谓好事。若夫赏鉴，则天性高明，多阅传纪，或得画意，或自能画，每一颗卷轴，辨析秋毫，援证其迹，而研思极虑焉。如对古人，如尝异味，竭声色之奉，不能夺也，斯足以为赏鉴矣。看画之法，不可偏执一见。前贤命意立格，各有其道，或栖心尺幅之中，或游神六合之外，一皴一染，皆有源委。讵可囿吾所见，律彼诸贤乎？古人笔法详明，意思精到，初若率易，久觉深长。今人虽亦缜密，细玩不无拟议也。御题诸画，真伪相杂，往往有当时名手临摹之笔。尝观秘府所藏摹本，其上悉题真迹，明昌所题尤多，具眼自能辨之。至于绢素新旧，一览可知。唐绢麓厚，宋绢轻细，尺寸不容稍紊。然又当验之于墨色。名笔用墨透入绢缕，精采毕现，卑弱者尽力仿效，终不能及，粉墨浮于绢素之上，神气枯寂矣。惟古人画藁，谓之粉本，前辈多珍藏之，以其草草不经意处，自然神妙；宣和、绍兴间，储积最富，识者固宜留意也。灯下不可看画，筵前醉后，亦不可看画，有卷舒侵涴之虞，极为害事。

优　劣

　　佛道人物，仕女牛马，今不及古。山水林石，花竹禽鱼，古不及今。何以明之？如顾恺之、陆探微、张僧繇、吴道子与阎立本兄弟，皆纯正雅重，妙出天然。吴生之作，为万世法，号曰画圣。而张萱、周昉、韩幹、戴嵩辈，气韵骨法，亦复出人意表，后之学者，终莫能及。故曰今不及古。至于李成、关仝、范宽、董源之妙品。徐熙、黄筌、黄居寀之神品，前既不借师资，后亦无能继者。借使二李、三王之俦更起，边鸾、陈庶之伦再生，更将何以措手于其间哉？故曰古不及今。夫顾、陆、张、阎，体裁各异，张、周、韩、戴，理致俱优，昔贤论之详矣。惟吴道子独称画圣，才全法备，无愧斯言。由近而约举之。气象萧疏，烟林清旷，毫锋颖脱，墨采精微者，营丘之制也。石体坚凝，杂木丰茂，台阁典雅，人物庄严者，关氏之风也。峰峦浑厚，格局沉雄，抢笔俱匀，人物皆质者，范氏之作也。皴法古隽，赋彩清和，意趣高闲，天真烂漫者，董氏之踪也。语云：黄家富贵，徐熙野逸。此非专言厥体，盖见闻所习，得之于心，而应之于手耳。筌与居寀始事孟蜀为待诏，入宋为宫赞给事禁中，多写珍禽瑞鸟、琪花文石，徐熙，江南处士，志节高简，多写浦云汀树、芦雁渊鱼。二者春兰秋菊，各极一时之胜，俱享重名于后世，未可轩轾论也。援今证古，迹著理明，观者庶辨金鍮，得分玉石焉。

楷　模

　　图画之要，全在得体，则楷模一定之法，不可不讲也。画人物者，必分贵贱容貌，朝代衣冠，释门有慈悲方便之仪，道像具修真度世之范，帝王崇上圣天日之表，诸蕃得慕华钦顺之情，文人著礼义忠信之风，武士多勇悍英烈之气，隐逸敦肥遁高世之节，贵戚尚纷华靡丽之习，帝释明福德严重之威，鬼神作丑觌驰趡之状，仕女尽端妍矮婧之态，田家存醇甿朴野之真，而欢娱惨淡、温恭桀骜之辨，亦在其中矣。画衣纹木石，用笔全类于书，有重大而调畅者，有细密而劲健者，勾绰纵掣，理无妄下。画林木者，樛枝挺干，屈节皴皮，纽裂多端，分敷万状。画山石者，多作矾头，亦为凌面，落笔便见坚重之性，皴淡即生洼凸之形，每留素以成云，或借地而为雪，其破墨之功，为尤难焉。画畜兽者，肉分肥圈，毛骨隐起，精神筋力，向背停匀，须体诸物所禀之性。画龙者，折出三停，分成九似，穷挐攫奋迅之妙，得回蟠升降之宜。画水者，有一摆之波，三折之浪，布之字势，辨虎爪形，沦涟漩激，使观者浩然有江湖之思。画屋木者，折算无亏，笔画匀壮，深远透空，一去百斜；至于汉殿吴宫，规制不失，珠林紫府，局度斯存。苟不深求，何由下笔？画花果草木，当晰四时景候，阴阳向背，枝条老嫩，苞萼后先。既园蔬野草，亦有性理，宜加详察。画翎毛者，在识诸禽形体，名件羽毛之苍稚，嘴爪之利钝；飞鸣宿食，各寓岁时，脱误毫釐，便亏形似。凡斯条贯，悉本正宗，融会所由，缺一不可者也。历稽往谱，代有传人，因事论衡，别具梗概。

服　饰

衣冠之制，涔历变更，考迹绘图，必分时代。衮冕法服之重，三体备存，名物实繁，不可得而载也。汉魏以前，皆戴幅巾。晋宋之世，始用幂䍦。后周以三尺皂绢向后幞发，谓之幞头。武帝时裁成四角。隋朝惟贵臣服黄绫纹袍、乌纱帽、九环带、六合靴。次用桐油墨漆为巾子，裹于幞头之内，前系二脚，后垂二脚，贵贱通服之，而乌帽渐废。唐太宗常服翼善冠，贵臣服进德冠，则天朝复以丝葛为幞头巾子，赐在廷诸臣。开元间乃易以罗，又别赐供奉官。及内臣圜头宫样巾子，至唐末方用漆纱裹之，沿至宋代，皆服焉。上世咸衣襕衫，秦时始以紫绯绿袍为三等品服，庶人以白。至周武帝时，下加襕。唐高宗给五品以上随身鱼。又敕品：服紫者，金玉带；服绯者，金带；服绿者，银带；服青者，鍮石带；庶人服黄铜带。一品以下文官带手巾算袋刀子砺石。睿宗诏武五品以上带七事跕蹀，开元初罢之。晋处士冯翼衣布大袖，周缘以皂，下加襕，前系二长带；隋唐内外皆服之，谓之冯翼衣，后世呼为直裰。《梁志》有袴褶，以从戎事。三代以前，人皆跣足。三代以后，乃着木屐。伊尹编草为之，名曰履。秦世参用丝革。靴，本胡服，赵武灵王好之，令有司衣袍者穿皂靴。唐代宗诏宫人侍左右者穿红锦靴。凡兹衣冠服饰，经营者所宜详辨也。若阎立本画《昭君出塞图》，帷帽以据鞍；王知慎画《梁武南郊图》，御衣冠而跨马。不知帷帽创从隋代，轩车废自唐朝，虽无害于名笔，亦足为丹青之病焉。

藏弆

　　画之源流，诸家备载，类之论叙，分门已详。自唐末变乱，五代散亡，图画收藏，存者无几。逮至宋朝，方得以次搜集。太平兴国间，诏天下郡县访求前贤墨迹。于是荆湖转运使得汉张芝草书、唐韩幹马二本以献；韶州太守得唐张九龄画像并文集九卷以献；从此四方表进者，殆无虚日。乃命待诏高文进、黄居寀检详而品第之。端拱元年，于崇文院中堂置秘阁，命吏部侍郎李志兼秘书监，点勘供御图书，选三馆正本书万卷及内府图画，并前贤墨迹数千轴，藏之阁中。御书飞白扁其上。车驾临幸，召近臣纵观，赐曲宴焉。又天章、龙图、宝文三阁，后苑有图书库，亦藏贮图画书籍，每岁伏日曝晾，焚芸香辟蠹，内侍省掌之，而皆统于秘阁。四库所藏，云次鳞集，天下翰墨之盛，顿还旧观矣。稽之典册，始自道释，讫于蔬果，门类凡十。专精一艺，与其兼才者，代不乏人。综其大纲，稍加论列。夫经纬之义，书不能尽其形容，而后继之以画，菁华所著，谓六籍同功，四时并运可也。

道释

　　自三才并运，象教乃兴。儒与释道，如三辰之炳天，垂象万世。因事为图者，宜无所不及，而画家擅名，则专言道释。盖以其眉发有异于人，冠服不同于世，布祇陀之金界，绀珠满月有其容，写大赤之玉毫，芝绶云衣备其制，使观者判然而知为缁羽之流，非犹夫黼黻山龙，缙绅缝掖，极明堂宣室之尊严，辨凌烟瀛洲之清贵也。释道起于晋朝，以至宋代，数百年间，名笔甚众。如晋、宋之顾、陆、梁、隋之张、展，诚出类拔萃者矣。唐时之吴道子，鹰扬独步，几至前无古人。五代之曹仲元，亦能度越前辈。及宋而绘事益工，凌轹往哲。若李得柔之画神仙，妙有骨气，精于设色，一时名重如孙知微，且承下风而窃绪论焉。其余非不善也，求之谱传，不可多得。如赵裔、高文进辈，咸以道释见长。

然裔学朱繇，譬之婢作妇人，举止终觉羞涩；文进产于蜀，世皆以蜀画为名，是获虚誉也，讵宜漫循形迹，遽失考求哉！

人　物

昔贤论人物，有曰白晳如瓠，则为张苍；眉目若画，则为马援；神姿高彻，则为玉衍；闲雅甚都，则为长卿；容仪俊爽，则为裴楷；体貌闲丽，则为宋玉。此画家之绳墨也。至于状美女者，蛾眉皓齿，有东邻之爒华；惊鸿游龙，见洛神之蕙质；或善为妖态，作愁眉啼妆，堕马髻，折腰步，龋齿笑者，往往施之于图画。此极形容为议论者也；若夫殷仲堪之眸子，裴叔则之颊毫，精神尽在阿堵中，姿韵不愧丘壑间，固非议论之所及，又何形容之足言！故画人物，最为难工，大都得其形似，率乏天然之趣。自吴晋以来，卓荦可传，如吴之曹不兴，晋之卫协，隋之郑法士，唐之郑虔、周昉，五代之赵嵒、杜霄，宋代之李公麟辈，虽笔端无口，而尚论古人，品其高下，洞如观火，较若列眉，既暗中摸索，亦复易得。惟以人物得名，而独不见于谱传，如张昉之雄健，程坦之高闲，尹质、元霭之简贵，后世多不知识，岂真前有曹、卫，继有赵、李，照映千古，遂使数子，销光铲彩于其间哉！是在具眼鉴别之矣。

蕃　族

解缦胡之缨，而冠裳魏阙，屏金戈之迹，而干羽虞廷，以视越裳之白雉，固有异矣。后世遂至遣子弟入学，效职贡来宾，虽风俗庶几淳厚，亦先王功德，足以惠怀之也。凡斯盛举，莫不有图。而图画之所传，多取佩弓刀，挟弧矢，为田猎狗马之戏，若非此不能尽其形容者。然山川风土既殊，服饰衣自异，苟一究心，何难立辨？顾乃屑屑从事于弓刀狗马之属，而讲求之，亦云末矣。自唐至宋，以画蕃族见长者五人，唐则胡瓌、胡虔，五代则东丹王、王仁寿、房从真。皆能考证方隅，规摹物类，笔墨所至，俱有体裁。东丹虽产北土，止写本国风景，寻其手迹，要自不凡。王庭卓歇之图，大漠游畋之作，旌旗器械，兽畜车马，悉可按而数也。其后高益、赵光辅、张戡、李成辈，亦得名于时。然光辅以气骨为主，而风格稍俗，戡、成极力形容，而所乏者气骨，不能兼长尽美，何容方驾前人乎？

论多文晓画

宋邓椿言多文晓画。明董玄宰谓读万卷书乃可作画。画为文字之余，固未可专以含毫吮墨、涂脂抹粉为能事也。明季以来，画者盛谈南北二宗。玄宰言：文人之画，自王右丞始，其后董源、僧巨然、李成、范宽为嫡子，李龙眠、王晋卿、米南宫及虎儿，皆从董巨得来，直至元四大家黄子久、王叔明、倪元镇、吴仲圭，皆其正传，吾朝文、沈则又遥接衣钵，若马、夏及李唐、刘松年，又是李大将军之派，非吾曹易学也。古人文艺，多由繁重，日趋简易。简易之极，不思原本，厌弃繁重，日即虚诞，至于沦亡，何可胜慨！文艺之兴，先重立法；拘守陈法，积久弊生。世有识见宏达之士，明知流弊，思捄正之，权其轻重，著书立说，意良美也。夫画有士夫画，有作家之画。二者悬异，判若天渊，以其师今人与师古人不同，师古人与师造化不同。故曰：师今人不若师古人，师古人不若师造化。师今人者，守一先生之言，其所耳闻目睹之事，无非庸俗之所为，虽有古迹，孰优孰劣，乏由辨别，悠悠忽忽，至于垂老，终无所成。师古人者，时代有远近，学业有浅深，互相比较，不难明晓。然虑拘于私见，惮为力行，一得自矜，封其故智。此则院体不脱作家之习，而文人可侪士夫之俦，以其多读数卷书耳。

学画必读书，古今确论。读书之法，又悉与作画相通，论者犹罕，今试以读史之说证之。汉司马迁作《史记》，班固作《汉书》，史家并称迁固，以其创立纪传，通古断代，义法皆精。如画家之有南北二宗，王维水墨，李思训金碧，古今崇尚，重立法也。汉书之学，自六朝来，言训诂词章者，多所称述，实盛于太史公之书。至于宋人，又以载事详赡，有资策论之引据，尤多好读《汉书》。司马迁《史记》，众知其断制货殖游侠，论著恢奇，封禅平准，辞含讽刺，读者犹不难好学深思，心知其意。画家重在立意，始自唐世。历五代两宋，名家辈出，而极盛于元人。明董玄宰承顾正谊、莫云卿之学风，先后倡立南北二宗之说，画重文人。有云：禅家有南北二宗，唐时始分，画之南北二宗，亦唐时分也，但其人非南北耳。北宗则李思训父子，着色山水流传，而为宋之赵幹、伯驹、伯骕，以至于马、夏辈；南宗则王摩诘，始用渲淡，一变钩斫之法，其传为张璪、荆、关、郭忠恕、董、巨、米家父子，以至元之四大家，亦如六祖之后有马驹、云门、临济儿孙之盛，而北宗微矣。要之摩诘所谓云峰石迹，迥出天机，笔意纵横，参乎造化者；东坡赞吴道子、王维画壁，亦云"吾于维也无间言"，知言哉！观此则画学自唐以后，专重文人，而能明晓画法与画意者，正非文人莫属也。

画法臆谈

余尝与友人论画，见有章法层次重叠，用笔细谨为毫发，而色彩烘染皆极修饰，大致一观，贬之曰：不工。又见章法简略，笔墨荒率，人所忽视者，或徘徊留览，至以极工称之。人每讶异，余应之曰：工在意不在貌，当于笔墨之内观神理，非仅于章法而论疏密也。山无脉络，水乏源委，树石无明暗向背，虽徒细谨，亦不为工；苟能全体合于神理之中，即笔墨有不到处，章法平淡无奇，而趣味无穷，非谓为工不可。高远深邃，万壑千岩，有时大家手笔，只以数点写出云中山顶，而林木蓊郁、泉石清幽之趣，耐人寻索。此所谓空储所有，不愿实之所无。章法之妙，实笔墨之妙也。至于刻画如图经，处处可志其名号，是唐人之画逊于宋人。宋人烟云风雨，虽较空灵，而粗恶者多。惟元人能以笔墨之妙，兼唐宋之长，斟酌尽善而无其弊。至于乱头粗服，似乎散漫无章，而机趣横生，其画更佳。知此非可与论庸史之画，而可与善鉴者言之。学者初未易明，而滔滔皆是，力争上游，亦不可不一闻斯旨也。故章法在未落笔墨之先，即有虚实在其胸中，不容轻意。论书画谓：晋人尚意，唐人尚法；画之重法，尤当重意。古人善用意，而法存乎其中。后人专守法，而意或多所不足。重法之重，人人知之。画者以得章法为自满，而不知章法之中，高低疏密，非用意不显。章法之外，贵有笔墨，能达其意，而不徒恃乎法。故明画者不欲多论法而重意。否则，多购影印画册以求章法，尚非甚难。必待精于鉴别，富于收藏，辨其真赝，然后言之有物，论之成理；亦犹摄影，非不形似，而画者以不似为得其真。笔墨章法，不似而似，是为善学。学画者始由不工求工，继由工求不工；不工者，工之极也。《庄子·山木篇》曰："既雕既琢，复归于朴。"怪石以丑为美。丑到极致，便是美到极处。一"丑"字中，丘壑未易尽言，非同炫耀寻常，脂粉涂泽，一览无余，便足称赏。

笔法要诀

画之形貌有中西，画之精神无分乎中西也。中国画重线条，西洋画重侧影，观于形貌而精神寓焉。线条之组成，原始文字，与欧美之取法于摄光镜者异。是以研究中国画之升降，必须有鉴别古今书画之能力，而学习中国画者，当由笔法始。书与画皆注重用笔，以书画同出一源。其后图与画分，至唐画分南北两宗，有勾勒渲染，其用笔之法一。倘不知其法，则画只可臻于能品，而不克成妙、神、逸诸品也。兹先就中国文字之递嬗，与书画之同而申论之。上古结绳，伏羲画卦，一纵一横，文字兴焉。有六书首重象形，仓颉造字，胚胎于结绳。其发端也。绳悬壁上垂而向下，故其体由上而下，为直行。佉卢之文由左而右，梵文由右而左。文字来源，直本结绳，横本画卦，演而为勾勒，则由直线而成曲线，曲圆直方，所谓无极生太极，太极生两仪，两仪生八卦，皆像也。

可知篆文原本太极，隶书原本画卦，以至行草，皆本曲线之形。隶有波磔，士大夫作画之法如此。盖用笔之无垂不缩，无往不复，千变万化，穷极工巧，皆从生焉。（书法家桂未谷作隶书，先横后直，此根据于画卦者也。郑复光曾著《镜镜詅痴》作字先直后横，此根据结绳者也）篆字用笔，中锋而圆，其法迂缓。至秦便于徒隶，因创隶书，将篆籀之圆笔，改为半圆形，而成隶法，用笔则由左而右，其法较捷，形异而笔法一也。晋二王法，收笔变为由右而左，与草不同，故明于隶体，不异章草也。六朝字，隶体仍根据隶法，北碑横笔自左起至右，用笔作收，仍是向左，亦与篆吻合。唐人写双钩字，谓之响拓，得法于篆。可知夫字贵写，画亦贵写。以书法透入于画，则画无不妙，以画法参入于书，而书无不神。故曰善书者必善画，善画者必先善书也。

执笔法

执笔之法，贵乎指实掌虚，其式有三。

1. 龙眼。三指撮合，大指执笔于食指、中指之间，作正圆形，指与腕平，腕与肘平，肘与臂平，中锋多藏锋，二王书法用此。羲之爱鹅，像其运腕似鹅颈，即此义也。
2. 象眼。变龙眼为椭圆，执笔略侧，虽似侧锋，仍是用中锋。
3. 凤眼。凤眼用笔多侧，如邓石如、包慎伯本此，常有锯齿之形。

画最重用笔之锋，如武士舞剑，前后左右，锋必向前，所谓八面锋者，即此意也。

笔　诀

法有如锥画沙，平是也。宇内之物，惟水最平。时因风力而波起，终不离其至平之性。画之生动，全无板滞，以有波磔耳。

法有如屋漏痕者，留是也。唐释怀素因贫，学书芭蕉叶之上。艺成往谒颜鲁公，因叩作书之道，乃授以折钗股法。怀素云折钗股何若屋漏痕，鲁公为之惊叹。

法有如折钗股法者，圆是也。金性至柔，折而不断，亦不妄生圭角。唐寅用笔以南宗法而画格犹多北宗，以为南宗用圆笔，自觉可贵。

法有如高山坠石者（怒猊抉石），重是也。气势雄厚，力透纸背。董北苑画用笔沉着，水墨淋漓，近视不辨为何，远观则层次分明，俨如工笔。至工笔画能有笔有墨，方为上品，不徒以细谨为能事也。

艺术与他种科学有连带关系及研究时所应注意者。

艺术与各种科学均相贯通，故研究佛学、道家诸理，可通书画艺术，即弹琴、博弈、拳棒游戏之技，亦无不相通。

古代书画所以宝贵者，固非以其为古董而可贵，乃其精神存在，千古不磨。先由笔法；学笔法者，不必以专求外貌之相似，而忽略其精神。

四法及变。前述平、圆、留、重四法，以后简称四法。凡不善用笔者，平则易于板实，须有波磔，圆则易于浮滑，须贵遒练。留易凝滞，须要流动。重易于浊笨，须尚灵秀。兹复论及，而后可由此言变，以尽其妙。

上述四法为基本法则，所变者，亦即此四法为也。一、平。如以水为例，水虽平伏，外因风力而起波折，生成波澜各种不同形状，即由平而变者也。二、圆。月至望则圆。过望则缺，斯即由圆所变。在画法上之变，千奇百异，皆宜出于自然，不可出于法之外。

中西画家之区别及我国古画家笔法之派别。变，宜从精神上变，不可由面貌上变。中画重神似，西画重貌似，钟鼎时代，文字均具备四法，所谓书即是画之意也。昔李公麟所为游丝皴，笔细，其法自钟鼎阳文而来。汉魏书法有草隶直行，变为兰叶皴，笔粗，分大小二种。吴道子、马和之笔法（钉头、鼠尾、螳螂肚），多用隶书、二王之书法，为铁线皴。释怀素草书，近于晋代，用笔起笔锋尖，中肥而实，故用提笔，力透纸背。不明所作之法，即如系马之木桩，即无用锋之意。

唐人干禄书之由来。干禄书，传自颜真卿，或未必然。已去六朝之法较远，力趋整齐，但原则仍本六朝旧法。

研究古书画为善变之阶段，凡不研究古书画者，即不能与言变。吾人如愿致力于艺术之研求，而于变之一法有所扞格，则终难于成功。

空，即布白。大篆布白最多，其次为小篆、为隶、为楷。形之整齐，为外表之整齐。布白应成弧三角，切忌全方全圆，始为天然之整齐。在精神上之领悟天然与人工之分别，在不方不圆间。宋最讲求布白。黄山谷云：宋人画如虫啮木。赵松雪画法心得曰：石如飞白木如籀。古人有"飞而不白，白而不飞"之说。清张燕昌论飞白最精。先知用笔而后知用墨。

吴仲圭之用笔方法。梅道人吴仲圭用笔多饱墨，因善用笔，故能运用自如。学吴而不善用笔，即成墨猪，学者不可不察。

蚕尾硬断之界说。蚕尾者，收笔用提也。此系根据隶书。能用此法，可使收笔有力，万毫齐力，即下笔之重也。硬断亦收笔之提也。篆与隶书无异。

用笔要诀——重论学画所应注意者。不知新罗者，只知其表面轻灵，但新罗法宗南田之笔法，乃由古拙入手，而为虚空粉碎。虚空粉碎者，外表之变，而内容不变。如仙佛然，必先修炼，而后始能脱胎也。吾辈学画者，宜从实处着手，而后能达虚空之境，即当学其精神，而遗其面貌。总之宜在法则上多加功夫。

作画三诀。作画宜讲趣。王渔洋之诗，多得神韵，过于爱好，亦是一病。唐人画多用重墨中锋，北宋参以侧锋，至元人画则中侧锋并用，笔墨俱佳。明洪武，文人画极遭损斥。吴小仙因过恃天才，于四法中圆、留二者较逊。学者宜如绵里裹针，不宜自恃天才而藐视之。沈石田、文征明崛起，全从笔墨之法启迪后来。国学之不至于陵替者，胥赖乎此。

用　笔

欧人对于艺术不讲用笔，以形似为成功，其最高境界乃同于我国之能品耳。我国艺术向重用笔，以成德为尚，于能品上为妙品、神品、逸品，以成功之作能品为起点。欧人则以能品为极。何以呈如斯之象？盖我国艺术家人品高尚，其所作不为名利所夺，故有超人之成功。

能品：工力求之所能似者，如王石谷、赵左、张宏。

妙品：于能品之上为妙品，妙品之上为神品，如我能他人不能者，或于兴会之时偶一为之，是为神品。昔王羲之有友人四十余人于兰亭雅集，是日王书《兰亭序》，为王书生平最精者，而仍系以退笔书之，翌日再书则无前之神髓。可见神品之作实不可多得耳。

缘古人以画为游艺，不求名利，乃修养之道耳。子曰：志于道，据于德，依于仁，游于艺。所谓道即路也。高者曰道，低者曰艺。吾人习画皆取法自然。老子《道德经》曰：圣人法天，天法道，道法自然。何谓圣人？因圣从耳从口，有耳能听，有口能言。圣人因比他人聪明，诸事赖之而兴，仰首望天，见星斗之疏密，而定文字之多寡，俯见鸟兽行迹各有不同，亦按之作字，故文字图画皆依自然而来。宇宙生物亦多赖似自然。如鸟栖于树，其羽多似叶；鱼游于水，则鳞似水纹。凡物生于何处，则有适应环境之技能。故画亦法自然，一切景物置于画面，即有勉强处。用功当由繁华富丽处入手，而后法自然。法之要者即在用笔。笔有一定之方法，笔法即画之道。用笔有五诀，曰：平、留、圆、重、变。

平：指、腕、肘、三者均平，手指不动，用力下笔，则力透纸背，使力蕴于中，而不露于外，不可有剑拔弩张之势，切忌挑剔。

留：用笔不可浮滑，须积点成线，以留得住为上，即屋漏痕法。

圆：用笔转折处勿生圭角，下笔如折带，以圆为佳，即折钗股法。

重：下笔要重，如高山坠石，落笔时不顾画成之优劣，功力深则渐能达于佳境。古人着青绿，下笔亦重，颜色均用笔点上去，点的层次，欲多欲厚，方显精彩，非如后人之涂抹。但笔下无力，则下层墨色即能上混，故画青绿用笔亦贵乎有力。久之落笔有声，古谓"下笔春蚕食叶声"。又云唐画多至百遍，宋画五六十遍，元明画三四十遍，清代四王则几十遍，至民国以来则成几遍矣。可见近人作画不及古人用功远甚矣。逸品画为世所重，元画最多，清初明末仍有之，如恽香山、邹臣虎、查士标、张大风等，皆一时名家，故中国画首重法备气至也。

前论用笔，在五字之中皆是实处、虚处亦甚重要。虚即布白。清邓完白书法系由篆刻悟来，以白当黑，即是用虚。在六朝碑刻上可以见之。董玄宰为明一代书家，其得意笔诀，即谓虚室生白，吉祥止止。白名其斋曰：虚白斋。以虚处之白，逼出黑处。其书法则最注意布白。戴文节画注重白光，光即从气生，可谓内气膨胀，外气收敛，当如物理学中之球心力、离心力为合也。

古人书法，其心得最多。字之心得，即书之心得。第一讲实，第二讲虚，其中即以气为主也。元之鲜于枢，字伯机，与赵子昂齐名，功力似过之，收藏古人真迹甚富，常以不及古人为恨，久之不得悟。一日天雨，见车行泥淖中，乃恍然得诀，后书法大成。清刘石庵常闭门作书，某为童子时，欲窥其法，乃先至室潜伏梁上，观其以绳缚肘，故其作书完全中锋，乃得其法。古来书画家，诀在转笔。但不善用笔者，笔锋中往往无力，或呈枯干状态，即着力渍墨，亦不能精神一贯，致成中白之象。车行泥淖中，即此法也。书法又如蛇斗，意即不妄用笔，而求笔之准确也。昔人称不善画者曰"春蛇秋蚓"，即无气，不生动，无精神也。书画必明用笔之虚实，再加以"气"力，不黏不脱，即以气联之，所贵实中虚，虚中实，可得书画之妙矣。宋欧阳修纂《五代史》，见"脱缰之马，将犬踏毙于途"，因谓诸分纂试记云，文不贵烦琐，只六字可耳。曰："逸马毙犬于道。"此炼句之法，惟画亦然。画贵乎遒练，遒者留得住，即如屋漏痕。练者，简当而名贵。是画之笔不在多，以意有而恰到好处。邹之麟臣虎、恽向香山为我国第一流书画家，其画本元人，能以遒练为法。此由大痴而来，先工后粗，至多不过百笔，而精神宛然。赵子昂写古木竹石，笔笔勾勒，不用侧锋，石用飞白，木用籀法。画在精神，而不在形体。故倪黄各大家之用笔乃由六朝书法得来。六朝遗迹，今敦煌发现经卷，犹有可见。

墨法之妙

不善用笔者不能用墨。董玄宰谓：以我使笔，不可为笔所使；以我使墨，不可为墨所使。善用笔者，能以枯笔生墨，多而不沉，以气贯之。善用墨者，仍须以用笔为本。今人知墨有浓淡。古画家用墨有七色，但非大家无能为之。王石谷有五墨法，其笔力不逮然耳。最初作画，唐多浓墨，王维创水墨法，乃成文人画，有浓淡之分。

破墨：见梁元帝《松石格》有破墨之法，至元讫明多用破墨，明末知者渐少。明代院体画尚重有法，与士大夫画相隔阂者，因用墨之法多师董玄宰兼皴带染，不用破墨。元末明初，有云林之友商踌，最喜用破墨，云林称之。如后世花卉点叶中，尚有勾筋之破墨法，至于人物则微乎其微也。破墨之法，淡墨之上，以浓墨破之；浓墨之上，以淡墨破之。种种变化，在乎善为体会。

泼墨：唐人王洽善用泼墨，明泼墨仍可见。笔不过深浅浓淡次数相合。常见沈石田烟云图卷，云多山少，全幅多用泼墨法。宋马、夏之画亦有之，渐渐而成。今之远山沙滩，尚有此法。

宿墨：倪云林善用宿墨，能以渣滓见清光，此法最难。董玄宰、王廉州间亦有之。能用此法作者，多为逸品。画史以来，善用者，云林后僧渐江而已。但此法不能用者，不必勉强。

渍墨：法出董巨，至吴仲圭为最妙，王蒙、王鉴亦有之。其法以渍墨而成，此乃化枯为润，补笔之不足也。

焦墨：古法有之，在画完成，用于点苔及树阴等处。后明人变之，完全用焦墨画，以垢道人为佳。

中国画先有笔法而后始能用墨，故大名家与小名家之分，在笔下有力而不外露。大名家之笔墨和蔼，乍见之如常人画，经临摹一遍，始知有笔力而敌他不过。想要具金刚婀娜，更须有姿媚，字法亦重内有刚健外有婀娜。陶渊明诗亦如常人说话，由浓而化出淡来。画亦同与此。先由工作起，但不可太认真，至极须脱掉作家气。作家画因过于认真而失去自然。认真，在文言曰矜持。画之佳者在有意无意之间。名家画如不欲画，若不经意。大名家画注意大局而互有招呼。昔见元张渥叔厚画人物，往往下笔有过头处而有笔趣。画讲笔趣与墨趣，用笔须有趣味，但重雅而忌恶趣。画更须有天趣。用工达于极点则成作家画，再由作家而慢慢退化。石谷晚年得颤笔法。颤笔始自李后主。颤笔即屋漏痕。石谷真迹须辨其有无颤笔，明人画过于用力，则嫌笔直。至石谷画，后人多橄其用笔过软，而所不能推倒之原因，亦以有古人之笔法也。墨法大致分七种：

一、二、浓淡墨。墨法最初只有浓淡两种。古人书法只用浓墨，唐画大半只浓淡两种。宋朝苏东坡、米芾二家亦用浓淡墨。

三、破墨。宋朝始有破墨法。梁元帝作《松石格》，有破墨之法，元商踦精于破墨法，与云林为友，至明渐次失传。山水画中，如坡有破墨之法，画茅草即破墨法，乃趁浅墨未干时加以浓墨。石涛精于破墨，以浓墨破淡墨，淡墨破浓墨，甚为精彩。

四、渍墨法。四王之画多有之。清画多用枯笔干皴而少滋润，故四王画每张均有渍墨，用之于大混点，以重墨饱笔浸水而出之，中有笔痕而外有墨晕。

五、泼墨法。多用于远山、沙滩。泼墨须有笔法。

六、焦墨法。多用于山石阴面及树根或苔点，比浓墨重，用作醒笔。

七、宿墨法。云林画多有之。即砚上干墨着水，俟漂浮干片，以笔蘸之。善用者有青绿色之宝光。

作画用笔忌描、涂、抹。花卉尤重点笔，古曰点染。着色用墨均须善用水，故画山水有曰"水墨山水"。用青绿之法，乃点上一层，不够再加一层。唐人谓"五日一山，十日一石"，非作画太慢，实遍数多耳。

画原称丹青，初非水墨，皆用矿植物之颜色，种类甚多，如雄黄、雌黄、砺粉、铅粉等，今已全不用矣。欧美之画亦同中国。古代全用颜色，后世以丹青（金碧）山水为宗。五代郭崇韬妻李夫人偶以水墨写窗前竹影，是为墨竹画之开端，其先皆用丹青可见。山水自王维、李成感着色画过于逼真，乏气韵，乃用水墨作山水，为南宗。五代又合南北宗为一体，谓之水墨丹青合体。元人多以工笔丹青画人物，以写意水墨写树石山水，工写兼用。至明始分工笔、写意，清代尚有仿元人工写合体者。学者多看元画，即知其兼唐宋之长，而获丹青水墨之益。

学唐宋工笔画多用细谨之笔写之，兰叶皴甚少。宋徽宗时，内府收藏古迹甚富，其先常命画院待诏摹之，后渐生厌，乃令另创格。于是马远、夏圭各老画家徘徊于月夜，或索取于风雨霜雪之景，虽是写实而尚用前人笔墨或古法为之，成唐、北宋以前所未有之作，画风因之一变。马夏一派，类最近欧美作风，惟不类其机械耳。

自北宋米芾能文章，精书法，其画能脱尽院体俗气，独创雅格。明初吴小仙、蒋三松、张平山、郭清狂等笔墨虽负时名，因学马夏，过于放诞，为鉴赏收藏家所不取。南宗雅而文、贵有含蓄，画尤以荒寒为上。王安石诗云：欲觅荒寒无善画，为求悲壮有能琴。荒寒之趣，以避俗也。

学者由丹青工笔入手，极于荒寒，故非水墨不能高。然水墨之精神出自笔墨，原无异于丹青。哲学为美术最高境，而工笔细谨之作，犹之科学，精神相通。可知此理，即能认识荒寒最高之境。今人入深山，精神顿觉舒爽，屏绝尘虑，大有如仙之乐，其与常境不同，诗书画趣相似然耳。

唐宋花卉分两派：黄筌之双钩，徐熙之没骨。至明变为勾画点叶，其法与水墨丹青合体同。

古云"丹青隐墨墨隐水"，原无所谓丹青、水墨之分，惟善用笔墨者不滞于一偏。所以相同者为胜。沈石田作画笔墨苍润，以笔出之为苍，以笔墨出之为润，因名其斋曰"苍润轩"。唐宋元代用墨有法。法备气至，其后法不备矣。以墨渲淡，以笔顺施，殊无气力。沈石田特先重用笔之法，自吴门派渐流于枯硬，至浙派更恶，而华亭派墨法亦有积习，此画学所由不振也。

清初王时敏收藏宋元古画甚多，因远游未便携带，属王石谷缩临为册数十帧，多取其法备气至者。元画能备古来诸法，后渐失传。沈石田画法元人，师吴仲圭、黄子久。文征明学唐人，师赵松雪。文画老年学梅道人粗笔，沈画多用小幅，老年始作大幅，兼用细笔，世有"粗文细沈"之评。沈石田同时，如王锡爵、吴宽，皆显贵，乃甘于隐遁，以画法正宗，挽回时习，故多为学者所敬仰，其作品之伪仿者亦多。石田作画，布局不袭古人章法，每成一纸，远近之人无不效之。今所见石田画幅，尤不易得真迹，即赝品中时有真假虎丘之分。而真迹笔墨苍润，不能假伪，鉴别精者可以知之。学画当从文、沈着手，因之善用笔墨之法，不徒于笔法求之。

墨料近多用舶来品，惟嘉道以前之墨，其质为佳，能使浓淡皆有精神。即今之赭石，与前时不同，赭石有红紫色，市上赭石内参朱磦等。花青等色亦有杂质，颜色不正。精者应自行研制。石青、石绿可选购原料舂漂之。

笔墨附丽诸品

用笔用墨之法，递经甲骨、铜器、玉石、石刻、革、绢、纸之蜕变，因有历代之不同。龟甲文字为殷商最古物，三代玉石花纹亦可见其笔法，由此而知艺术作品愈古愈厚。甲骨之遗，近数十年来未经发现，今所称殷墟甲骨文字也是。其上画迹可考艺术之渊源。

铜器盛于周（即钟鼎彝器之类）。最初铜器花纹多作魑魅魍魉、饕餮云雷之图画。唐宋大家最著名之图画，笔法均取自钟鼎。古时即布、刀、泉（布者散也，刀者利也，泉者流也）文字，亦可窥见笔法。如平阳币、安阳币、审其纹幂，全用游丝，细劲古秀，极有笔法，李公麟白描用笔法即本此也。王莽大布黄货文字是用铁线皴。时当西汉之末东汉之初，人才兴盛，莽之为人，虽不足论，文字流传尚多，可见当时三代甲骨铜器精神相去为远，可知游丝皴、铁线皴得之于籀篆。西周文字与六国不同，笔意遒劲，均可取之入画。秦汉由篆用隶，字体较方，一波三折，入画优雅。北宋黄筌双钩，取法唐人响拓，更无容疑矣。

玉石当三代之时，即制器物，其中似玉非玉之质最多，如玶玦之类皆是。近世土中发现，其先以大件为贵。近十余年来，新出土之小件，花纹制作精细，有人物、鸟兽，更为欧美人所宝贵，谓为淮河流域之器，即古时楚国地也，所出铜玉称美于世界。三代玉石花纹，刀法细而有力；汉玉花纹，刀法已粗；至唐宋刻玉，工巧玲珑而无刀法。刀法即笔法，是柔毫之祖也。石刻多见于汉。北地石坚，南地石粗疏。古时文人、工匠不分，碑碣均是自书自刻，笔法、刀法俱见精神，如李北海之《麓山寺碑》皆然。至赵宋，文武分途，所谓"文官不带刀，武官不识字"，雕刻者不知书，能书者亦不能刻，所有石刻精神，未免顿失矣。清之汪容甫著《述学》，尚能木板自刻文集，黄仲则能翻沙制铜印，各俱得古人之法。汉代石刻，为画人物者之祖，品如武梁祠、孝堂山石祠、六朝造像等，皆宜细观。

革画至五代仍有存者，古墓中常有砺壳上画人物丹青之属，漆画、油画亦多。唐绢粗如布质、兼有麻。宋绢有独茧，故细如纸。唐代画绢捣练如银板，着色极厚，细如缂丝。西洋粉画诸法，不知早为我国所研及，近已摒弃不用也。晋顾恺之画树如掌，马嘴尖体长，人体亦长。至唐吴道子，敷笔如莼菜条，作粗笔画。今人知有细笔唐画，而不知有粗笔唐画也。敦煌石室，可见布上、纸（麻纸）上作画，多为浓墨饱笔，圆线条，质地上显出浑厚气象；元绢细而丝尚匀；明绢圆丝多，扁丝少，质地较元为逊；清绢已不堪作画。近世有以生丝纺代之者，用时须绷起，以米胶粘之。日本之麻丝绢亦佳。

纸：北地多麻纸，南地多竹纸。宣纸：明代宣纸以檀木皮为原料，至清乾隆后，南方檀皮已少，即以桑、楮皮为原料。

宋纸帘纹宽三指，元二指，明一指或一指半，清一指阔耳。麻纸产山西，即今之东昌纸，近来加改良用之。

米元章画多麻纸，石涛多用皮纸（皮纸产湖南、广西）。

章法结构

　　用笔各法已如前述，今更进一步，再讲章法。今之学画者，多不讲求用笔，于章法结构亦不知研究，故虽研习多年，亦一无所成。鉴别古画，不能以笔法而确定为何人所作，当就笔墨上着眼，可知大家、中家、小家之分别。由于笔墨各法，故大家笔墨为中家所不及，而中家笔墨又为小家所不及也。

　　章法犹如造屋，各国建筑作风均不同。宫苑与茅茨之屋亦大有区别；室内之布置，须以适合房屋高低、位置及光线而定之，尤不可使之不伦不类。前人章法已经各派各家之潜心研究，已成者不能稍加移改。清王麓台云"搬前移后"，但此非研究章法之可法。古人丘壑时出新意，别开生面，皆胸中先有诚意，故苏东坡谓其师与可之竹曰"胸有成竹"，即此意。章法者，布置之妙也。如文字在立意，布局新警乃佳。不然缀辞徒工，不过陈言而已。唐王勃字子安，尝蒙被思就而挥毫，此之谓"腹稿"。腹稿之法，将纸展开一看，略一凝思布置，从而为之，变化在心，而造化在手。作画无论山水、花卉，应先定骨力。骨力为可见之章法，其外似者易，而笔墨为内涵之精神，内似者难。得貌在乎功力，得神在乎修养。初学者应先求外貌之似。画之不设色而有趣味者为白描。但画若全以设色取势，即外似，则如村媪观剧。中画贵神似，西画贵貌似，此前已言之。我国书画已自科学脱化至哲学境界。外人尝有评论中画之无生命，殊不知其未明所到之境界。中国文化开化最早，进步当较迅速，六朝、唐代之前已取形似，如敦煌之壁画，即酷似今之西画。我国后渐考究精神，非西画之可窥及肩背。即我国之旧剧表情，诸多神会，宛如国画之写意画也。中国自古即"画古不画今"，尤以写意为贵。北宋画一波三折，米元章、赵松雪作画写字深得波折之奥趣，但矫作者丑陋。苏、米、赵、柯为士大夫画，故善用笔。章法好坏亦在用笔，倪云林之画无一笔纵横者，虽元大痴亦所难免。董北苑为积点成线，巨然由披麻而变短皴，但其精神非在此也。王石谷临古享名，虽章法佳，但仍来自用笔。石谷以六十五岁至七十五岁所画最佳，每幅约值三千元；三十岁至五十岁，此廿年中临古虽好，而不及六十五至七十岁价高。麓台虽法大痴，但不为人贵。今代所存石谷画多赝品，大半皆门弟子代笔者。与石谷同时有王荦字耕南者，尤能仿作石谷之画。袁耀曾得一北宋人真迹院体画卷，更参加各家之法而成己派，遂成功。故作画应先师古人，再师造化。章法历代各有变迁，以多看古画为宜。

我国绘画，自唐以来，大致可分为南北两宗，其间因时间递变，格局亦因之不同。历代学术含有宗教思想，影响绘画者亦甚剧。兹分条略述之。

诗文之发达，自两汉重儒学，史迁、班固、司马相如、扬雄之伦，其文朴茂。魏晋以后，华丽之骈体盛行。至唐韩退之、柳宗元变骈文以复周汉淳朴之古风。李白、杜甫之诗家崛起，开前未有之盛运。画有顾恺之、陆探微、张僧繇、吴道子、李思训、王维迭出于期间。

佛教之盛。佛教自汉而后至南北朝益盛，唐代有名僧玄奘、义净赴印度求经典。玄奘作新译千三百余卷。文宗时（827年），寺僧数越四万，僧尼之数七十余万。日本因派遣留学生，中日交通亦因是日繁，今日本画犹存唐画风格者。其中已经印度佛教流行中国之后，或疑中国画受印度宗教之影响。

道家之盛。道教自秦汉方术之徒附会黄老之说，讲神仙之术者，教佛教为尤先。至唐因国姓李，与老子同姓，方士乃趁之活动，以老子为唐之远祖。于是高宗庙祀老子，玄宗742年颇重道教，至845年，武宗力排他教以道教为国教，后世佛道两教之能为人相提并论者，实基于此。唐以后，海陆交通益便，西域诸教徒远游布教，于是更有景、回、袄、摩尼四教流入中土，其与绘画不能谓无关系。总之，自汉明帝起，佛道宗教思想迭次盛衰，绘画亦因之转变。宋重文轻武，提倡文化，因开画院，学者甚多，待遇亦甚优厚，盖政治、学术均以艺术佐之。自此，艺术日渐普及，儒教与道释并重古今艺术，收藏古画者亦多。收藏家搜求当代人之画，多有百余年或数十年未裱而收藏者。因初制成之画，当时未甚珍贵，而墨色与纸卷犹未切合，若即装裱则易水刷失神。

故收藏之家，每将新纸包裹，置三五年后始择佳裱工而装潢之。如董其昌、查士标之画，数十年前尚有收藏而未裱者。凡鉴赏古画，又必视天朗气清时，使能平心玩味。若酒食后，不可开展，恐易污损。故鉴赏家有三不看之说。今之古话，虽经千百年，仍有纸色漂白如新者，此非赝品，实收藏家保护之善也。古画更不可信意揭裱，既经数度之后，则墨色精神俱减。古云："不脱不裱。"

古收藏家多以名贵珍品不肯轻易示人，乃常置一临本备之，既不损伤原本，又免悭吝开罪他人。今世留博古画，伪者之多，即是副本，非均当世人有意伪造也。对于看赏古画轴幅，可悬诸壁端。手卷收藏，展阅不易，看时宜详慎，不可展长过二尺。如展长，新则易反卷如弓形，旧易破碎脱落，及有中断之虞，观者不可不知也。装裱初成，第一年浆糊多与纸不合，且纸新易于吸收湿潮，一受潮即现红色斑点，翌年复变为黑色。裱成之第一年，不可多展，因经风易燥，受潮易霉，只能于天气清和时，晾一二次即可。如第一年不发生败坏之变化，后则稍易为力。每年检点及时，可以永无虑矣。惟其保护收藏之难，虽赝本，苟于章法有取，亦所不可轻视。手卷内容，可层次变幻。如写梅花自含苞起，至结实止，源源写之，趣味无穷。手卷保存，因年代久远，经历代兵祸，不免有残缺不全者，于是乃有蝴蝶装之改制（即册页），书籍亦然。自宋之后，又改为线装，即今之所谓线装书。自欧风东渐以来，西洋装订传入我国，线装书又成古书矣。古人手卷有长六七丈者，粗如牛腹。唐之服装宽衣大袖，因手卷便于携带，后将卷改册，已不便于袖藏也。

艺术家不宜成名过早。知与不知者，闻名索画者多，无暇用功，力求上进。今则更趋欧化，每以展览为易得名，终日挥毫酬应，不及研究，即有限之精神，换取有限之金钱，已觉不值。人之精神应有相当寄托。寄托者莫过于文章书画。盖人之精神无所寄托，则其人绝无情感可言。古人习画惟以自娱，或与二三知己互相研讨，详其优劣，不慕虚名，造诣既成，实至名归，不求自得。石谷、石田虽布衣之士，至今艺林无人不晓，而历朝之位高爵显，能传誉于后世者有几何耶！

作画能为后世识者珍贵为高。市井画者迎合购售人之心理，画面力求工细，人之所取，虽非己之所长，亦勉强之。结果遂日趋愈下之势。近代鉴家有三多之讥，"细笔多，题字多，印章多"是也。学者应就性

141

之所近，自寻正路，若随他人之后，专务名利，恐不易名于世。画以能融合各大家自创新格为上，摹名画者而貌似次之，专师今人不能师古人者更次之。又论画有"实处易，虚处难"之诀，由实而悟虚，名家之经验如此，可玩味之。古今画家以有笔有墨，虽无章法，亦为名贵。若徒于章法上讨论精巧工细，犹不免为俗手。故章法次于笔法、墨法之后而论之。

气韵在笔墨之中，非可以章法之清疏与渲染之轻淡论也。古来名画家天资佳者固多，有鲁钝而能成功者。总之，画以工力为主，七分学力三分天才方合。或谓笔墨章法可以功力致之，惟气韵须视天才之高下，沈石田、文征明均以工力取胜。理法不备，所作不佳，故洁净亦非气韵。真气韵须由笔墨出之。气韵非外求所能得者，如制酒然，成熟后则精华上浮，即有渣滓，待渗漉后尽成精华。初学者虽有糟粕，久之即得精华，即气韵，未可徒于章法求之也。

古云：吴人善冶（着色），宋人善画。古时士大夫多以绘画自娱，画家多居北方。自东晋以后，至于南宋，建都临安，高宗建炎元年（1127年），南宋画渐兴盛。高宗书画皆精，人物、山水、竹木无不工妙，设置画院待诏进画，往往加以御题，以示宠异。绍兴间，画院待诏或承郎赐金带者皆一时名手。凡画院供奉每作一件，必先呈稿，然后上真，故所画山水、人物、花鸟无不精致绝伦。但以画家思想为在上者所束缚，无自由发挥之余地，故所作往往富丽精细而乏天趣，遂形成所谓院体画派，而不免为文人画家所诟病。其章法之规矩森严，形色逼真，似非为文人画所能及，而士大夫所弗屑也。吴地当山清水秀之区，人多生性聪明细巧，工于渲染，易为悦目表面之美。北方绘画，北宋人多水墨丹青合体，章法古茂。北方画非无气韵也。中国画本以华滋浑厚为章法之标则，无论山水、花鸟、人物，均如此，更无工写之分，均以苍润为上乘。学者应由笔法、墨法入手。明沈石田以"苍润"二字作为斋额，其生平得意处亦只"苍润"二字耳。南宋以来，四川画家最多，南都以后，赵松雪设色甚佳，粗笔细笔均有章法。近代北方画与南方何以与前不同？自清初入关，一切典章制度大抵蹈袭明朝之常范，艺术之士有明代宗室遗民，或高隐山林，或遁迹空门，或放浪江湖，其中画家虽多奔放奇肆，苍郁古奥，各有不同，惟常熟、娄东足以代表清朝画派，而风行天下者为吴派。康熙、乾隆均重视艺术，而亲自亦善画，对于明代遗老画不注重，皇家织造司所用之龙袍古绣多取自南方，苏州虎丘一带之画工亦有随之北上者，遂应诏入内廷画院，学风多染虎丘作气。康熙五十四年有意大利人郎世宁者，至北京随入值内廷，以西法写生，时为御览所喜。至乾隆南巡时，文人有献诗文书画者，皆获奖励而无甚高手。今苏州山塘虎丘之画，设色极细，每作一画须四五日，现仍有一种名曰"苏州纸片"者，仿四王、吴、恽，俱无笔墨，但均因于设色用工夫以成章法者，即以谨细修洁为气韵，近苏州有名收藏家若顾子山者，有"十万楼"之称，因其藏有云林画十幅，每幅题字上均有一"万"字，故名。吴中善书画者临古人真迹，得其章法，购者酬以重资。但每临一古画须数人为之，俾取个人之所长，集而成为赝品。北方前所见四王、吴、恽之画，皆此赝品。自后珂罗版出画册及社会古画展览既多，今之苏州画片每幅不过数元耳，虎丘派则失败无存。四王、吴、恽真迹，初视之往往若不美观，非识者不易辨别。清末扬州名画甚多，金冬心、石涛，是时顾家则以三倍价购之，一般商人趋之若鹜，画之精品搜之不少。石谷老年之画，章法松懈于古法之外者，因求画者过多，故而草率。惟老年所用李后主颤笔法，非老年手抖画之，积点成线，一波三折，虽一短笔亦忌直硬。石谷天资并不高，学问书法亦逊，因其多临古代名画，又亲承二王指授，又知用南宗笔墨写北宗丘壑，章法之工整妍丽是其擅长。清季江南画家有陆恢字廉夫、姜筠字颖生，平生仿石谷画颇多酷似。学画不可过于拘泥，多吃苦，要以舒适情性为贵，气韵不在章法设色，而在乎笔墨精神耳。

　　艺术为修养精神之要，天才高尚之人非有高尚艺术不足以养之。书画为最高艺术，以能通于哲学最高之境界，往往与佛理相同，故曰"书画禅"。对于《老子》一书应多注意，如"天法道，道法自然"之语，自然亦应由法而出。更应多读《庄子》，其中言宋元君画者解衣般礴，旁若无人，系天趣与无利禄之心。庄子每自比为蝴蝶，曰：不知蝴蝶为我，我为蝴蝶。艺术一道，亦可作蝴蝶观。由青虫蛹化可分三个时期：如青虫期吃叶生长，即研究笔墨临摹。再注意章法、理法；做蛹期，不再多画，应有读书行路之修养，身心俱乐，多看古来名画真迹，多跋涉山水，得云烟出没之景，多阅诗文、评论及自然界之景物；又变蝶而飞，翅成而栩栩然，可从心所欲而成名家矣。

　　章法有因有创。创者固难，而因亦不易。语曰：师今人不若师古人；师古人不若师造化。师承授受，学有所本，虽或变迁，未可言创，必也拯时救弊，力挽狂澜，不肯随波逐流，以阿世俗，乃为可贵。故凡命图新者，用笔当入古法；图名旧者，用笔当出新意。画之章法，重在笔墨；章法屡改，笔墨不移。不移者精神，而屡改者面貌。昔九方皋相马，能知其为千里者，以赏识于牝牡骊黄之外，而不在乎皮相之间。宋郭熙论画言：画不以大小多少，必须注精以一之，不精则神不专，必神与俱成之。余当髫龄，性嗜图画，遇有卷轴必需观移时，恋恋不忍去，闻谈书画，尤喜究诘其方法。越中有倪丈谦甫炳烈，负画名，其弟易甫善画，子淦，七岁即能画山水人物，有声于时，常来家塾，观先君所藏古今书画，因趋侍侧，闻其论画，言画未下笔之先，必以楮素张壁间，晨起默对，多时而去，次日如之，经三日后，乃甫落墨。余讶其空洞无物，素纸张壁，有何足观，心窃笑之。先君因诏余曰：汝知王子安腹稿乎？忽憬然悟。宋迪作画，先当求一败墙，张绢素讫，倚之败墙之上，朝夕观之。既久，隔素见败墙之上，高平曲折，皆成山水之象。心存目想，高者为山，下者为水，坎者为谷，缺者为涧，显者为近，晦者为远，神领意造，恍然见其有人禽草木，飞动往来之象，了然在目，则随意命笔，默以神会，自然景在天就，不类人为，是为活笔。古人画稿，谓之粉本，前辈多宝蓄之，盖其草草不经意处，有自然之妙。宣和、绍兴所藏之粉本，多有神妙者，为时所珍贵。唐宋元明以来，学者莫不有师，口讲指画，赏奇析疑。看画不经师授，不阅记录，但合其意者为佳，不合其意者为不佳，及问其如何是佳，则茫然失对，有断然者。后人耻于相师，予智自雄，任情涂抹，而画事废矣。

　　师今人者，心画之徒，在士夫中，不少概见。诵读余闲，偶阅时流小笔，随意摹仿，毫端轻秀，便尔可观，画成题款，忽称董巨，或拟徐黄，古迹留传，从未梦见，泛应投赠，众口交誉，在己虚衷，虽曰遣兴，莘莘学子，奉为师资。试求前贤所谓十年面壁，朝夕研练之功，三担画稿，古今源流之格，一无所有，徒事声华标榜，自限樊篱。画非一途，各有其道，拘以己见，绳律艺事，岂不浅乎！

　　师古人者，传模移写，六法之中，已有捷径。惟山川人物之秀错，鸟兽草木之性情，池榭楼台之矩度，未能深入其理，曲尽其态，形貌徒存，神趣未合，非邻板滞，即近空疏，虽得章法，终归无用。要仿元人，须透宋法，既观宋法，可溯唐风。然而一摹再摹，愈趋愈下，瘦者渐肥，曲者已直，经数十遍，或千百遍，审详面目，俱非本来。初患不似，法有未明，既虑逼真，迹尤难脱。天然平淡，摈落筌蹄，神会心谋，擅自领略而已。

师造化者，黄子久谓皮袋中置描笔在内，或于好景处，见树有怪异，便当摹写记之。李成、郭熙皆用此法，古人云"天开图画"者是也。又曰：江山如画。言如画者，正是江山横截交错，疏密虚实，尚有不如图画之处，芜杂烦琐，必待人工之剪裁。董玄宰言：树有左看不入画，而右看入画者，前后亦尔；看得熟透，自然传神，心手相忘，益臻化境。董源以江南真山水作稿本，郭熙取真云惊涌作山势，行万里路，归而卧游，此真能自得师者也。

夫惟画有章法，奇奇正正，千变万化，可与人以共见，而不同用笔用墨，非好学深思者不易明。然非明夫用笔用墨，终无以见章法之妙。阴阳开阖，起伏回环，离合参差，画法之中，通于书法。钟鼎彝器，篆籀文字，分行布白，片段成章。画之自然，全局有法，境分虚实，疏密不齐，不齐之齐，中有飞白。黄山谷称如虫啮木，自然成文；邓石如言论次分明，以白当黑；欧美人谓不齐弧三角为美术，其意亦同。法取乎实，而气运之以虚，虚者实之，实者虚之。因之有笔有墨，兼有章法者，大家也；有笔有墨，而乏章法者，名家也，无笔无墨，而徒事章法者，众工也。古今相师，不废临摹，粉本流传。原为至重。同一画稿，章法犹是也，而笔墨有优绌之分。笔墨优长，又能首创章法，戛戛独造，此为上乘。章法传模，积久生弊。以唐画之刻画，而有李成、范宽、郭熙北宋诸大家；以院体之卑弱，而有米氏父子；以北宋之恶俗，而有文衡山、沈石田、董玄宰。皆能力追古法，救正时习，成为大家。清代之中，以华新罗之花鸟，方小师之山水，罗两峰之人物，绰有大家风度。

大家不出世，或数百年而一遇，或数十年而一遇。而惟时际颠危，贤才隐遁，适志书画，不乏其人。若五季有荆浩、郭忠恕、黄筌、僧贯休，宋末有高房山、赵沤波，元季有黄子久、吴仲圭、倪云林、王叔明、明亡有陈章侯、龚半千、邹衣白、恽香山、僧渐江、石谿、石涛，独辟蹊径，自成一家。是故大家之画，甫一脱稿，徒从传摹，不逾时而遍都市。留遗副本，家世收藏，远者千年，近数十年，守之勿失。即非名人真迹，而载之著录，披图观览，犹可仿佛其形容。虽无老成人，尚有典型，犹虎贲之于中郎，深入怀想，未可轻忽。此章法之善创者也。

名家临摹古人，得其笔墨大意，疏密参差，而位置不稳；位置妥帖，浓淡淆杂，而远近不分，树木有根株，或偶失其交互，泉流有曲折，或莫辨其去来，苟能瑕不掩瑜，论者犹宽小节。画贵神似，不在貌求。苏眉公言：常形之失，而不能病其全；若常理之不当，则誉废之矣。形之无形，理所宜谨，神理有得，无害其为临摹也。此章法之善因者也。

众工构局，布置塞迫，全乏灵机，实由率尔操觚，人思不深。又或分疆三叠，一石二树三山，开辟分破，毫无生活。虽画云气，奚翅印刻，俗称一河两岸，无章法也。释石涛言此未为之失，自然分疆，诗所谓"到江吴地尽，隔岸越山多"是也。章法虽平，要有笔力，似非可徒以章法论也。古人位置，极塞实处，愈见虚灵。今人布置一角，已见繁缛。虚处实则通体皆灵，愈多而不厌，此惨淡经营之妙。阴阳向背，纵横起伏，开合锁结，回抱勾托，舒卷自如，方为得之。否则画少丘壑，亦无意趣，非庸而何！此章法之徒存者也。

章法不同，古今递嬗，境界有高深平原之别，品类有神妙能逸之分。山既异于三时，花又标为四季，风晴雨雪，艺各专长，泉石湖山，工称独绝。况若天真幽淡，气味荒寒，画中最高之趣，尤非绚烂之极，不能到此。作者之意，能使观者潜移默化，虽有剑拔弩张，犷悍之气，不难与之躁释矜平。恽南田言：画以简为尚，简之入微，则洗尽尘滓，独存孤迥，烟鬟翠黛，敛容而退矣。是以淡泊明志，宁静致远，心存匡济，可遏人欲于横流者。明简笔之画，宜若可贵，其矫励风俗，廉顽立懦，当不让独行之士。所惜倪黄而后，吴门、云间、金陵、娄东诸派，渐即甜熟，取媚时好，古法沦亡，不克自振。而惟毗陵邹衣白、恽香山为得大痴之神，新安僧渐江、汪无瑞为得云林之逸，挽回浇俗，皆足为君子成德之助，垂三百年，知者尤鲜。方今欧美文化，倾向东方，阐扬幽隐，余愿有心世教者，三致意焉。

六法解说

　　字有八法，画有六法。作画之六法非如"永"字即为八法之简单。六法要多由学力得来，惟气韵在天资高者易为领悟。

　　一、气韵生动。初论者以为鉴赏家判断古画之用具。气韵当出于笔墨，故习画以明气韵为首要。凡用笔先知气韵为得体要，然后用力精思。若诸法未备便求巧密，未有不失气韵者也。气韵生动与水晕墨章不同。世人妄指水墨烟晕谓为气韵生动，不知求之用笔，何相谬之甚也。盖气者有笔气、墨气，俱谓之气。而又有气势，有气度，有气机，流行其间，即谓之韵。气韵生动处全在笔力，又非可空言矣。生者，生生不穷。高远，深远又云有泉，即生动而不板，活泼近人。要皆可默会而不能明言。至如将绢素喷湿用淡墨层层渲染淹润，墨无痕迹，皴法不生，笔力徒形滞涩而已，岂可混为气韵哉！气者，须才学力兼到。故名家画有气魄，气魄不雄，断难成家。小名家临大名家之作惟妙惟肖，但终不能及之，此即气韵不足。作画犹文章之一气呵成，为六法精论，万古不移。有谓骨法用笔以下五法，可学而能，如其气韵必在生知，固不可以巧密得，复不可以岁月到，默契神会，不知然而然也。此论尚以气韵离开笔墨言之。尝观自古奇迹多是轩冕才贤、岩穴上士，依于游艺，探赜钩深，高雅之情，一寄于画。人品既已高矣，气韵不得不高；气韵既已高矣，生动不得不至，所谓神之又神而能精焉。凡画必周气韵方号世珍，不尔，虽竭巧思，止同众工之事，虽曰画而非画。故曰：医俗莫如书。读万卷书即得气韵矣。

　　二、骨法用笔，画能以少许胜人多许。关于用笔构成大概而显出丘壑，此即笔之骨法也。所谓画贵简不贵多，多而五笔，皆俗画也。先临骨法用笔，天然气韵积久而成，画不分青绿、水墨，俱为上乘。气有邪正，正即雅，邪即俗。有气必有韵，否则流于恶霸，如道有左道，德有恶德。虽气不实，流韵有余，韵在气内，实在笔墨内，所能者不全关天赋也。北宗马远少写崇山峻岭，用笔及格局多以巧取势，故有"马一角"之称。夏圭则反之，喜用拙笔，故二人均名于世。董思翁言马夏之画当为赏鉴收藏家所不取，谓其非士大夫所为者。马夏之作，其生时亦不为人士欢迎，故夏圭有"浅浅平林淡淡山，为之容易作之难；早知不合时人看，多买胭脂画牡丹"之句。

生有生枯、生熟之分。唐王璪写松双管齐下，其笔一生一枯，其势不同之义意若此。董思翁谓画要熟外熟，字要熟后生，殊不知画亦须熟中生方可为。大熟则俗，以是以生枯为上，所谓大巧若拙。笔如枯藤，亦即熟后生也。笔熟然后求诸天趣，不必专于形似，以求笔墨画理合度为是。

动有颤动、流动者，如屋漏痕，颤者如锯齿，邓完白即本此。刘石庵笔势如剑锋，皆为中锋笔也。戴醇士称石谷之作不颤非伪便是早年之作。彼时麓台不服石谷之画而提倡石涛。自称笔势如金刚杵。石涛画多颤笔。三百年来，颤笔能传流至今者，石谷与有功焉。石谷作画，对于骨法用笔稍逊。因清画全由董思翁得来。董为雍容华贵，有太平景象，故所作之画多罨润秀丽。清初董画为四王所宗，能为时重，盖有由来也。

三、应物取形；

四、随类赋彩；

五、经营位置；

六、传移摹写。

六法解说，其论不一，今以最浅近者述之，以前讲笔墨章法可以参考。近来欧画在于应物取形，多注重随类赋彩，至于经营位置，三百年来多未深究，只有传移摹写、气韵生动、骨法用笔、画之逸品、神品多有之，应物取形以下四者，仅得妙品、能品而已。若气韵生动作为空洞言之，后之五项徒为形质，非至论也。

诗画相通，诗中不能表现者，于画中或能明之。画之有题跋，亦为补画意之不足，董思翁曰：读万卷书，行万里路。但所读者亦须有关画理之籍。读书之余，行万里路，如是则写画者与读画者自可得相当之趣味也。今日交通虽便，日行可千里，于画上言之，反不如古时行旅长途跋涉，历临乡僻村舍及不名于世之山川河流，庶可参考各地风俗习惯。故古人画对于应物取形较今人取材为广，往往于史书所不载者，于图画上见之，如《清明上河图》是也。昔代人事酬应；每以诗文画图为庆祝者，此亦图画辅助诗文之证。现在摄影虽能写真，但日久则坏。处在科学时代，精神文明为不可少，且世上一切均可在短期成功，惟文学艺术则渐进。古人作画多难于夏树，因其茸茸一片，枝叶不分。写寒林得以显出枝干根株之姿态。临古固佳，仍宜以诗境造画为上。此外，作画取材如古代之建筑物，在明朝多自然，至清时虽工而逊之。北京花卉种类甚多，凡学花卉者注意应物取形，亦须知古画气韵生动、骨法用笔。是气韵生动非天资高超之人所独有，要在功夫求之可耳。

古人用色，固有各色均备，亦有只用一种色彩者。元人画有以赭石一色补笔墨之不足，宋人画往往于树木上略用花青，或于人物衣服上略加石色。

三色曰"文"，五色曰"章"。文章，即画也，后始有文字。文有散骈之分，骈体谓之"文"，散体谓之"笔"（见《文心雕龙》）。文体讲对，分意思对、辞藻对。汉魏文有八排、十二排为对者。至六朝始两句成对。唐有四六文。文不贵单而贵双，作画亦然。如勾一笔气薄，两笔气即厚，此亦气韵生动之旨也。西画有一笔必随以影，中画则一笔重一笔，淡淡即色也。

记事多散文，议论多骈体。清之骈文大家有汪中（写情）、洪亮吉（写景），此二家非若学唐宋人多流鄙俗者，画中之情景则由天趣自然而成者也。骈体文与散体文又如作画，用水墨固佳，着色亦可，虽重色亦不伤雅，以其傅染得体，浑然天成耳。

六朝前之骈文为字组织出来，至唐宋则成语相袭，凑集而成。唐宋时，如韩、柳、欧、苏诸家文章，往往有用前人成句，但用三句，不用四句。至于六朝以前之文章，虽单词亦不袭用古句，犹画之设色，不能用涂、抹、描之陋习。唐宋元画均着气力，文沈而后，临摹之本则无力矣。六如虽工细而气力不单弱，故能成大名家。画可细笔，可粗笔。不能细笔者不足为贵；能细笔不能粗笔者，亦不足称大家也。

石谿、石涛对于设色虽多不注意鲜明艳丽，而于笔墨气韵特别讲求，虽渲染墨气有沸出者亦不伤雅，反得天趣。此种渗出墨痕如阴影

149

然。西画用色因光而变，以色为主，笔墨为辅，犹如不善演唱之伶人，虽有锦绣之衣饰，仍不能邀观众之好评。东坡云"作画以形似，见与儿童邻"，以其无笔墨也。

古人讲经营位置，似为较易。作画必须集前人画稿，愈多愈佳，所谓名人三担稿。凡书籍所载名人画均有其稿。如是胸中丘壑已富，再加自己写作，可以创稿。但能临古而有笔墨者亦能成名。清四王亦少创稿，石豁半生临古，至六十五岁以后始有创作，此其所谓囫囵是也。古人成名不论大小，名家均有其成名之实力与有其取法之处，吾人取长弃短可也。黄大痴粗笔山水有勾勒而不皴者，文征明亦有之。研究古人稿子再加以变化，此即经营位置之谓也。传移摹写，凡勾古人稿，由简而繁，由浅而深。

古人初学拜师，由浅入深，能与士大夫游，加之读书修养功夫，庶可成名。

清康熙时，有吕海山学者，山水人物花卉无一不能，尝日鹜画，虽获万金，然终不为后世见重。

以上所谓六法，总之即笔法、墨法、章法也。

画有逸品、神品、能品之分格。气韵生动、骨法用笔可成逸品、神品；应物取形、随类赋彩可成妙品；经营位置、传移摹写可成能品。但妙品与能品亦必有气韵生动存其间方可也。

画理之言

东方文化，历史悠久，改革维新，屡进屡退，剥肤存液，以有千古不磨之精神，昭垂宇宙。

世界国族的生命最长者，莫过于中华。这在后进国家自然是不可及，即与中国同时立国者，亦多衰颓灭亡，不如中华之繁衍与永久。这原因在于中华民族所遗教训与德泽，都极其朴厚，而其表现的事实，即为艺术。

现在，很多人均抱悲观，实在正可乐观，尤其在文化艺术上大有努力的余地。高剑父先生大书"艺术救国"，其实，惟艺术方能救国。今日各国均知注重艺术与文化，我国文化自有特长，开门迎客，主客均乐，以此可以免去战争，不必残杀了。所以说，艺术是最高的养生法，不但足以养我中华民族，且能养成全人类的福祉寿考也。

中华大地，无山不美，无水不秀。

宇区之内，大气磅礴；山亭川峙，蔚为巨观，虽曰天造，恒以得人而灵。

和合乾坤春不老，平分昼夜日初长。写将浑厚华滋意，民物欣欣见阜康。

老子言"道法自然"；庄生谓"技进乎道"。学画者不可不读老庄之书，论画者不可不见古今名画。

艺必以道为归。艺之至者，多合乎自然，此所谓道。

自然比人伟大，人无法同自然相比。艺术比自然更伟大，自然无法和艺术相比。

图画之事，肇始人为，终侔天造。艺成勉强，道合自然。

道成而上，艺形而下。学者志道据德，依仁游艺，通古而不泥古，非徒拘守矩矱，致为艺事所束缚，人人得其性灵之趣，而无矫揉造作之讥。

151

中国艺术本是无不相通的。先有金石雕刻，后有绢纸笔墨。书与画亦是一本同源，理法一贯。虽音乐、博弈，亦有与图画相通之处。

古来画者，多重人品学问，不汲汲于名利；进德修业，明其道不计其功。虽其生平身安淡泊，寂寂无闻，遁世不见知而不悔；旷代之人，得瞻遗迹，望风怀想，景仰高山，往往改移俗化，不难而几于至道。所以古人作画，必崇士夫，以其蓄道德，能文章，能读余暇，寄情于画，笔墨之际，无非生机，有自然而无勉强也。

董玄宰言，读万卷书，行万里路，方可作画。画之为学，包含广大。圣经贤传，诸子百家，九流杂技，无不相通；日月经天，江河流地，以及立身处世，一事一物之微，莫不有画。非方闻博洽，无以周知；非寂静通玄，无由感悟。

古画宝贵，流传至今，以董、巨、二米为正宗，纯全内美，是作者品节、学问、胸襟、境遇，包含甚广。如恽香山题画云："画须令寻常人痛骂，方是好画。"陈老莲每年终，展览平日所积画，邀人传观。若有人赞一好者，必即时裂去，以为人所共见之好，当非极品、此宋玉"曲高和寡"、老子"知希为贵"之意。

综神、妙、能之长，擅诗、书、画之美，情思淡宕，不以绚烂为工；卷轴纷披，尽脱纵横之习；甚至潦草而成，形貌有失；解人难索，世俗见訾，有真精神，是为逸品。

穷笔墨之微奥，博通古今，师法古人，兼师造物，不仅貌似，而尽变化。继古人坠绝之绪，挽时俗颓败之习，是为神品。

画有初观之令人惊叹其技能之精工，谛视之而无天趣者，为下品；视见佳，久视亦不觉其可厌，是为中品；初见不甚佳，或正不见佳，谛视而其佳处为人所不能到，且与人以不易知，引画事之重要在用笔，此为上品。

画者未得名与不获利，非画之咎；而急于求名与利，实画之害。非惟求名与利为画者之害，而既得名与利，其为害于画者为尤甚。当未得名之先，人未有不期其技艺之精美者，临摹古今之名迹，访求师友之教益，偶作一画，未惬于心，或弃而勿用，不以示人，复思点染，无所厌倦。至于稍负时名，一倡百和，耳食之徒，闻声而至，索者接踵，户限为穿；得之非艰，即不视为珍异；应之以率，亦无意于研精。始则因时世之厌欣，易平昔之怀抱；继而任心之放诞，弃古法以矜奇，自欺欺人，不知所止。甚有执贽迎门，辇金载道，人以货取，我以虚应。

两晋人士性多洒落，崇尚清虚，于是乎创有山水画之作，以为中国特出之艺事。

唐人画法，上接魏晋六朝，下启宋元明清，精研深远，极其美备；而山水林石，花竹禽鱼，尤多穷神尽变，灵气涌现。

评画者谓董源得山川之神气，李成得山之体貌，范宽得山之古法。故三家照耀古今，为百代师法。

北宋画多浓墨，如行夜山，以沉着浑厚为宗，不事纤巧，自成大家。

画法莫备于宋，至元搜抉其韵，洗发其精神，实处转松，奇中有淡，以意为之，而真趣乃出。元代诸君，资性既高，取途复正，往往于唐法中，幻为逸格，绝无南宋以下习气。夫惟高士遁荒，握笔皆有尘外之想，因之用笔生，用力拙，有深义焉。

中邦自明中叶提倡倪、黄，大多蹈入空疏。过刚与过柔，皆是歧途。

扬州"八怪"，意在挽回"四王"、董（玄宰）、赵（松雪）之柔靡，而学力不足。至咸（丰）同（治）中，当时金石学盛，书画一道，始称中兴，可谓有本之学。

自然就是法。

有精神而后气韵可生动。画者以理法为巩固精神之本，以情意为运行精神之用，以气力为变通精神之权。

法在理之中，意在情之中，力在气之中。含刚劲于婀娜，化腐败为神奇，可以守经，可以达权。

无法不足观，而泥于法者亦不足观。夫惟先求乎法之中，终超于法之外，不为物理所拘，即无往而非理。

古人论画谓："造化入画，画夺造化。""夺"字最难。造化，天地自然也，有形影常人可见，取之较易；造化天地，有神有韵，此中内美，常人不可见，画者能夺得其神韵，才是真画。徒取形影，如案头置盆景，非真画也。

力学，深思，守常，达变。

笔墨精神千古不变；章法面目刻刻翻新。

自然二字，是画之真诀；一有勉强，即非自然。

论画从浑厚华滋为六法正规。

内美外美，美即不齐。丑中有美。尤当类别。

观古名画，只是层叠深厚，笔苍墨润，而无剑拔弩张之习。学之正未易到。

画贵有静气，非但以修洁为工。

画得静字诀，此妙品也；得和字诀，此南宗画之妙品也。和字当于能留能圆处着意；静字则用笔用墨之时，不可有矜心作意，亦不可有草率敷衍之意。

善论画者曰生，曰拙。生则文，拙则厚。

流动中有古拙，才有静气；无古拙处即浮而躁。以浮躁为流动，是大误也。

画须熟中生，生涩不浮滑，自有静气而不甜俗。

画不妨拙，拙则古厚之气长存。

论书者曰苍雄深秀；画宜浑厚华滋。至理相通，有隶书体画。

大痴论画最忌邪甜俗赖。而甜之为害，非独画者不知，即赏鉴者亦为易言也。

画有四病：邪、甜、俗、赖是也。邪是用笔不正；甜是画无内在美；俗是意境平凡，格调不高；赖是泥古不化，专事摹仿。

金石之家，上窥商周彝器，兼工篆籀，又能博览古今碑帖，得隶、草、真、行之趣，通书法于画法之中，深厚沉郁，神与古会，以拙胜巧，以老取妍。绝非描头画角之徒所能比拟。

笔法用笔线条之美。纯从金石、书画、铜器、碑碣、造像而来，刚柔得中，笔法起承转合，在乎有劲。

各家历代真迹，以古人之精神万世不变，全在用笔之功力。如挽强弓，如举九鼎。力有一分不足，即是勉强，不能自然。自然是活，勉强即死。

画源书法，先学论书。笔力上纸，能透纸背，以此作画，必不肤浅。

用笔之法，从书法而来，如作文之起承转合，不可混乱。起要锋，转有波澜，收笔须提得起。一笔如此，千笔万笔，无不如此。

用笔以万毫齐力为准，笔笔皆从毫尖扫出，用中锋屈铁之力，由疏而密，二者虽层叠数十次，仍须笔笔清疏，不可含糊。

用笔之法，全在书诀中，有"一波三折"一语，最是金丹。欧人言曲线美，亦为得解。

中国画法从书法来："无往不复，不垂不缩。"妙有含蓄，不可发露无余。

笔有巧拙互用、虚实兼到。巧则灵变，拙则浑古，合而参之，可无轻佻浑浊之习。凭虚取神，实取力，未可偏废，乃得清奇浑厚之全，实乃贵虚，巧不忘拙。若虚与拙，人所难知；而实与巧，众易为力。行其所易而勉其所难，思过半矣。

用笔之法有五：

一曰平。指与腕平，腕与肘平，肘与臂平，全身之力，运之于笔。由臂使指，用力平均，书法所谓如锥画沙是也，起讫分明，笔笔送到，无柔弱处，方可谓平。平非板实。水有波折，固不害其为平；笔有波折，更足显其流动。

二曰圆。书法"无往不复，无垂不缩"，所谓如折钗股，圆之法也。日月星云，山川草木，圆之为形，本于自然，否则僵直枯燥，妄生圭角，则狞恶可憎；率意纵横，全无弯曲，乃是大病。圆浑润丽，亦不能流于柔美。舍刚劲而言婀娜，多失之柔媚，皆未足以语圆也。刚健中含有婀娜之致，劲利中而带和厚之气，洵称入妙。

三曰留。笔有回顾，上下映带，凝神静虑，不疾不徐。善射者盘马弯弓，引而不发；善书者，笔欲向右，势先逆左，笔欲向左，势必逆右。算术中之积点成线，即书法如屋漏痕也。画亦由点而成线，是在于留也。笔意贵留，似碍流走，不知用笔之法，最忌浮滑，浮乃轻忽不遒，滑乃柔软无劲。笔贵遒劲，书画皆然。

四曰重。用笔重，要像"枯藤""坠石"。然重易多浊，浊则溷混不清；重又多粗，粗则顽笨难转。善用笔者，何取乎此？要知世间最重之物，莫如金与铁也。言用笔者，当知如金之重而取其柔，如铁之重而取其秀。金刚杵法当化为绕指柔。

五曰变。用笔要变，是不拘于法。

用笔有辣字诀，使笔如刀之铦利，从顿挫而来，非深于此道者，不知其味。

用墨之法，至元代而大备，墨色繁复，即一点之中，下笔时内含转折之势，故墨之华滋，从笔尖而出。

墨法分明，其要有七：一浓墨；二淡墨；三破墨；四积墨；五泼墨；六焦墨；七宿墨。

浓墨。若黑而不光，索然无神；要使其光清而不浮，精湛如小儿目睛。墨色如漆，神气赖以全。

淡墨。平淡天真，咸有生意。

破墨。是在纸上以浓墨渗破淡墨，或以淡墨渗破浓墨，直笔以横笔渗破之，横笔则以直笔渗破之。均于将干未干时行之，利用其水分的自然渗化，不仅充分取得物象的阴阳向背、轻重厚薄之感，且墨色新鲜灵活，如见雨露滋润，永远不干却于纸上者。

积墨。自淡增浓，墨中有墨，墨不碍墨，墨气爽朗。积墨之法，用笔用墨，尤当着意于"落"，则墨泽中浓丽四边淡开，得自然之圆晕，笔迹墨痕，跃然纸上。如此层层积染，物象可以浑厚滋润，且墨华鲜美，亦如永远不见其干者。

泼墨。以墨泼纸素，应手随意，倏若造化，宛若神巧。泼墨亦须见笔，画远山及平沙为之。

焦墨。程穆倩画干裂秋风，润含春雨。干而以润出之，斯善用焦墨者矣。

宿墨。水墨之中，含带粗滓，不见汙浊，益显清华。宿墨之妙，如用青绿。每于画中之浓黑处，再积染一层黑，或点以极浓宿墨，干后，此处极黑，与白处对照，尤见其黑，是为"亮墨"。亮墨妙用，一局画之精神，或可赖之而焕发。

七种墨法齐用于画，谓之法备；次之，须用五种，至少要用三种；不满三种，不能成画。

古人墨法，妙于用水。水墨神化，仍在笔力；笔力有亏，墨无光彩。

国画民族性，非笔墨之中无所见。

夫善画者，筑基于笔，建勋于墨，而能使笔墨变化于无穷者，在蘸水耳。

画重苍润。苍是笔力，润是墨彩。笔墨功深，气韵生动。

分明是笔，笔力有气。融洽是墨，墨采有韵。

笔法先在分明，层叠不紊。功力已到，则以墨法融洽之。

古来未有无笔而能用墨者。笔之腕力不足，则笔不能管墨，即臃肿成为"墨猪"。

无笔者，笔乏阴阳顿挫之法；无墨者，又缺阴阳向背之观。

笔法是骨，墨法肌肉，设色皮肤耳。骨法构造虽有不同，骨肉停匀，方为合法。

用笔起讫分明，用墨干湿融合，布局疏密适宜。山有脉络。水有源委，路径交通断续，此章法也。浓淡深浅，层次重叠，此墨法也。刚柔相济，转折圆匀，此笔法也。

关于画法方面前已述其大概，今就画理言之。

理，《说文》：治玉也。玉石中之裂痕曰"理"，即璺璺。六书以玉理假借为天理、事理。画理有天生者、人为者。天生即自然之谓也。故天有天理，地有地理。人为者，因人参天地间而有造作故。事有事理，物有物理。事理之理，古文作𨤲（此字因六书假借而不用，以前于六国文字有之）。画理即本天然。天然不足，始有人之造作。欧人于我国古昔文化，因载籍不尽可信，因求事实，往往以地中出土得见前朝文化遗迹，加以考据，始知我国固有文化之位置。故研究古学者因受欧西人崇尚事实之影响，乃因性理兼重礼器，探讨其实在，因之关于文字方面收获甚巨。如汤阴发现甲骨，敦煌发现写经之类是也。我国书籍不尽可凭，乃于古物图画上加以考据古人文献等，得以考出文明图画为文字之余，实为文化上不可缺少者也。

文字之学，在宋时郭忠恕有《汗简》，系用竹青火热使其出汗以刻文字于上。尺牍则书文字于尺长之木上，亦谓之觚。殷墟甲骨以温州孙仲容诒让为近代文字学第一。又有罗振玉、王国维，即丹徒刘鹗《铁云藏龟》又增加多品，考据成书。因汉儒之学理尚礼器，宋儒之学理尚性理，因近世兼二者之长，于文化上多一古字学发现，而将乾隆以前之旧学似乎推倒。钟鼎文字为三代帝王之文学，经孔子删改六经，由古籀文字至于篆隶真行，是为石经，自古聚讼纷纭，近世因考据而知古文乃六国之文字，籀文则周鲁之文。籀文多近钟鼎文字，盖鲁仍存周礼也。

研究画理先由文字，次及国画。理亦不离文字学也。此即自然之理也。

画学自宋南渡，至于南方，画家仅就江南风景写之，多属平远景，无大丘壑。后有写永康及嘉陵风景者。永康在浙江金华府，有金华山，以赤松宫之三洞最有名，相传为赤松子得道处。溪流出于其下，一峰屹立，登其上，城郭聚落，宛在目前。金华山之形影，远视如覆釜，近视则丘壑极多，俱幽藏其中。故宋人作山水多阴面山，皴满后而分阴阳，元人则多画阳面山，此所谓讲画理必知天然之理与造作之理也。永康之山景最奇，有方岩重叠如贯钱，又有孤峰特立，上下俱方，不至其地不知其奇，永嘉在浙江温州府，由仙霞岭分脉。有雁荡山盘曲数百里，争奇竞胜，游历难遍。绝顶有湖水常不涸，雁之春归者留宿焉，故曰雁荡。向以瀑布著名，有大龙湫、小龙湫，观瀑者远在十余丈外，衣服皆湿。瀑布飞下形状不一，偶然发声，巨而洪，系水激风响也。此山之丘壑，每出画家意想之外。袁简斋作诗画极妍，足以豁人心目。其中段摹写云：分尚合并忽分散，业已坠下还迁延。有时软舞工作态，如让如慢如盘旋。有时日光来照耀，非青非红五色宣。到此都难作以拟，让他都点宇宙观。更怪人立百步外，忽然满面喷寒泉。及至前来逼近处，转复发燥神悠然。

雁荡山脉略如广西，阳朔在桂林，称桂海。中国山水以广西为佳，有"桂林山水甲天下，阳朔山水甲桂林"之说。桂林山峰皆方形，平地而起，面积不大，直接云表。阳朔山多直上者，此间尤以漓水两岸之丘壑最佳。故雁荡以瀑布胜，桂林以岩洞胜。画家临古人之丘壑再加游此，奇景画境自佳。桂林山岩多钟乳，最奇者（钟乳者）薛苔茸茸，绿色天成，因不受光线，只有空气及水滴之，苔色鲜美，非人工可能为者。此之景界皆属天生奇幻。桂林山上多榕树。树阴极广，干既生枝，枝复生根，下垂至地，或远蔓数十里，或由山顶下垂亘数十百仞，亦奇景，可供画理之选择也。

上次讲述画理之大概，即就天然方面言之。中国自然风景为画理之参考者，以浙东山水、桂林山水、蜀江山水、新安山水，各有不同，浙东山水以瀑布胜，桂林山水以岩洞胜，至于蜀江山水及新安山水，其胜处又有不同。

蜀江山水以屋宇林壑层峦叠嶂胜，元人写山水多用此。今游四川入成都，先经重庆，此地山水自宜昌以上即佳，西过嘉定有漓堆，沿途汉魏六朝及五代之古物遗迹随处可见。故四川自古称为文化之区。川俗不论何人，头多裹以白巾，此乃古风，对于古画上甚有考据，至于川地之屋宇，处处皆可入画。房屋多随山川丘壑以建筑，所有房屋之栋梁均现于外，不若内地用砖石包砌者。然一切结构极合于画，且错落不齐，参差中多有画意，有联有散，均不失于理。此足关绘画上之取材也。是以不读古画，不游览山川，闭门造车，自我杜撰，不可以论画也。

由嘉定再西行，有峨眉山，冈峦稠复，涧谷幽阻，登山者自麓而上，及山之半又历八十四盘。山中有合龛百十二，大洞十二，小洞二十有八，若伏羲、女娲、鬼谷诸洞，其最著者也。山之后路有龙门峡，溪流中石如石绿，水如石青，天然景色也。峨眉山外形虽无大奇，至上顶始出丘壑，尤以古寺为多，建筑极古。殿上之瓦用锡为之，每因日光风云之映照，闪烁有光，故画家有用金银勾屋瓦者，多写峨眉之寺宇也。

嘉陵江为川地之名胜，两岸山峰耸对，中夹一水，风景甚佳。安禄山作乱，唐明皇蒙尘，曾过嘉陵江，还朝后因忆嘉陵山水之胜，命李思训、吴道子写嘉陵风景，李三月而成，吴则一日成，各尽其妙。

成都有青城山，山遍生菊花，根下浸于山泉中。故此山之水，饮之能延年，多老人，均寿高百岁上下。青城山有二奇峰，云掷笔锋，一红色，一青色，山上有文杏树，树干结瘿累累千百余。树大四十抱，据称为唐朝树。山上五代文化石刻，经乱已废。

新安山水以黄山、白岳为胜，九华山其支脉也。黄山风景之佳，一眼可以望至边崖。自李白、贾岛诗歌以来，在明如文征明、董玄宰，清黄尊古、杨补等均以黄山山水为天下之大观。黄山松雪之胜，且兼各峰之奇伟，山上多松林，人坐其上，时久即忘厌倦之心。此殆黄山之奇，包有桂林、雁荡之长，兼华山之雄伟也。松树则异乎他出，虽咫尺之高，必千百年。山之大观，有松海长林盘郁，远望如大荷叶。然又有云海，各峰排空，云如奔马，上下澎湃，忽然平坦，加以日光之映照，如海面在。而群峰插入云际，尤其奇观。明人程孟阳、李流芳、垢道人、僧渐江善写黄山者以此也。四川山水绝少松树，只天池有之。

四川具南北各地之花木，并有各地所无之花木，产牡丹，甚高大。每树开花有百余朵之多。

黄山亦有各地所无之花卉，称之曰"黄山异卉"。

蜀江山水，唐宋人多写之，近院体派，惟元人入妙。画家临摹古人山水用笔用墨已合自然，而后游名山大川，见此山应用何种笔墨，则自然之画理即生于腕底矣。所谓江山如画是也。

　　天生之物有如人造之丘壑者，如英德等石即用以参考画理之工具。英德石为广东英德县所产石，具峰峦岩洞之状，宋徽宗之花石纲是也。宋徽宗之花石纲以作山水花鸟布景之标本。以石之体小者，具透、皴、瘦、丑为贵。透者有峰峦也，皴者如黄鹤山樵之卷云皴也，瘦者四面不臃肿也，丑者为鬼脸皴也。看石如此，看山亦如此。

画学散记

传 授

绘事相传，炳耀千古。指示立稿，口述笔载，全凭授受。画分宗派，传有衷正，不经目睹，莫接心源，世有作者，非偶然也。在昔有虞作绘，既就彰施；成周命官，尤工设色。楚骚识宗庙祠堂之画，汉室详飞卤薄之图，屏风画扇，本石晋之滥觞；学士功臣，缅李唐之画阁。留形容以昭盛德，兴成败以著遗踪。记传所载，叙其事者，并传其形；赋颂之篇，咏其美者，尤备其象。虽其开容之盛，巨细毕呈，传述之由，古今勿替。自李思训、王维，始分两宗。谢赫、郭若虚盛夸六法，遂谓气韵非师，关于品质，生知之禀，难以力求，不得以巧密相矜，亦非由岁月可到。观之往迹，异彼众工，良由于此。至谢肇又谓，古之六法，不过为绘人物花鸟者言之，若专守往哲，概施近今，何啻枘凿，其言良过。夫论画之作，承源溯流，梁太清目既不可见。唐裴孝源撰《公私画史》，隋唐以来，画之名目，莫先于是。张彦远、朱景元复撰名画记录，由是工画之士，各有著述。如王维《山水诀》、荆浩《山水赋》、宋李成《山水诀》、郭熙《山水训》、郭思《山水论》诸书，层见叠出，不可枚举。要皆古人天资颖悟，识见宏远，于书无所不读，于理无所不通。得斯三昧，借其一言，足以津逮后学，启发新知，无以逾此。文人雅士，笃信画学，知其高深远大，变化幽微，兴上下千古之思，得纵横万里之势，挥毫泼墨，皆成天趣，登峰造极，胥由人力。是以山水开宗南北，人物肇于顾、陆、张、吴，花卉精于徐熙、黄筌。关仝师荆浩，巨然师董源。李将军子昭道、米海岳子友仁、郭河阳子若孙，皆得家传，称为妙品。元季四家，遥接董、巨衣钵，华亭一派，实开王、恽先声。从来绘事，非箕裘之递传，即青蓝之授受，性有颛蒙明敏之异，学有日进无穷之功。麓台云：画不师古，如夜行无烛，便无入路。龚柴丈言：一峰道人，云林高士，皆学董源，其笔法皆不类，譬若九方皋相马，当在神骨。蓝田叔称画家必从古人留意。如董、巨一门，则皴为麻皮、褪索。后之学者，咸知于此，问津荆、关，劈斧、括铁，师者已罕。盖董、巨之渲染立法，犹可掩藏，荆、关以点画一成，难加增减。故考实录，必参真迹，见闻并扩，功诣益深。

　　唐程修已师周昉二十年，凡画之数十病，一一口授，以传其妙。

　　云林以荆浩为宗，萧萧数笔，神仙中人也。闻有林銎似李成，而写人物及着色着，百中之一耳。其磅礴之迹，寓深远于元淡清颖，潇洒得自先天，非后人所能仿佛。

　　作画先定位置，次求笔墨。何谓位置？阴阳向背，纵横起伏，开合锁结，回抱勾托，过接映带，须跌宕欹侧，舒卷自如。何谓笔墨？轻重疾徐，浓淡燥湿，浅深疏密，流利活泼，眼光到处，触手成趣。

　　娄东王奉常烟客，自髫时便游娱绘事，乃祖文肃公属董文敏随意作树石以为临摹粉本，凡辋川、洪谷、北苑、南宫、华原、营丘树法、石骨、皴擦、勾染，皆有一二语拈提，根极理要，观其随笔率略处，别有一种贵秀逸宕之韵不可掩者，且体备众家，服习所珍。昔人最重粉本。

　　巨然师北苑，贯道师巨然。

　　云林早年师北苑，后似关仝。

　　黄子久折服高房山。

　　松圆逸笔与檀园绝不相似。

　　东园生曰：学晞古，似晞古，而晞古不必传；学晞古，不必似晞古，而真晞古乃传也。虎头三毫，益其所无，神传之谓乎？

　　董、巨画法三昧，一变而为子久。张伯雨题云"精进头陀，以巨然为师"，真深知子久者。学古之家，代不乏人，而出蓝者无几，宋元以来，宗旨授受，不过数人而已。明季一代，惟董宗伯得大痴精髓。麓台又言，初恨不似古人，今又不敢似古人。然求出蓝之道，终不可得。

　　宋人画山水者，例宗李成笔法，许道宁得成之气、李宗成得成之形，翟院深得成之风。后世所有成画者，多此三人为之。

　　山水自唐始变，盖有两宗，李思训，王维是也，李之传为宋王诜、郭熙、张择端、赵伯驹、伯骕，以及于李唐、刘松年、马远、夏圭，皆李派。王之传为荆浩、关仝、李成、李公麟、范宽、董源、巨然，以及于燕肃、赵令穰、元四家，皆王派。李派板细乏士气，王派虚和萧散，此其慧能之非神秀所能及也，至郑虔、卢鸿一、张志和、郭忠恕、大小米、马和之、高克恭、倪瓒，又如方外不食烟火人，别是一骨相者。

空 摹

　　自实体难工，空摹易善，于是白描山水之画兴，而古人之意亡。宋徽宗立画学，考画之等，以不仿前人而善摹万类，物之情态形色俱若自然，笔韵所至，高简为工。此近空摹之格，至今尚之。夫云霞雕色，有逾巧工，草木贲华，无待哲匠，所谓阴阳一嘘而敷荣，一吸而擎敛。此天然之极致，虽造物无容心也。而粉饰大化，文明天下，亦以彩众，日协和气焉。故当烟岚云树，澄空飘渺，灭没万状，不可端倪。画者本其潇洒出尘之怀，对此虚幻难求之境，静观自得，取肖神似，所以图貌山川，纷罗楮素，咫尺之内，可瞻万里而遥，方寸之中，乃辨千寻之峻。昔吴道玄图嘉陵江山水，曰"寓之心矣"，凡三百里一日而尽，远近可尺寸许。董源画落照图，亦近视无物，远观村落杳然深远，悉是晚景，峰巅返照，宛然有色，岂不妙哉！沈迪论画，谓当求一败墙，先张绢素，朝夕观之，视高平曲折之形，拟勾勒皴擦之迹。昔人称画家心存目想，神领意造，于是随意挥豪，景皆天就，是谓活笔。东坡诗云：论画以形似，见与儿童邻；作诗必此诗，定知非诗人。郭熙亦曰：诗是无形画，画是无声诗。故善诗者，诗中有画，善画者，画中有诗。惟画事之精能，与诗人相表里，错综而论，不其然乎？至其标题摘句，院体魁选，神思工巧，全凭拟议。若戴德淳戴德淳，俞阴甫《荼香室录》作战，以战为僻姓。梁苣林作戴文进之梦中万里，作苏武以牧羊，春色枝头，为乔松之立鹤，俛得俛失，优绌分矣。又或拳鹭舷间，栖鸦篷背，写空舟之系岸，状野渡之无人，非不托境清幽，赋物娴雅，然其穷披文以入情达理，究窥情风景之上，钻貌吟咏之中，未若高卧青蓑，长横短笛,想彼行踪已绝,见兹舟子甚闲,知属思之既超,见得趣之弥远耳。岂特酒家桥畔,竹飔帘明,骢马花间,蝶随香玉,为足见其形容画妙,智慧逾恒已哉!

沿 习

方与之论北宋阎次平、南宋张敦礼、徐改之专借荆、关而入,自脱北伧躁气。

周栎园言邹衣白收藏宋元名迹最富,故其落笔无一毫近人习气。

顾、陆、张、吴,辽哉远矣。大小李以降,洪谷、右丞,逮于李、范、董、巨、元四大家,代有师承,各标高誉,未闻衍其绪余,沿其波流,如子久之苍浑,云林之淡寂,仲圭之渊劲,叔明之深秀,虽同趋北苑,而变化悬殊,此所以为百世之寄而无弊者。洎乎近世,风趋益下,习俗愈卑,而支派之说起,文进、小仙以来,而浙派不可易矣。文、沈而后,吴门之派兴焉。董文敏起一代之衰,抉董、巨之精,后学风靡,妄以云间为口实。琅琊、太原两先生,源本宋元,媲美前哲,远近争相仿效,而娄东之派又开。其他异流绪沫,人自为家者,未易指数。要之承伪袭舛,风流都尽。

石谷又言龆时搦管,矻矻穷年,为世俗流派拘牵,无繇自拔。大抵右云间者,深讥浙派,礼娄东者辄诋吴门,临颖茫然,识微难洞。

董文敏题杨龙友画谓:意欲一洗时习,无心赞毁。以苍秀出入古法,非后云间、昆陵以儒弱为文澹。

宋旭、蓝瑛皆以浙派为人诋諆。白苧公谓宋旭所画《辋川图卷》,不袭原本,自出机杼,实为有明一代作手。

恽正叔自言于山水终难打破一字关,曰窘,良由为古人规矩法度所束缚耳。

华亭自董文敏析笔墨之精微,究宋元之同异,六法周行,实在乎是。其后士人争慕之,故其派首推艺苑,第其心目为文敏所压,点拟拂规,惟恐失之,奚暇复求乎古!由是袭其皮毛,遗其精髓,流为习气。盖文敏之妙，妙能师古，晚年墨法，食古而化，乃言"众能不如独诣"，至言也。

水墨兰竹之法，人人自谓兰出郑、赵，竹出文、吴，世亦后而和之。不知兰叶柔弱而光滑，竹叶散碎而欲脱，或时目可蒙，难邀真赏也。

麓台言，明末画中有习气，恶派以浙派为最，至吴门、云间，大家如文、沈，宗匠如董，赝本混淆，以讹传讹，竟成流弊。广陵白下，其恶习与浙派无异。

仿云林笔最忌有伧父气，作意生淡，又失之偏枯，俱非佳境。

如右军、李成、关仝，人辄曰俗气，鹿床谓其忌之，遂蹈相轻之习。

偏于苍者易枯，偏于润者易弱；积秀成浑，不弱不枯。

神　思

作画须楮墨之外别有生趣，趣非狐媚取悦，须于苍古之中寓以秀好，极点染处见其清空。

心手两忘，笔墨俱化，气韵规矩，皆不可端倪，仁者见仁，智者见智，所谓大而不可效之谓神。逸者，轶也，轶于寻常范围之外，如天马行空，不受羁络为也。亦自有堂构窈窕，禅宗所谓教外别传，又曰别峰相见者也。

画有六法，而写意本无一法，妙处无他，不落有意而已。世之目匠笔者、以其为法所碍，其目文笔者，则又为无法所碍。此中关捩，须一一透过，然后青山白云，得大自在，一种苍秀，非人非天。不然者，境界虽奇，作家正未肯耳。然亦未可执定一样见识，以印板画谱甲乙品题。

昔人梦蛟龙纠结，便工草书。

王逊之每得一秘轴，闭阁沉思，瞠目不语，遇有赏会，则绕床大叫，拊掌跳跃，不自知其酣狂。

恽正叔言，古今来笔墨之龃龉不能相入者，石谷则罗而置之笔端，融冶以出，神哉技乎！

作画于搦管时，须要安闲恬适，扫尽俗肠，默对素幅，凝神静气，看高下，审左右，幅内幅外，来路去路，胸有成竹，然后濡毫吮墨，自然水到渠成，天然凑泊。

昔人语：画能使人远。非会人心，乌能辨此？子久每欲濡毫，则登高楼，望云霞出没，以挹其胜，故其所写逸趣磅礴，风神元远，千载而下，犹足想见其人。有沈石田，董玄宰俱自子久出，秀韵天成，每于深远中见潇洒，虽博综董巨，而美和清淑，逸群绝伦，即云林之幽淡，山礁之缜密，不能胜。当时松雪虽为前辈，惟以精工佐其古雅，第能接轸宋人，若其取象于笔墨之外，脱衔勒而抒性灵，为文人建画苑之帜，吾于子久之间然矣。

古人真迹有章法，有骨力，有神味，元气磅礴超凡入化，神生画外者为上品；清气浮动，脉正律严，神生画内者次之。

张浦山述李营丘《山阴泛雪图》曰：以平淡为雄奇，以浅近为深奥。

梅道人深得董巨带湿点苔之法，每积盈箧，不轻点之，语人曰：今日意思昏钝，俟精明澄澈时为之。

山水苍茫之变化，取其神与意。元章峰峦，以墨运点，积点成文，呼吸浓淡，进退厚薄。无一非法，无一执法。观米字画者，止知其融成一片，而不知条分缕析中，在在皆有灵机。

石谷无聊酬应，亦千丘万壑，布置精到。麓台晚年专取笔力，大率任意涂抹，置畦径物象于不问。石谷之偏，神不胜形。

气　格

张彦远云：右丞得兴处不论四时，如画家往往以桃杏芙蓉花同作一景，画《袁安卧雪图》有雪里芭蕉，此乃得心应手，意到便成，故造理入神，迥得天真。此难与俗世论也。

宋马远全境不多，其小幅或削峰直上而不见其顶，或绝笔直下而不见其脚，或近参天而远山则低，或孤舟泛月而人独坐，此边角之景也。

查二瞻程端伯正揆画言：古人论画，既得平正，须返奇险。

石谷曰：画有明有暗，如鸟双翼，不可偏废。又曰：繁不可重，密不可窒，要伸手放脚，宽闲自在。又曰：以元人笔墨运宋人丘壑，而泽以唐人气韵，乃为大成。又曰：皴擦不可多，厚在神气。

王麓台熟不甜，生不涩，淡而厚，实而清，书卷之气，盎然楮墨外。石谷以清丽之笔，名倾中外，公以高旷之品突过之，世推大家，非虚也。

画之妙处，不在华滋，而在雅健，不在精细，而在清逸。盖华滋精细可以力为，雅健清逸则关于神韵骨格，不可勉强也。

沈宗敬字恪庭，号狮峰，其布置山峦坡岫，虽有格而不续之处，而欲到不到，亦自有别趣也。

古来画家，名于一时，传于千载。其襟怀之高旷，魄力之宏大，实能牢笼天地，包涵造化，当解衣般礴时，奇峰怪石，异境幽情，一时幻现，而荣枯消息之机，阴阳显晦之象，即挟之而出。今观名迹，或千岩层叠，或巨嶂孤危，一入于目，心神旷邈，若置身其间，而憺然忘返。古有观《辋川图》而病愈，睹《云汉图》而热生者，非神其说也。至若一丘一壑，片石疏林，不过偶尔寄怀，其笔墨之趣，闲冷之致，虽挹之无尽，终非古人矩胆细心之所在。

古人南宋、北宋，各分眷属，然一家眷属内有各用龙脉处，有各用关合起伏处，是其气味得力关头也。如董、巨全体浑沦，元气磅礴，令人莫可端倪，元季四家俱私淑之。山樵用龙脉多蜿蜒之致；仲圭以直笔出，各有分合，须探索其配搭处；子久则不脱不粘，与两家较有别致；云林纤尘不染，平易中有矜贵，简略中有精采，又在章法、笔法之外。烟客最得力倪、黄，深明原委。

逼塞处不觉其多，疏涡处不见其少，荒幼不为澹，精到不致浊，浅深出入，直与造物争能。

古人作画有得意者另再作之，如李成寒林、范宽雪山、王诜烟江叠嶂之类，不可枚举。

功　力

或居左相，驰誉只擅丹青，身本画师，能事不受迫促，此不欲区区以一技自鸣者。宋立画学，遂进杂流，犹令读《说文》《尔雅》《方言》《释名》等篇，各习一径，兼著音训，要得胸中有数十卷书，免堕尘俗。风会日下，此义全昧，一二稿本，家传师授，辗转模仿，无复性灵。如小儿学步，专借提携，才离保姆，立就倾仆矣。昔人有云：山水不言，横遭点涴，笔墨至费，浪被驱使，岂不冤哉！

杨芝钱塘人，笔力雄健，纵兴不假思虑。自言安得三十丈大壁，磨墨一缸，以田家除场大帚蘸之，乘快马以扫数笔，庶几手臂方舒，而心胸以畅。

王孟津铎，字觉斯，云：画寂寂无余情，如倪云林一流，虽略有淡致，不免枯干，尪羸病夫，奄奄气息，即谓之轻秀，薄弱甚矣，大家弗然。又曰：以境界奇创，然后生以气韵乃为胜，可夺造化。

麓台自题《秋山晴爽图卷》云：不在古法，不在吾手，而又不出古法吾手之外，笔端金刚杵，在脱尽习气。

温仪字可象，号纪堂，三原人尝述其师训曰：勾勒处笔锋须若触透纸背者，则骨干坚凝。

天宝中，命图嘉陵江山水，吴道玄一日而毕，李将军数月而成，皆极其妙。

唐卢楞伽画迹似吴道子而才力有限，至画庄严寺之门效道子画，锐思开张，颇臻其妙，道子知其精爽已尽。

博大沉雄如石田，须学其气魄；古秀峭劲如唐子畏，须学其笔力；笔墨超逸如董文敏，须学其秀润。

石谷六法到家，处处筋节，画学之能，当代无出其右。然笔法过于刻露，每易伤韵。故石谷画往往有无气韵者，学之易病。

吴渔山魄力极大，落墨兀傲不群，山石皴擦颇极浑古，惬心之作，深得子畏神髓，而能摆脱其北宗窠臼。

麓台学宋元诸家，各出机杼，惟高士一览陈迹，空诸所有，为逸品第一，非创为是法也。于不用工力之中，为善用工力者所莫及，故能独臻其妙。

宣和画院每旬出御府图轴两匣送院，以示学人，一时作者竭尽精力以副上意。其后宝篆官成，绘事皆出画院。上时时临幸，少不如意即加墁垩，别令命思。虽训督如此，而众史以人品之限，所作多泥绳墨，未脱卑凡。

优 绌

宋李公麟绘事集顾恺之、陆探微、张僧繇、吴道子及前代名手以为己有，专为一家。

王逊之语圆照曰：元季四家，首推子久，得其神者，惟董华亭，得其形者，予不敢让，若形神俱得，吾孙其庶几乎！圆照深然之。麓台论石谷太熟，二瞻太生。

唐韩幹与周昉（字景立，京兆人）皆为赵纵写真，未能定其优劣，言韩得其状貌，周并移其神思。

画有邪正，笔力直透纸背，形貌古朴，神采焕发，有高视阔步、旁若无人之概，斯为正派。格外好奇，诡僻狂怪，徒取惊心炫目，辄谓自立门户，真乃邪魔外道。又有一种粗服乱头，不守绳墨，细视之则气韵生动，寻味无穷，是为非法之法。惟其天资高迈，学力精到，乃能变化至此。

浙派之失，曰硬，曰板，曰秃，曰拙；松江派失于纤弱甜赖；金陵派有二，一类浙派，一类松江；新安自渐师以云林法见长，人多趋之，不失之结，即失之疏；罗饭牛开江西派，又失之易而滑。闽人失之浓浊，北地失之重拙。传仿陵夷，其能不囿于习而追踪古迹，参席前贤，为后世法者，惟麓台其庶乎。若石谷非不极其能，终不免作家习气。

耕烟晚年之作，非不极其老到，一种神逸，天然之致已远，不逮烟客。

宋代擅名江景有燕文贵、江参。然燕画点缀失之细碎，江法雄奇失之刻画，以视巨然，则燕为格卑，江为体弱，其神气尚隔一尘。

吴渔山称：奥门，一名濠境，去奥未远，有大西、小西之风。我之画不取形似，不落窠臼，谓之神逸。彼全以阴阳向背、形似窠臼上用工夫，即款识、我之题上，彼之识下，用笔亦不相同。此为洋画立论。

不落畦径，谓之士气，不入时趋，谓之逸格。其创制风流，昉于二米，盛于元季，泛滥明初。称其笔墨，则以逸宕为上，咀其风味，则以幽淡为工。

画宫殿，自唐以前不闻名家，至五代卫贤始，以此得名。郭忠恕以俊伟奇特之气，辅以博文强学之资，游规矩准绳中，而不为所窘，论者以为古今绝艺。

许道宁初卖药长安市中，画山水集众，故早年画恶俗大甚。中年成名，稍自检束，至细微处，始入妙理，传世甚多，佳本极少。米元章以其多摹人画轻之。

名　誉

无名人画有甚佳者，今人以无名名为有名，不可胜数。如见牛即说是戴嵩，马为韩幹。

王逊之家居时，廉州挈石谷来谒。石谷方少，与之论究，叹为古人复出，揄扬名公卿门，至左已右之。故翚得成绝艺，声称后世。

盐车之骥，云津之剑，声光激射，终不可掩。然伯乐、张华，尤足令人慨想已。

古人能文，不求荐举，善画不求知赏，曰：文以达吾心，画以适吾意。草衣藿食，不肯向人，盖王公贵戚，无能招使。

晋宋人物，意不在酒，托于酒以免时艰。元季人士，亦借绘事以逃名，悠然自适，老于林下。

北宋高人三昧，惟梅道人得之，以其传巨然衣钵也。与盛子昭同里闬而居，求盛画者填门接踵。庵主惟茅屋数椽，闭门静坐，人有言者，笑而不答。五百年来，重吴而轻盛，洵乎笔墨有定论也。

石谷言其生平所见王叔明画不下廿余本，而真迹中最奇者有之，从《秋山草堂》一帧悟其法于毘陵唐氏。观《夏山》卷会其趣，最后见《关山萧寺》本，一洗凡目，焕然神明，吾穷其变焉。沉思既久，因汇三图笔意于一帧，涤荡陈趋，发挥新意，徘徊放肆，而山樵始无余蕴。

北苑雾景横幅，势格浑古，石谷变其法为《风声图》，观其一披一拂，皆带风色，其妙在画云以壮其怒号，得势矣。

根于宋以通其修，导于元以致其幽，猎于明以资其媚，虽神诣未至，而笔思转新。

本朝画家以山林泉布名闻宇内者首推石谷。而山人黄尊古存日，知已寥寥，迨其既逝，好事家始知宝重，尺楮片幅如拱璧矣。就两家画法而论，摹古运今，允称双琥。至于神韵或有甲乙，请以俟后世之论定者。

　　吴兴八俊，赵王孙称首，而钱舜举与焉。至元间，子昂被荐入朝，诸公皆相附取官爵，独舜举龃龉不合，流连诗画以终其身。所画寄意高雅，文采风流可挹也。

娱　志

　　曹秋岳言，老莲布墨有法，世人往往怪之，彼方坐卧古人，岂顾余子好恶。

　　奇者不在位置，而在气韵；不在有形，而在无形。

　　学画所以养性情，涤烦襟，破孤闷，释躁心。胸中发浩荡之思，腕底生奇逸之趣。

　　画法莫备于宋，至元人搜抉其义蕴，洗发其精神，实处转松，奇中有淡，而其趣乃出。四家各有真髓，其中逸致横生，天机透露，大痴尤精进头陀也。

情　性

　　兴至则神超理得，景物毕肖；兴尽则得意忘象，矜慎不传。

　　阮千里善弹琴，人闻其能，往求听，不问贵贱长幼，皆为弹之，神气衡和，不知何人所在。戴安道亦善鼓琴，武陵王晞使人召之，安道对使者破琴云：戴安道不作王门伶人！

　　笔墨一道，同乎性情，非高旷中有真挚，则性情不出也。

　　荆关小幅，南田拟之，用笔都若未到；非不能到，避俗故耳。麓台之拙，南田之巧，其秀一也。

山　水

　　唐玄宗天宝中，忽思蜀中。嘉陵江山水三百里，李思训数月而成、吴道玄一日之迹，皆极其妙。

　　山石皴骰有披麻、乱麻、乱云、斧凿痕、乱柴、芝麻、雨点、骷髅、鬼皮、弹窝、浓矾头，一作泼墨矾头。山水为画，自当炳始。炳之言曰：理绝于中古之上者，可意于千载之下，旨微于言象之外者，可以取于书策之内。是以身所盘桓，目所绸缪，以形写形，以色貌色，竖划三寸，当千仞之高，横墨数尺，体百里之遥。故嵩华之秀，元牡之灵，皆可得之于一图。此画家山水所自昉。自是而后，高人旷世，用以寄其闲情，学士大夫，亦时抒其逸趣，然皆外师造化，未尝定为何法何法也，内得心源，不言本自某氏某氏也。

　　树木改步变古，始自毕宏。

　　五代以前画山水者少，二李辈虽极精工，微伤板细。右丞始能发景外之趣，而优未尽至。至关仝、董源、巨然辈，方以真趣出之，气概雄远，墨晕神奇，至李营丘成而绝矣。营丘有雅癖，画存世者绝少，范宽继之，奕奕齐胜。此外如高克明、郭熙辈，亦自卓然。南渡以前，独重李公麟伯时。伯时白描人物，远师顾、吴，牛马斟酌韩、戴，山水出入王、李，似于董、李所未及也。

　　梅道人深得董、巨带湿点苔之法。

　　云林写山依侧起势，不两合而成，米家山如积墨，骤然而就。子久山直皴带染，林麓多转折。三者皆宗北苑而自成。

　　徐崇嗣画花萼，不作墨圈，用彩色积染，谓之没骨花。张僧繇亦积彩色以成，谓之没骨山水，而远近之势，意到便能移人心目，超然妙意。

　　川濑氤氲之气，林岚苍翠之色。

　　苔为草痕石迹，有此一片，应有此一点。譬人有眼，通体皆虚。

　　李成、范华原始作寒林。

　　南宗首推北苑。北苑嫡家，独推巨然。北苑骨法至巨然而赅备，又能小变师法，行笔取势，渐入阔远，以阔远通其沉厚。

　　出入风雨，卷舒苍翠。高简非浅，郁密非深。

贯道师巨然，笔力雄厚，但过于刻画，未免伤韵。

梅花庵主与一峰老人同学董巨，然吴尚沉郁，黄贵萧散，两家神趣不同，而各尽其妙。

黄鹤山樵一派有赵元、孟端，亦犹洪谷子之后，有关仝，北苑之后有巨然，痴翁之后有马文璧。

古人之画，尺幅片纸，想见规模，漱其芳润，犹可陶冶群贤，超乘而上。

惠崇《江南春》写田家山家之景，大年画法悉本此意，而纤妍淡冶中，更开跌宕超逸之致。学者须味其笔墨，勿但于柳暗花明中求之。

前人称，画山水者必以成为古今第一。成字成熙，五季避乱北海，营丘人。

烘　染

麓台作画，必先展纸，审顾良久，以淡墨略分轮廓，既而稍辨林壑之概，再立峰石层折，树木株干，每举一笔，必审顾反复，而日已久矣。次日复取前卷，少加皴擦，即用淡赭入藤黄少许，渲染山石，以小熨斗贮微火熨之干，再以墨笔干擦石骨，疏点木叶，而山林屋宇、桥渡溪沙瞭然矣。然后以墨绿水，疏疏缓缓渲出阴阳向背，复如前熨之干，再勾再勒再染再点，自淡及浓，自疏而密，半阅月而成。发端混沦，逐渐破碎，收拾破碎，复还混沦。流灏气，粉虚空，无一笔苟下，故消磨多日耳。

周璕字崑来，江宁人，画龙，烘染云雾，几至百遍，浅深远近，蒸蒸霭霭，殊足悦目。

石谷《池塘竹院》，设色，兼仇实父淡雅而气厚。此为石谷青绿变体，设色得阴阳向背之理。盖损益古法，参之造化，而洞镜精微。

今人但取傅彩悦目，不问节奏，不入窾要，宜其浮而不实。

今人尽谈设色，然古人五墨法，如风行水面，自然成文，荒率苍茫之致，非可学而至。

云林设色不在取色而在取气，点染精神皆借用也。推而至于别家，当必精光四射，磅礴于心手。其实与着意不着意处同一得力。

唐大小李将军始作金碧山水，其后王晋卿诜、赵大年、赵千里皆为之。

设 色

李思训善书设色山水，笔法尖劲，涧谷幽深，峰峦明秀，石用小劈斧，树叶夹笔。尝作金碧山水图幛，笔极艳丽、雅有大然富贵气象，自成一家法。后人听书设色山水多师宗之，然至妙处不可到也。

李公麟作书多不设色，但作水墨画无笔迹，惟摹古画有用绢素着色者，笔法如云外水流有起倒。

石谷言于青绿悟三十年始尽其妙。又曰：凡设青绿，体要严重，氧要轻清，得力全在渲晕。又曰：气愈清则画愈厚。

张瓜田谓见元人《折枝梨花图》，不知出自何人手。花瓣傅粉甚浓，叶之正者，著石绿以苦绿染出，反者以苦绿染，以石绿托于背，味甚古茂，而气极清。其枝干之圆劲，皴法至佳，嫩芽之颖秀，均非今人所曾梦见。安得有志者振起，俾花鸟一艺重开生面也。

用墨如设色则姿态生，设色如用墨则古韵出。

画、绘事也，古来无不设色，目多青绿金粉，自王洽泼墨后，北苑、巨然继之，方尚水墨，然树身屋宇，犹以淡色渲晕。迨元人倪云林、吴仲圭、方方壶、徐幼文等专以墨见长，殊不知云林亦有设青绿者，画图遣兴，岂有定见！古人云：墨晕既足，设色亦可，不设色亦可。诚解人语也。

李思训画着色山水，用金碧辉映，为一家法。其子昭道变父之势，妙又过之，故时号曰大李将军、小李将军，至五代蜀人李昇，工画着色山水，亦呼为小李将军，宋宗室伯驹后仿效之。

赵千里《海天落照图》横卷，长几丈余，轮廓用泥金，楼阁界画，如聚人物，小如麻子，临之欲动、位置雄丽。

设色，所以补笔墨之不足，显笔果之妙处。今人不合山水之势，不入绢素之骨，令人憎厌，至于阴阳显晦，朝光幕霭，峦容树色，皆须平时留心，淡妆浓抹，触处相宜，是在心得，非成法之可定。

麓台论设色云：色不碍墨，墨不碍色，又须色中有墨，墨中有色。王束庄言：作水墨画墨不碍墨，没骨法色不碍色，自然色中有色，墨中有墨。

青绿法与浅色有别而意实同，要秀润而兼逸气，盖淡妆浓抹，全在心得。浑化，无定法可拘，若火气眩目，则人恶道矣。

青绿体要轻清，得力全在渲染，设色贵有逸气，方不板滞。石谷色色到家，逸韵不足。

文征明《后赤壁图》，以粉模糊细洒作霜露，尤为精妙。

李营丘《山阴片云图》，以赭为地，上留雪痕，再用淡墨入苦绿染，然后晕染石绿，复以墨绿染之，其门处略染石青，其雪痕处以粉点雪、树枝及叶，俱以粉勾粉点。

合 作

吴豫杰字次谦，繁昌人，工墨竹，姚羽京名宋长画石，有延其合作竹石屏幕障者。吴素简傲慢视姚，姚衔之，作石多用反侧之势，使难措笔。吴持杯谈笑弗顾，酒酣提笔，蘸墨横飞，风驰雨骤，顷刻而成，悉与石势称，而枝叶横斜转辗。愈见奇致。

杨晋字子鹤，常熟人焉，石谷高弟，常从出游，石谷作图，凡有人物与轿驼马牛羊等，皆命晋写之。

唐玄宗封泰山回东，驾次上党潞，过金桥，召吴道玄、韦无忝、陈闳，令同制《金桥图》。圣宫及上所乘照夜白马，陈闳主之，桥梁、山水、车舆、人物、草树、鹰岛、器仗、帷幕，吴道玄主之。狗马驴骡牛羊橐驼猫猴貄四足之属，韦无忝主之。图成，时谓三绝。

王叔明画师王右丞，不涉鸥波蹊径，然灵秀之韵，得之宅相为多。极重子久，本为师范。一日肃子久至斋中，焚香沦茗，从容出径得意画请教。子久为山樵从其匠心处复加点染，为《林峦秋色图》，觉烟云生动，世传为黄王合作。

黄子久、王若水合作大幅山水上有杜伯原本分题字。

查二瞻仿董源，刻意秀润而笔力少弱，江上翁秉烛属石谷润色，石谷以二瞻吾党风流神契，欣然勿让也。凡分擘渲澹点置，村屋溪桥，落想辄异，真所谓旌旗变化，焕若神明。

恽王合作，正叔写竹，石谷补溪亭远山，并为润色。言王叔明作修竹远山，当称文湖州暮霭横春卷，笔力不在郭熙之下，于树石间写丛竹，乃自其肺腑中流出，不可以笔墨时径观也。南田此图，真能与古把臂同行，但属余点缀数笔，如黄鹤、一峰合作竹趣图，余笔不逮古，何能使绘苑称胜事也。

郭忠恕人物求王士元添人，关仝人物求胡翼添人。

棌壑仿云林小幅，绝不似倪，盖临其中年笔，石谷为润色之，幽深无继。

讹　误

张僧繇于金陵安乐寺画四龙，而点睛者破壁飞去。杨子华画马于壁，夜开啼齧长鸣，如索水草。

李思训画大同殿壁兼掩障，至夜闻水声。

书题杂述

新画法序[1]

古今学者，事贵善因，亦贵善变。《易》曰：变则通，通则久。东瀛画法，传自中土。初摹唐宋院体，后分数家，有上佐家、雪舟家、狩野家，皆为有声艺林，得缋事不传之秘。中国古来名人，唐多居蜀，宋多居汴，至于元明，尤以江浙称盛。然其江湖林壑，物囿见闻，钩斫渲淡，宗分南北，可于善因者深明所守，而善变者会观其通也。今者西学东渐，中华文艺，因亦达输欧亚，为其邦人所研几。唐宋古画，益见宝贵，茫茫世宙，艺术变通，当有非邦域所可限者。陈君树人，学贯中西，兼精缋事，著《新画法》，梓而行之，诚盛举也。然仆窃有进焉。尝稽世界图画，其历史所载，为因为变，不知凡几迁移。画法常新，而尤不废旧。西人有言：历史者，反复同一之事实。语曰：There is no new thing under the sun. 即世界无新事物之义。近且沟通欧中，参澈唐来，探奇索赜，发扬幽隐，昌明绝艺，可拭目俟矣。上追往古，下启来今，学说之存，垂于久远。陈君此作，虽万古常新可也。古歙黄朴存叙于沪读。

---

[1] 《新画法序》为陈树人译述，曾连载于《真相画报》，1914 年撰为单行本，本文乃为单行本所撰。

文字书画之新证[1]

中西学术沟通，近数十年，中国文物发现前古，裨益世界文化，不为不多。有如洹水中骨，西陲简牍，以及周秦汉魏匋瓦髹漆、泉币古印、六朝三唐写经佛像、书画杂器，椎拓影印，工技精良。欧美学者，若法兰西之拉克伯里，著解《易经》，有《说离卦》；近人刘氏师培试用其例，以解坤、屯二卦，著《小学发微》。英吉利之考龄，美利坚之查尔，所得甲骨文字残片，藏于英美博物院；坎拿大之明义士，有自述篇文。海外名人辈起，一时中国硕儒俊彦，若孙诒让、罗振玉、王国维、郭沫若诸氏，俱多著作，先后响应，班班可考，何其盛也。文字图画，初非有二，六艺之中，分言书数，支流派别，实为同源。金文亚形，阳款阴识，古之国族，今称图腾。玺印出土，文字繁多，书面错综，合于一器，诙奇玮异，不减卜辞。蝌蚪虫鱼，实侔孔壁，经传诸子，可资佐证，前人未睹，诚为缺憾。昔谓蛮夷，亦言戎殷，方国都邑，迭易姓氏，垂诸后世，有迹可寻，似宜紬绎，广为传古。春秋战国，此数百年，关系学术，尤属重要。文艺流美，非徒见三代图画而已。

夏禹九鼎，图形魑魅；屈原《天问》，画壁祠堂；老庄告退，山水方滋；苏、米以来，士夫甚盛。分朝、夕、午三时山，即欧画之言光线焦点，犹中国画之论笔墨。米虎儿笔力扛鼎，作《突鹘图》；黄大痴墨法华滋，烟云供养，无非心师造化，寄情毫素，不屑巧合时趋，求悦俗目也。

古之论画者，必超然物外，称为逸品。作画言理法，已非上乘，故曰"从门入者，不是家珍"。画者处处护法门，竭毕生之力，兀兀穷

---

[1] 此文转录于人民美术出版社《黄宾虹美术文集》，据该书编者云录自传抄稿。

年，极意细谨，临摹逼真，不过一画工耳。唐宋以前，上溯三代，古之君相，至卿大夫，莫不推崇技能，深明六艺。道形而上，艺成而下。学者志道据德，依仁游艺，通古而不泥古，非徒拘守矩镬，致为艺事所缚束，人人得其性灵之趣，无矫揉造作之讥。韩非子言画筴者，其虚空之外望之如成龙蛇。庄子云：宋元君画者，解衣槃礴，旁若无人。其气概自异于庸常。而上焉者，好善而忘势，下焉者，安贫而乐道，岂不懿欤！未易几也。

虽然，艺术特出之人材，尤多造就于世运颠连之际，而非成于世宇全盛之时。唐之天宝，王维、李思训、吴道子，皆杰起之大家，五季有荆、关、黄、巨，元季有倪、吴、黄、王，明代启祯忠节高隐之士，实繁有徒。清室咸同，金石学盛，画事中兴，名贤辈出，垂誉艺林，后先济美。今之学者，虽际时艰，宜加奋发。况乎画传、画评、画考诸书，著作如林，肤杂滥竽，恒多偏眦，舛谬相仍，亟应纠止。邪甜俗赖，趋向末端。直谅多闻，集思广益，尤望博雅君子，儒林文人，进而教之，归于一是。将见乔光异彩，照耀今古，继往开来，振兴邦国而无难已，可不勉哉！

精神重于物质说[1]

《易》曰：道成而上，艺成而下。道成、艺成，犹今所谓精神文明与物质文明也。中华四千年来，为文化开化最早之国。古之制作，皆古之圣贤，政教一致，初无道与艺之分。盖三代而上，君相有学，道在君相。三代而下，君相失学，道在师儒。春秋之世，文武之道，未坠于地，在人，贤者识其大者，不贤者识其小者，此道与艺之所由分，其见端耶？孔子删《诗》《书》，订《礼》《乐》，作《周易》，修《春秋》，问礼于老聃，问乐于苌弘，采百二国之宝书，以及輶轩所录之风诗。其时国学之掌于史官者，集大成于尼山。故孔门四教，文行忠信，又曰：行有余力。则于《说文》注谓：诗书，六艺之文。六艺者，礼、乐、射、御、书、数也。又《汉·艺文志》：《易》《诗》《书》《春秋》《礼》《乐》六经，谓之六艺。司马迁叙史，先黄老而后六经，议者纷然。扬雄谓：六经，济乎道者也。乃知迁史之论为可传。艺必以道为归，有可知已。

尝观黄帝御宇，命苍颉制六书，史皇作图画，若风后之阵法，隶首之定数，伶伦之律吕，岐伯之内经，凡宫室器用衣服货币之制，皆由此并兴。夏商而下，迄于成周，设官分职，郁郁乎文，焕然美备。东迁之后，王纲不振，诸侯僭乱，史官失职，远商异国，诸子百家之说，异学争鸣。老子见周之衰，诗书之教不行，乃西出函谷关，著《道德经》五千余言，辞洁而理深，务为归真返朴之旨。其言曰：圣人法天，天法道，道法自然。艺之至者，多合乎自然，此所谓道。道之所在，艺有图画。图画者，文字之绪余，百工之始基也。文以载道，非图画无以明。而图谱之兴，尚不如画者，物质徒存，精神未至也。

---

[1] 此文1934年发表于《国画月刊》创刊号

宋郑樵论图谱云：今总天下之画而条其为图谱之用者，十有六，一曰天文，二曰地理，三曰宫室，四曰器用，五曰车旗，六曰衣裳，七曰坛兆，八曰都邑，九曰城筑，十曰田里，十一曰会计，十二曰法制，十三曰班爵，十四曰古今，十五曰名物，十六曰书。凡此十六类有书无图不可用也。

图画之用，以辅政教，载诸典籍，班班可考。乃若格高思逸。笔妙墨精，道弸于中，艺彪下外，其深远之趣，至与老子自然之旨相俦。大之参赞天地之化育，以亭毒群生，小之撷采山川之秀灵，以清洁品格。故国家之盛衰，必视文化；文化之高尚，尤重作风。艺进于道，良有以也。稽之古先士矢，多文晓画，言论相同，皆无取于形象位置，彩色瑕疵，亦深戒夫多用己意，随手苟简，而惟赏其奥理冥造，以畅玄趣，极其自然之妙。其说可略举之。

欧阳修论鉴画曰：高下向背，远近重复，皆画工之艺。苏轼论画曰：观士人画，如阅天下马，取其意气所到；至若画工，往往只取鞭策皮毛、槽枥刍秣，无一点俊发，看数尺便卷。黄庭坚曰：余未尝识画，然参禅而知无功之功，学道而知至道不烦，于是观画悉知其巧拙。米友仁曰：言画之老境，于世海中一毛发事，泊然无着，每于静室僧趺，忘怪万虑，心与碧虚寥廓同其流荡。

由此观之，一切形貌采章，历历具足，甚谨甚细，外露巧密者，世所为工，而深于画者，恒鄙夷之。面惟求影响，粗犷不雅者，尤宜摈斥。即束于绳矩，稍涉畦畛，亦步亦趋，自限凡庸，皆非至艺。循乎模楷之中，而出于樊篱之外。是故师古人者，已为上乘；知师古人不如师造化者，方可臻于自然。今者东方美术，遍传欧美，举国之人，宏开展览，无论朝野，争先快睹，以事研究，莫不称誉，以视瓷铜、玉石、织绣、雕刻、古物等器，尤为珍贵。乃若江湖浪漫之作，易长嚣陵，院体细整之为，徒增奢侈，曩昔视为精美，兹已感悟其非，而孜孜于士夫之画，深致意焉。且谓物质文明之极，其弊至于人欲横流，可酿残杀诸祸，惟精神之文明，得以调剂而消弭之。至于余闲赏览，心旷神怡，能使百虑尽涤，犹其浅也。志道之士，据德依仁，以游于艺，精神文明，与物质文明之用，相辅而行，并驰不悖，岂不善哉！岂不善哉！

水墨与黄金[1]

昔李营丘师王维,倪云林师关仝,所画山水,皆以水墨,类多寒林平远,笔意简淡,谓为惜墨如金。汉魏六朝,绘画之事,设施五彩,尚用丹青。前汉杜陵人毛延寿,画人形丑好老少,必得其真。元帝尝使画工图后宫美人,按图召幸。诸宫人皆赂画工,独王嫱不肯。后匈奴求美人为阏氏,帝以王嫱行。及去召见,貌为后宫第一,帝乃穷案其事,延寿等皆弃市。汉兴,朝廷以经术饰吏治,张禹、公孙弘之徒,诈伪相承,流品卑下。当武帝时,陈皇后得幸颇妒,别在长门宫愁闷悲思。闻蜀郡成都司马相如天下工为文,奉黄金百斤,为相如文君取酒,因为解悲愁之辞。而相如为文,以悟主上,陈皇后复得亲幸。夫元帝诸宫人之赂画工,不过袭陈皇后故智耳。而司马相如之赋,与毛延寿之画,皆以文艺,如后人之得润金,初无彼此之别,其受赂同也。后汉崇尚气节,士夫多砥砺品行,故能廉介自守,以为名高。沿于晋室,其风犹有存者。晋陵顾恺之,义熙中为散骑常侍,博学有才气,丹青亦造其妙,笔法如春蚕吐丝,初见甚平易,且形似时或有失,细视之六法兼备。传染以浓色微加点缀,不求晕饰,而俗传谓之三绝:画绝、痴绝、才绝。方时为谢安知名,以谓自生民以来,未之有也。《历代名画记》京师寺记云:兴宁中,瓦官寺初置,僧众设会,请朝贤鸣刹注疏。其时士大夫莫有过十万者。既至长康,直打刹注百万。长康素贫,众以为大言,后寺众请勾疏,长康曰:宜备一壁。遂闭户往来月余,日所画维摩一躯。工毕,将欲点眸子,乃谓寺僧曰:第一日观者请施十万,第二日可五万,第三日可任例责施。及开户,光照一寺,施者填咽,俄而得百万钱。当僧众请朝贤鸣刹注疏,犹今之募捐金钱。顾长康,字恺之,直打刹注

---

[1] 此文1940年1月1日发表于《中国文艺》第1卷第5期

百万，以素贫之人而为大言，亦犹汉高祖为亭长时，单父吕公客沛，令沛中豪杰吏皆往贺。萧何为吏主进，令诸大夫曰：进不满千钱，坐之堂下。高祖绐为谒者曰：贺钱万。实不持一钱。其傲慢之气，与此相类。惟高祖有其仪表，长康有其艺术，皆足以动众而无所讪。吕公能知高祖为非常人，寺僧能知长康为非常之画，其知遇同之。长康工毕点睛，俄致百万，佛教兴盛，艺事光昌，相得益彰，有固然已。由此六朝画壁，仙释人物山水鱼龙之作，师徒授受，优劣错综，郡邑之间，不可殚述。长安许道宁学李营丘画山水。营丘业儒属文，气调不凡，磊落有大志，因才命不偶，遂放意诗酒之间，寓兴作画，以自娱耳。适有显者招，得书愤笑，谓：吾儒生，游心艺事，奈何使人羁入戚里宾馆！研究丹粉，与史人同列，此戴逵之所以碎琴也。却使其不应，后显者阴以厚赂其相知，术取数幅焉。道宁初，以卖药都门，画山水聚观者，故蚤年所画恶俗。至中年脱去旧学，稍自检束，行笔简易，风度益著，至细微处始入妙理，评者谓得李营丘之气。画者不能多诵诗书，而惟相安于庸众，无论其胸次猥琐，见闻俗陋，难于脱除朝市、江湖之习。即令昕夕临摹真迹，亦徒拘形似，不得超于笔墨之外。所以唐宋以来，院画虽工，其营营于利禄者，皆不足观已。

虽然，图画者，文字之余事。《隋书》：郑译拜上柱国，高颖为制，戏曰笔干，答曰：出为方伯杖策，言归不得一文，何以润笔？其后李邕、皇甫湜、白居易、饶介之，得润最巨。作画取润，当亦始于隋唐，而盛于宋元，宋南渡后，李唐初至杭，无所知者，货楮画以自给，日甚困，有中使识其笔，曰"待诏作也"，而唐之画，杭人即贵之。唐有诗曰："雪里烟村雨里滩，为之容易作之难。早知不入时人眼，多买胭脂画牡丹。"可知李唐多画水墨。至于流离颠沛，无复所之，卖画自给，殊可悯矣。元季吴仲圭，生时与盛懋同里闬。懋画远近著闻，求者踵相接也。然仲圭之笔，绝不为人知。以坎坷终其身。《书画舫》言：今仲圭遗迹高者价值百千，懋图至废格不行。古今好尚不同，必俟久而论定如此。明初王冕画梅乞米，夏昶喜作竹石，求者无虚日，一一应之，得者宝藏。时为之语曰：太常一竿竹，西凉十锭金。海国兼金购求，声价已贵。姚公绶早年挂冠，优游泉石，画法吴仲圭，至"□"成图，或售于人，遂厚价返收之，以自见重。朱朗师文徵明，称入室弟子。时有金陵客寓于吴，遣童子送金币于朗，求作待诏赝本。童子误送文宅，致主人求画之意，徵明笑而受之曰：我画真衡山，当假子朗可乎？一时传为笑谈。朱朗字子朗，徵明号衡山也。陈章侯画梅竹卷跋云：辛卯暮秋，老莲以一金得文衡山画一幅，以示茂齐。茂齐爱之，便赠之。数日后，丁秋平之子病笃，老莲借茂齐一金，赠以资汤药。孟冬，老莲以博古页子饷茂齐。时邸中阙米，实无一文钱，便向茂齐乞米，茂齐遗我一金，恐坠市道，作此酬之，以矫夫世之取人之物，一如寄焉者。高士奇言：陈老莲不问生产，往往以笔墨周友之急。其所自跋可见。

一日，朋侪叙话，言间以何者为值最贵，或举珠宝，或指书籍。友云当以画中水墨为值最贵，如李营丘、倪云林画之简淡，费墨几何，其值可千百计。惟古之画者，自重其画，不妄予人，故价愈高，而世亦宝，非若近今作家，艺成而后，急于名利，恒多为大商巨贾目为投机之用。计为人役，非求知音，虽致多金，奚足重焉！

宾虹题画

题山水小册

宋元逸品山水，笔简而意工。明人摹仿倪、黄，功力不为不深，悉多枯硬平实。至吴门、浙派杂出，恒受士大夫所訾议而不之重。董玄宰提倡北苑，云间画者又邻凄迷琐碎，绝少清劲之气，娄东、虞山，日益浮薄，荼蘼极矣。其时惟毗陵邹衣白、恽香山，新安汪无瑞、僧渐江，皆宗尚宋元而成逸品。余师其意，而不袭其貌，写为小册。方今怒安先生研精画理，鉴别审慎，所著巨篇宏论，尤多发人所未发，钦佩久之。拙笔荒率，知不足当大雅盼睐，扶偏纠谬，尚希教益，幸甚。

题黄山卧游册并跋

前后云海，一松一石，无不入画，抚琴动操，欲令众山皆响。庚子三月，余蹑箬岭经谭家桥将浮江至鸠兹。会有人自黄山来，遂偕行，度乌泥关，从云舫入师林寺，登始信峰、观散花坞，游前海之文殊院，下汤口，因冒雨而旋。甲午而后，归耕歙东，垦荒田亩数千计，岁必至天都、莲花诸峰。尝于秋霁尽兴探索丘壑云烟之趣，收之囊中。孝文世讲出素册索为拙笔，昕夕点染，积数月而成此，爰录纪游诗以博雅粲。

题春晖堂山水大屏之二

　　王子丕与周昆来论画曰：令人专讲摹仿，与画何与！画天如天，画地如地，画何山川何人物如何山川何人物而已。李恕谷叹曰：依傍门户而忘圣道之本然者，今之画也。明季颜习斋、李恕谷言圣贤实用之学，时称颜李。又以习斋配黄黎州、顾亭林、王船山，称四大儒。恕谷曾集陈尚孚、陆西明、张潜士、蔡瑞生、周昆来、胡元驭、鲁圣居、张赤诚、王子丕于寓，弹琴吹箎，歌诗讲学，欢燕而罢。赤诚帖云：是会也，奇才异技，六省之士萃于一堂。吾高叔祖确夫先生从大兴刘继庄传习斋之学，著《广阳杂记》，海内尊为巨儒，而与昆来交好尤笃。其后昆来丧于非命，论其画者，至谓所交非正，川泽纳汙，致令贤者蒙诟。此不读书之过也。近睹昆来画，用题数语于此。朴存质写并识。

题仿范宽山水

　　半壑松风，一滩流水，此画家寻常境界。天游、云西，寥寥数笔，与墨华相掩映，斯境须从极能槃礴中得来，方不浮弱。余于王孟津仿范宽卷，不翅置身黄海间。

题峨眉图卷赠黄居素

　　甲戌、乙亥、丙子三年中游蜀粤归，得写画稿千余纸。观故宫南迁名画，寒暑无间，数以万计。因采各家所长，出以己意，昕夕点染，置行箧中，自南而北，又历数年，始足成之。余自胜衣就傅，随侍金华山中，诵习余闲，见古书画即心喜之。家有古今名迹，晨夕展对，悟其笔意，优游自得。弱冠返歙，求睹黄山世族旧藏，跋涉远道，不惮劳悴。

长侨淮海，时古物珍玩麇集维扬，鹾业犹盛，泛览群籍，闲蓄法书名画可三百轴，明代楮墨弋获尤多，行箧往来，携以自随。洎清叔季，旅食沪上，欧美人出其雄赀，搜罗唐宋古画。四方至者，真赝杂出，得以甄别选录，临摹章法，购置元人逸品，参悟笔墨。既师古人，兼师造化，因游粤桂、荆楚、齐鲁、燕赵、川蜀诸山水，手挥目送，未尝一日间断也。今垂垂老矣，画稿零残，多未竣工。缘山堂主人夙耽禅悦，旁通画理，所作山水小帧，翛然绝俗，而于拙笔有枣芝之嗜，远道函索，且聆清恙初愈，方思默养其心神，余检此卷重加点染，付之邮递，想开缄一笑，纸上烟云，栩栩欲动，当作枚生《七乘》观矣。己卯秋日，黄宾虹书，时年七十又六。

题减笔山水

王渔洋谓新安画家宗倪、黄，以渐江开其先路。倪画早年师冯觐，继法关仝。丰南吴用卿藏倪画最精，渐江交吴不炎，得见云林真迹，尽将前所作销毁。今见渐师画以庚子后为多。余谓迂老格用关仝，而笔上追道子，所谓磊磊落落如莼菜条也。后祝昌、姚宋辈学渐江，干笔无润泽气，王孟津言其奄奄无生气，洵然。

题赠刘贞晦先生

贞晦先生画笔秀劲，有如锥画沙之妙。余亦倔僵不阿世好，斤斤以古法自憙，惟未尝自囿于前人之樊篱，徒取形似。未卜大雅以为如何？聊博一噱而已。天都黄宾虹作。

跋鸿渐馆图卷赠郑轶甫

中国文明发源繇邈，黄河、长江两大流域，传远垂久，著于载籍，古物出土，近今伙颐。良渚夏玉，长沙周缯，契刀柔毫，先民矩镬，丹青水墨，后学典型，绘画分科，书算余事，萌芽文字，极盛诗歌。上古三代、魏晋六朝画本，有法而不言法，观者领悟，附之游戏。齐梁灭亡，画壁毁圮，唐失其传法，阎立本不识张僧繇画，必待三至而后坐卧其下，不忍舍去。大小李将军金碧楼台，王维涂垩粉白成为雪景，东瀛金上日子氏，家世经学，著诗文集尝缕及之。唐有王维、郑虔，画中有诗，诗中有画，世称三绝，本民族性。五代北宋，画言六法，拘守临摹，徽宗诫其画院中人：若不改变，吾不欲视。其时马远、夏圭，年俱大耋，留意写实，局入边角，偏安气象，识者所訾。至于高彦敬画宗二米，为之一变。赵孟頫师钱舜举，画宗唐宋。元季四家黄大痴、吴仲圭、倪云林、王山樵，运实于虚，无虚非实。唐寅、沈周，尚蹈南宋习气，而于倪、黄不合。董玄宰宗董北苑。娄东、虞山，画无诗词。扬州八怪，书法诗文，俱有可睹，画无古法。逮及道咸，金石学盛，碑碣摩崖，椎拓益精，画学中兴。包安吴《艺舟双楫》、周保绪《折肱录》诸说，明显于世，一扫明代兼皴带染之陋。近今欧洲学者著书立说，言十八世纪浪漫运动之自然诗与唯物论相背，十九世纪渐渐消沉，而表现于艺术，与宗教、政教、科学、哲学，来源开辟集合之进展，改变工艺之学步。我中国民族美术，群合群力，奋勉有加，尤当如何激励！书此自警，以质大雅，幸垂教焉。

题黄吕潭渡八景册

族祖凤六山人，名吕，字次黄，白山先生之嗣也。先生著作等身，声名藉甚大江南北间，有《字诂》《义府》等书入《四库存目》。山人诗承家学，书法晋人，工隶体，精篆刻，所画山水、花鸟，愈老愈苍，人称其诗、画、书法、刻印具四美焉。同邑汪槎庵辑《大好山水记略》，询访旧事，得山人所撰《潭滨杂志》，叹为山人父子皆乡邑第一等人，所记亭台池馆、人物花木，皆足备一村记乘。潭滨，今名潭渡村，在歙邑之西乡，潭渡八景曰：屏山列翠、练水拖蓝、北麓通樵、中洲散牧、土岭耕云、潭湖钓月、斜山踏雪、后坞听泉，载在家乘。白山先生更增水殿寒香一景，谓函成台梅也，当为诸景第一。是册画潭滨八景，各系以诗，曰：高桥新柳、湖涨争渔、村西夕照、潭渚霜林、临皋待月，命题或异，惟土岭耕云、斜山踏雪二景与《杂志》所载同，余或山人父子之增改有然耳。忆前廿余年，严寺江印苔谓得凤六山人画者，人市估手，往往易为文五峰。今册尾题"嘉靖丙辰冬日，五峰文伯仁"云云，盖即后世贩侩所伪托。要之山人笔墨高逸，特出五峰之上，名画自有真面目，不难望气而知之矣。戊辰秋日，游粤西还，得之广州市肆，百年千里，洵属古缘，而况村图所绘，如依故居，家世之珍，犹存先泽，诵诗读画，岂不称快事哉。宾虹。

题罗聘鬼雄图

中国上古时期，未有文字，先有图画。石器陶文，国族图腾，著于钟鼎亚形钵印腊封者，往往皆是。周秦而后，重文轻艺。汉司马相如作《长门赋》，立致千金。毛延寿画王昭君，不能得钱，而且得罪。至于唐初阎立本，以画时妆宫女，拜为右相。吴道子当天宝之乱，而画地狱变相，时称画圣。道存惩劝，非以媚俗，千古不易。两峰罗氏生于乾嘉盛时，侈丽伤怀，未几而内忧外患交集，其明识有过人者。文艺之志道，由古今治乱之迹，上窥古昔制作之深心，余于此《鬼雄图》有感焉。八十七叟宾虹题。庚寅。

跋敬庐道兄出示范阳罗文瑞诗书册

明代歙中，人文鼎盛，以书名世者颇不乏人，而罗先生文瑞轶事不彰于志乘，怅惘久之。吾宗自唐初徙居邑之潭渡村，有丰溪源自黄山，出村临水上，万历间里中建函成楼，邑中人潘耒客景升作记，称为伟丽峭茜，俨在图画，邑中诸楼观，莫之与俪。有匾曰"丰溪甲秀"，即范阳居士罗先生所书也。当时我族之善书者有维一、文在、孟畏、我生诸公。而又有林园亭馆，以客四方之士夫，汪司马伯玉常所往还，于时车骑盈门，衣冠盈坐，花边立马，竹里行厨，垂数百年，迄今犹可想见。辛亥而后，是楼不戒于火，鞠为茂草，罗先生书额不可复见。辛未秋日，敬庐道兄出示范阳罗先生斯册，因观其书自所作诗，回环捧诵，忻幸不置，留览旬余，因题数语于端。天都后学宾虹散人识于沪上。

诗文杂论

清初诗名，如钱谦益、吴伟业、龚鼎孳，为三大家。曹浚亦与鼎孳相骖靳，大抵皆步武何、李。新城王士禛枕葄唐音，独嗜神韵，含蓄不尽，意有余于诗，海内推为正宗。与秀水朱彝尊、宣城施闰章、海宁查慎行、莱阳宋琬所汇刻者，曰《六家诗》。彝尊学富才高，初宗王、孟，其后风骨愈壮，明丽博雅，遂与士禛齐名，时人称为朱贪多、王爱好，又有南施北宋之目。盖闰章以温柔敦厚胜，琬以雄健磊落胜也。至商丘宋荦，与颜光敏、田雯（一作庾）、王又旦、曹禾、曹贞吉、谢重辉、叶封、汪懋麟，称诗中十子。荦抚吴时，又选吴中十五子诗，提倡风雅，自以为与士禛齐名，而时人未之许也。光敏诗苍郁雄高，出入于工部、昌黎之间，于十子中为雅音。雯才力既高，取才复富，其诗别开一径。自益都赵执信著《谈龙》，首辟士禛，而山左之诗一变。当是时，诗家著名者，又有申涵光、孙枝蔚之学杜，陈维崧之学韩、苏，邵长蘅之学杜、苏，杜诏之学温、李，查慎行之学苏、陆，诸锦之学苏、黄，厉鹗之学陶、谢、王、孟、韦、柳，歧途纷出。慎行之魄力风韵，自足为士禛继人，固不必惟朱、王之是学也。厉鹗专摹宋派，而两浙之诗一变，钱塘袁枚、铅山蒋士铨、阳湖赵翼，号三大家，而大江南北之诗亦无一不变矣。

乾嘉之际，有沈德潜、袁枚、翁方纲三家。枚诗主性灵，新奇轶荡，不守前人矩规，得名最盛，而其品最下。蒋士铨、赵翼二家诗真率，枚虽卑视之，论者以为气体尚在其上。方纲病士禛一派流于空洞，特招"肌理"二字，得以实救虚。然言之徵实，亦非诗家正轨。故其时大宗，不能不推德潜。

当康熙时，吴县叶横山名燮者，病诗家之喜摹范、陆，作《原诗》内外篇，以杜为归，以情境理为宗旨。德潜少从受诗法，故其诗，古体宗汉魏，近体宗盛唐。尤所服膺者为杜，选《古诗源》，及三朝诗别裁者，以标示宗旨，吴下诗人翕然从之。受业者，其初以盛铎、周准、陈魁、顾诒禄为最著。其后则有王鸣盛、王昶、钱大昕、曹仁虎、黄文运、赵文哲、吴泰来之吴中七子。七子诗名藉甚，诗传至日本，日本国相高棣为七律以赠之，人各一章，寄估舶以达，人艳称之。文哲、泰来后复与法式善同宗士禛，而德潜门下，又有褚廷璋、张熙纯、毕沅等之继起。再传弟子则有武进黄景仁，私淑弟子则有仁和朱彭。乾嘉以来之诗家，师传之广，未有如德潜。踵其后者，有大兴舒位、秀水王昙、昭文孙原湘，世称三君。四川张问陶、常州黄景仁外，有洪亮吉、杨芳灿、杨揆、江西曾燠、乐钧、浙中王又曾、吴锡麒、许宗彦、郭麐。岭南冯敏昌、胡亦常、张锦芳为三子。锦芳与黄丹书、黎简、吕坚，又为岭南四家。大率皆唐人之是学，未尝及德潜门，而实受其影响者。其中以位、原湘、简三家尤为特出。位与原湘皆自昌黎、山谷入杜，而简则学杜而得其神韵者也。

　　诗学自道光，以至光宣，略分两派。其一派，清苍幽峭，自古诗十九首、苏、李、陶、谢、王、孟、韦、柳，以逮贾岛、姚合，及宋之陈师道、陈与义、陈传良、赵师秀、徐照、徐玑、翁卷、严羽，元之范椁、揭傒斯，明之钟惺、谭元春之伦，洗炼而镕铸之，体会渊微，出以精思健笔。蕲水陈太初《简学斋诗存》四卷、《白石山馆手稿》一卷，字皆人人能识之字、句皆人人能造之句，及积字成句，积句成韵，积韵成章，遂无前人已言之意、已写之景，又皆后人欲言之意、欲写之景，当时嗣响，颇乏其人。魏默深远《清夜斋稿》，稍可羽翼，而才气所溢，时出入于他派。此派近以郑孝胥为魁垒，其源合也。而五言佐以东野，七言佐以宛陵、荆公、遗山，斯其异也。后来之秀，效孝胥者，皆效其似太初者也。

　　一派生涩奥衍，自《急就章》《鼓吹词》《镜歌十八曲》以下，逮韩愈、孟郊、樊宗师、卢仝、李贺、梅尧臣、黄庭坚、谢翱、杨维桢、倪元璐、黄道周之伦，皆所取法，语必惊人，字忌习见。郑珍之《巢经巢诗钞》为其弁冕，莫子偲足羽翼之。后则沉曾植、陈三立，实其流派。而三立奇字，曾植益以僻典，又少异焉，其全诗亦不尽然也。至鹗及自珍两派，鹗幽秀本在太初之前，自珍瑰奇，不落自珍之后。然一则喜用冷僻故实，而出笔不广，惟写经斋、渐西、村舍近焉。一则丽而不质，谐而不涩，才多意广者时乐为之，人境庐、樊山、琴志诸人，由此其选也。

玉器总论

珍宝之中华人所最重者，莫如玉。良由玉质温润莹洁，君子所以比德也。古之于玉，用以祭祀天地，裸献之礼，非徒供人玩饰而已。盖周礼以五色之玉分作六器，以苍璧礼天，黄琮礼地，青珪礼东方，赤璋礼南方，白琥礼西方，玄璜礼北方。自唐虞班瑞于群后，成周分玉于伯叔，于是君臣上下等威之辨，冠冕佩服刀剑之饰，以及聘贽殓琀，莫不取资于玉矣。玉类有三：一为白玉，多产回疆叶尔羌等处，玉之温润者皆属之。二为碧玉，凡拜喀勒湖四近之地，及云南之西，所产青碧之玉，皆其类也。三为翡翠，产于缅甸，凡翠绿之石，亦均以此称焉。玉有九色，均由所含之铁质多寡而成。其玄如澄水者曰璺，蓝如靛沫曰碧，青如薜苔曰瓘，绿如翠羽曰瓐，黄如蒸栗曰玒，赤如丹砂曰璚，紫如凝血曰璘，黑光如漆曰瑎，白如割肪曰瑳。要以白玉为上，因其绝无铁质也。石与玉有别，石之色泽浮滑。莹而不温，种类颇繁，尤以白质翠斑者为贵，其脉理虽与玉同，坚不易割，然终较玉粗重而刚硬也。玉更分三种：一曰古玉，凡世代相传未经入土者是。二曰旧玉，凡入土而重出者是。三曰琀玉，凡经殉葬以止棺中水银之流散者是。凡白皙如冰，半含赤晕者，皆新玉、古玉之本色也。至于旧玉，则久藏土中，备受水银、松香、石灰等物之浸淫，其为色无以名状，有受血浸者，其色赤；有受铜沁者，其色绿如鹦哥；有受香物之濡染者，则其芳可贵。要皆脉理细腻，色泽温润，体质沉重，光彩晶莹，与石甚易辨别也。至玉之贵贱优劣，又须视其所出之土以别焉。若陕西、甘肃、山西、四川诸省，谓之西土。玉初出时，似含有石灰，以地气干燥，故其纹理借以保全，得列上品。若直隶、山东、江南、湖广，以及江苏之徐州，安徽之颍州、六安诸处，谓之中土。其地微潮，玉受浸润，致生瘢疵。其余各省，皆谓之南土，玉理大半模糊，缺损颇多，若由盐土所出者，则全无价值矣。至论玉工，三代款式，迥然各殊。夏尚忠，重雕刻，或嵌金丝，或镶宝石，工极精致；商尚质，雕刻朴素；周尚文，镂镌细缛。其铭识则夏以鸟篆，商以虫篆，而周以大篆也。后世玉工，施及陈设玩饰之品，如厅室则有花瓶、果盘；筵间则有壶尊、杯碗；书斋则有笔筒、墨榻、瓶鼎、印章；妆饰则有班指、钗环、钏链；嫁奁则有如意、梳枕、镜台；道家则有嵌刻八仙之屏、老君洞宾诸像；佛家则有佛像八宝、榴桃佛手等品。此玉之用，因时而变者也。历代工艺，各有最盛之一时，而遗制久传，用者生厌，自必更新，以应时宜，此亦天演之道也。就举玉工一端，以言夏周雕刻，俱尚繁缛。商介其间，反之为简朴。秦随周后，有国未久，颇鲜更变。而汉复为简朴，其刻法有八刀之称。若唐贞观之年，宋徽宗之代，则又恢其繁缛，雕刻花草，显凸玲珑，磨工亦极精细，玉之白腻，毕现于表，有可媲美周物者。近代则明之宣德、清之乾隆，亦可谓工艺鼎盛之时。至于宋玉，尤以白质之美、刻工之精为著。其物多巨件，恒就玉之形色纹理雕琢以成，大有天然之妙焉。

行旅纪游

养生之道

长生之义有二，一种是个人的生命，一种是民族与国家的生命。个人的生命短长，无足重轻，所谓长生者，应注意国族的生命。

世界国族的生命最长者，莫过于中华。这在后进国家自然是不可及，即与中国同时立国者亦多衰颓灭亡，不如中华之繁衍与永久。这原因是在于中华民族所遗教训与德泽，都极其朴厚，而其表现的事实，即为艺术。古圣贤书中所遗留下来的教化自不待言，即三代以前，至今在地下发掘出来的石器、陶器上，有艺术的表现，都证明我国民族在文化道德上的优秀坚实，非浅薄浮夸者流所可以比拟。日本艺术，西洋人评为浮薄，故不是寿相。

中国的道德文章，可以不死。天法道，道法自然。国家的寿，就是从效法自然得来。西洋人对于医学有精深的发明，如德国医学曾可推为世界第一，但这不免是个人的，不能救治其国家的疾病。中国亦有早起节食等等养生之道，但这是为中下人设法。中国理论，精神胜过物质，不但能以精神医个人的病，还能防止国家民族的病症。

艺术就是祛病增寿的良药。历史上凡世乱道衰的时候，正是艺术家努力救治的机会。现在以地下发掘的看来，殷代的文化不比周代为低。周以文化较低之民，掀起战争，破坏治安，原是阻碍文化的发展，幸而学术家力求进步，从变乱中产生诸子百家。其各家学说，不但今日欧美学者多所契合，而其不同者，至今富有研究的价值。道光间战争之乱，确实损害文化与民生，但因此产生晚清理学、文艺的兴盛，尤于此战乱后产生了强昂蓬勃的民主与革命的政治思潮，亦因此而得学术文化的一切革新运动。

军事失败，不足为虑；倘若政治失败，则不可挽留。试看对日抗战，军事虽败而犹胜；蒙满入主中原，其气焰何等强悍，终至为汉族同化。

现在，多少人均抱悲观，实在正可乐观，尤其在文化艺术上大有努力的余地。高剑父先生大书"艺术救国"，其实惟艺术方能救国。今日各国均知注重艺术与文化。我国文化自有特长，开门迎客，主客均乐，以此可以免去战争，不必残杀了。所以说，艺术是最高的养生法，不但足以养中华民族，且能养成全人类的福祉寿考也。

黄山前海纪游

　　黄山旧名黟山，去歙城百余里。吾族世居邑西之潭渡村，北面天都、云门诸峰，旦暮可见，生长山中者，恒终老不获一至。余离乡日久，心所欲往，而苦乏间隙。光绪庚子三月朔，将偕程守藩之于湖。自潭渡村起程，乘篮舆，经赤坎、棠樾、槐唐，十里至稠墅，过黄荆岭丰口到许村，遇章霁桥广文回皖江，同行度经岭。岭头建石亭，碣载明嘉靖丁巳年，岭为许某妻及杨某修茸，又云黄榧坑昉溪源经岭，皆系先后经修。闵宾连云：闻诸先达，弘正以迄嘉靖初年，贫富不甚相悬，居民颇能自赡，可以想见昔日义举之盛。是夜宿经村。适阻雨，环村四围皆山，高峰切云，湍流激响，境甚幽邃。

　　初二日，由经村早发。晴曦渐升，过木桥，历茅舍、茶坦诸村，涧流戛玉，峡云弥漫，路益陡。跻箬岭巅，遥见黄山，高峰突兀，耸出林表。坐憩骑龙庵，有小僧二，候诸门。茗毕下岭，为太平县界。行三十里至谭家桥，宿汤口程氏庄，佃户蕲州人，村近方演剧。汤口人至，言守藩不果来。余先约与同出大通，由洪坑会集于此。闻有十日留，因询入黄山途径。遇程小源，知由太平县往狮子峰，须经傅村，计八十里，至丞相源，须过岭，亦三十里，悔昨未由汤口一至黄山也。

　　初三日，谭家桥上已赛神，远近游人杂沓而至，以黄山汤口来者为尤多，间与就谈黄山之胜，皆不甚了然。既而守藩亦来自汤口，言以庄事逗留，商余缓行以待，余欣然得遂游山之愿焉。

　　初四日，程明德翁将返汤口，守藩先容，为余导入山之路，因主于其家，遂就途。由西南行，度乌泥关。关余战垒，颓石塞途，荆棘生焉，乡人述咸丰庚申乱事甚悉。经三汊至汤口桥，突见青鸾峰，近如在目前。途遇汤口程位三翁，谈及秋宜、雨墩两族兄、曩客汉皋，尝与晤面。秋宜有黄山纪游诗文已付刊；雨墩之黄山游笔，存其日记中，余曾拟为刊入《潭滨续志》者也。守藩从弟次芬由容溪至，相叙于明翁义昌店，少年英伟，知余将游黄山，喜形于外。余邀与同往，乃曰：闻山径甚峻险，恒不易行。言之若有难色者。余告之曰：视君体力，倍强于余，余所能至，若可无虑。万或不能，可与俱返何如？次芬欣然诺之，遂结游山之侣。汤口村中，环溪流有亭，书"黄山一望"四字。

初五日，明翁为余觅导游者一人，名长恒，年近五旬，不甚识字，常往来山谷间，颇谙蹊径。盖黄山峰麓居人，至文殊院者什不获一，俱视为畏途。余自汤口北岸，循涧行二里许，过小亭曰"逍遥"，面青鸾峰。左望飞瀑，如玉龙挂空，下临澄潭，即百丈泉也。又里许，度木桥二，路渐隘，寻紫石峰，靳守治荆题"紫玉"二字，经石桥望汤池桥。桥成于道光四年，曰小补桥，旌德朱德芬为之志。池外列屋三间，均甃以石，后倚峭壁，有细流自山脉中出，极清冽。池为温泉，池深五尺，广如之，长倍之，煖气氤氲，微若蒸炎，下有浮泡，出浅沙中，跳跃水面，累累不绝，植立池内，盈可及腹，不涸不溢。泉出口处，为得高下之宜。或言深夜池中，往往放光，有火自潭底冲出。地质学者谓火山山脉发生汤泉，理有然耶？余因阴翳坐凉，就其清浅，濯足而已，次芬偃卧其中，大为称快。左折而行，历石百级，有题壁曰"游从是始"四字。灌木丛筱，披拂山径。经茅篷庵，有曹茝原尚书文埴读书处，又名紫云庵。由庵而下里许有庙址，榛蔓荒芜，仅存瓦砾。又曲折行，近百级，有亭曰"听涛"，觅辨源亭、得心亭故址，不可得。循白龙潭，上溯药溪、丹井、虎头岩、醉石诸胜在焉。

直上为慈光寺，一名朱砂庵。庵以朱砂为主峰，天都峙其左，石人峙其右，形势盘郁，昔称名山之龙藏，为不虚也。寺建于明万历间，佛像自宫中赐出，七层四面，范金为之。殿宇黄姓所创，毁自兵燹，今余础石，大且成围。旁有千人锅遗迹，前凿方池，四面山光，浮岚环翠，群峭屏列。有殿三楹，楼亦虚敞，昔建铜塔高丈许，殿上有楹联曰：与三衣鸽王，炊火如是，思惟怎问□佗，无着天亲，待丰干饶舌。骑五色狮子，入云作何？究竟先认得尔，个中父母，从法喜挥拳。三进为客堂，有吴文桂联曰：云外闲吟发天籁，山中静语落松涛。扁额为曹相国振镛题"清静真修"四字。闻前代内府所颁卷帙，有赵子昂手写金经，今不存。即寺右之木莲花，亦杂丛木森郁中，不可复辨矣。

从朱砂庵后，右折上行，路绝陡。历石磴三千余级，经小岭而下，巨石粗沙，历落林次，行径莫辨，山凹积雪，余白未消，岩石崩圮，架木而度，境益奇险。扶削壁行，经石鼓洞里许，又飞来洞，历坡陀二三处。昔有仙人洞，巨石层叠，路穴其下，与凿空玲珑仇池灵璧殊异，今已废圮。曲折行三里许，山腰杂树丛生，径逼若弄。觅观音岩，无知之者，俗名半山土地。又里许至老人峰，有似两老人东西侧立，作供揖状，眉目衣褶逼露，大可四十围，高八九丈。奇石渐多，坐峰顶，望天都石壁，有细草蒙茸垂丝，作嫩绿色，因风飘拂岩际，曰云雾草。削壁千仞，峻广不可仰视，下临深谷，阴晦杳冥，烟雾霏微，不可穷极。

上登二里许，过天门坎，石势斗合，中通一径，相传为第一天门。莲花、莲蕊两峰，从隙中透露。下岭百余武，境忽开朗，远近奇峰，矗立嵯峨，则云门、狮子、石人诸峰，攒列奇甚。经赵州庵遗址、古罗汉洞，余巨石数堆。度云巢洞，中凡三孔，历数十级，狭仅容身，伛偻而出，望先人、指路诸峰，径回石阑，残剩无几。然山益奇，松益古，目不暇给，踵未及顾，且喜且愕，进退非易。石壁有黄鲁峰摩崖"观止"二字，并记有乾隆某年三至黄山。题名甚多，曰"别有天"为篆书，曰"果然奇"为行楷，又厚庵书一"好"字，大径二尺，余为苔藓侵蚀，字难悉辨。历级而升，又降数武，为小心坡。凿壁成梯，仅可容趾，临深惴惴，惟恐飘坠。迎面天都峰，从壑中拔地而起，谢绝依附，惟古松历历，攒点若苔。旁有小峰，酷肖大士，左持净瓶，右执杨枝。杨枝亦即松也，今余枯枝。左折望度仙桥，桥累以石，涧水奔流，下赴绝壑。

近文殊洞麓，回望峭峰，卓立三五。历坡而上，为二天门。昔传一松距外，一松向内，若迎若送然，曰迎送松。今存其一，垂髯奇古，幢幢如盖，青翠欲滴，则所谓迎松也。树大成围，枝皆夭矫，有虬蟠蛟拿之状。越百余武，有蒲团石，可坐数十人。再上为一线天，两峰劈立，人行石缝中，阴寒逼人。时见夕曛斜入，岩阿作浓赭色，少顷微云忽来，渐成翠黛，诗咏"阴晴众壑殊"，非身历其境者，不能道及之也。文殊院为普门大师所创建，天童禅师题其额曰"到者方知"，紫玉屏环抱其左，左右矗狮象二峰，形状奇肖。紫玉屏高数十仞，亦多摩崖。院凡五楹，云房在其旁，近有镇海人陈瑞利施塑佛像及炉仗瓶钵之属。由狮峰下，有池二，僧人汲饮其中，盖所谓洗药池也。僧洞师，湖北人，初来黄山宿居山洞中，前有文殊院住持僧，屡为盗所苦，旋遁去，因人居此，人称为老洞，情性僻异，不与众僧伍。有炊夫名耕云，状貌野僿，亦不谐俗，人又呼之为乱耕。导余还访卧龙松，及小清凉、群峭摩空诸摩崖，即来时所经之路，距院不数百步也。

院僧为言土人采石耳者，常于农事之暇，聚话山市间。时当挈老携幼，幼孺咸集。少壮之徒，或立人丛扬言往采石耳，某日齐集某所聚会，众皆默苦无闻，甚至乱以他语。届期如约而至者十余人，或数十人不等，遂相率结伴山中，觅石耳所产之处，虽缒幽凿险，不之怯也。石耳之最奇异者，生长悬崖之下，深可数丈，足迹不能至。先俾一二人踞对山，一人束腰以缏，辘轳缒之千仞之岩，俟对山者审其高下，令于石际坳深，掉身而人，若秋千然，引萝扪薜，接有栖止，徐取所佩竹刀采之。大者如笠如盖，小亦如盘，售之市肆，得值较丰。不幸山石锋利，绠绝中坠，折臂截胫，呻吟岩洞中，攀援路穷，卒以槁饿而死，难于偻数。家人莫之敢怨，以非应招而往，无可归咎然耳。余闻而悯之。是日向晚风渐紧，闲步文殊台，左望天都，崔巍巆巆，右盼莲华，秀耸如削，而天都峰麓，积雪如堆盐。山前卓立一峰，有二巨石横叠，状若鼪鼯，昔有古松，形肖其尾，松今不存，俗名松鼠跳天都，谛视之而信。惜峭削殊甚，足迹不能至，无由补植之也。

登紫玉屏，遥见后海石笋矼，奇峰林立，如排仙仗，如人簇拥，以千百计。回视莲花峰前，有轩辕峰，其下亦号狮峰，则莲花沟、百步云梯、后海诸胜，皆由此过，遥岑起伏其下，连若波涛。惟院前数弓之地，稍为夷坦，沙砾硗瘠，时当盛夏，方可种苋。今已春暮，犹类严冬，夜寒尤甚。忽闻扑扑作响，自院中出，乃挝败革，不啻布鼓，盖鸣鼍为云气蒸湿，哑然无声。移时具食，蔬笋皆干朽，米粒亦红腐。卧宿云房，衾寒若铁，风号振屋，覆瓦大可数尺，飘动欲飞。披衣启户，月色朦胧，朔气凛冽，恍疑大千世界，都在惊涛骇浪中。天都、莲华，宛然若失，不知其在云际也。

初六日，早风更紧，拂拂西南来。薄雾中含有阳光，熹微透漏，照于松枝之上，松鬣撑空，罗罗可数。俄而云气渐浓，日影愈淡，松叶亦下垂，积雾成珠，敛翠欲滴，阶础俱湿。立文殊台望天都、莲华，忽近忽远，若有若无，变灭万状，至杳冥中，近且数武，皆凄迷莫辨。山僧出其自作奇峰于败纸上示余，粗率不可识。丐余写黄山图为赠，但山高多云气，楮素不获久存，即易漫漶也，因诺之。有太平陈姓者六人，亦阻雨来此。

少顷，天都峰忽露顶，四山逐次开朗，云气渐收，天色远处放晴，一抹拖蓝，有越窑瓷色，不得而拟议之者。既而山椒云卷如絮，洁白轻厚，浮动空际，微明有影，涌现银光，万顷一白，群峰露颠，大如瑶屿，小若青螺，不知方壶圆峤，海山缥缈，视此为何如！正欲叫绝不已，未几云气四合，不可复睹，雷雨大作，电光交烁，恒在山隈林麓间，轰轰之声，起于足底。闷坐竟日，夜静听僧人谈天海中八青猿，俟于明日晴霁觇之耳。

初七日，起，日出甚早，天气转暖，白云漫漫，舒卷倏忽。远望高峰缺处，微露白点，列阵而来，渐趋渐近。又有起势瀹勃，横度前山，杳忽不见，随峰屈曲，飞越迅速，状如万马奔腾，回行峻坂，又如群鹤振翮，盘旋碧霄，移步换形，此又铺海以前之景矣，昔人尝言天都峰顶，有物凌空而下，首尾俱辨，毛色纯白，往来驰骤于山脊者数匹，是曰天马，天都即其出没处，而不常得见。又有二白猿从峰顶超越，已而交臂徐行，上绝顶去。宇宙之大，神气傥恍，无所不有，造化无穷，悉未足以状云容之妙也。

闻天平人有过狮子峰者，因与俱行。下莲花沟，路尤险峻，倾石碍途，积沙沉水，山径中断，缚小松度之，草索多朽，浓雾蔽目，岩壁瘦削，奇峰怪石，特兀横截，疑无径蹊。过阎王壁，下临无际，莫敢逼视。将上岭行，而坡陀欹侧，石溜尤寒，云气侵人，衣袂尽湿，仍返文殊院中，拟俟晴霁再往，庶不负此名山矣。

是日蒸郁殊热，汗下涔涔。疑有多雨来者，不耐久居，思还汤口。余亦邱壑缘悭，索然气尽，遂下文殊院。次芬飞步若仙，踊跃而前，呼之不应。经行旧来之所，如一线天、天门坎、仙人石、老人峰，皆不可睹，惟见奔泉石缝间，千百道瀑布，破空而来，若与游人争路。路就水行之迹，或高或下，悉成洼池。经雨洗沐，岩石皎洁，草木滋润，又与来时所见各异。近朱砂庵，闻雷声，俄而大雨如注。次芬先至，坐憩庵中，若自得者。久之雨益凌厉，坐看竹林，苍苍含露，低拂墙角，倍觉可爱。檐滴少往，下岭过普门和尚塔，绕道觅韬庐师桃花峰下所买地，怡然清旷，颇饶幽致。由桃花源左行，即焦村大路云，因觅桃源洞。竹树森蔚，溪流乱石间，有飞泉奔注，盖狎浪阁之故址也。下茅篷路，旁有石镌"舒啸"二字。度回龙桥，入茅篷庵，观题壁诗，联扁中多有未经红羊浩劫者。至汤池小立，雨后山泉倾注池中，水应较寒。望对岸祥符寺，扃闭已久，寂焉无人。访鸣弦泉，或言泉间横石甚薄，水流有声如琴韵，自石隙中出，不数年间，游人屡至其地，闻被樵者斫去，为之惋惜不已。过此，山益浅，路益夷，涧流淙淙然，汇入空潭中，激注巨石，响振若雷。方凝步间，而雷雨又复骤至，倾盆不止，及中夜方住，还宿汤口。明日将出太平，次芬以足倦，卧莫能兴，余因留汤口，游览其平林流泉之胜，日晡而归。是行也，得画稿三十余纸，杂体诗十余首，今置行箧中。日月不居，转眴垂三十年，人事变迁，类于白云苍狗者，夫复何恨！而川淳岳峙，终古常新。斯记亦自检故纸堆中，录之以志鸿泥之感。丙寅夏五又记。

黄山析览[1]

总论第一
山川道路第二
寺观桥梁第三
卉木禽鱼第四
古迹名胜第五
金石摩崖第六
图经画册第七
诗文杂记第八

总论第一

区宇之内，大气磅礴，川淳山峙，蔚为钜观，虽天造，恒以得人而灵。黄海，夙称神仙窟宅，汉晋以来，犹多黄冠者流。自唐开元中，智满禅师由云岭入汤池；文宗时，西域僧居云谷；中和二年，麻衣禅师居翠微寺。宣宗尽毁天下佛像，因麻衣师作诗达禁中，得不毁。明万历中，释普门开辟慈光寺、文殊院，有前海。清康熙中，僧雪庄兴云谷寺，有后海。皆能以清修道望，名动宫闱，颁赉金紫，光耀殿宇，古德同钦，可谓盛矣！缁流且然，后有起者，尤宜如何惕励坚忍，同以佛法普济为怀，树道德文章，匡救民族，俾得恢复畴昔之兴盛，而保持其悠久之光荣，不徒抚今思古，夸张往迹而已。是故神圣贤豪、仙道僧释，

---

[1] 本文1935年3月载于《东南揽胜》，同年转载于晨光摄影研究社黄山专辑。

与夫文人墨客、奇技异能之士，往往钟毓于河岳，其丰功伟业，高风亮节、昭垂世宙，足与山水齐寿而争长。即如虫鱼鸟兽、云松卉木之微，挹其灵气，亦自迥异凡庸，初非拟议之所及，综观缕举，得请而言焉。

黄山，当徽宁交界，东属歙县、西属休宁县、各百二十里；东北属太平县，八十里。山高二千七百余丈，浙之天目山顶，仅及其趾。盘亘约三百里。论者谓其伟秀，宜与三神山中五岳抗衡，抗衡至周，前接广信，后倚九华，左挟浙江，右起桐汭，以尽海堧，皆其支陇。山之称海，海分为五；慈光寺为前海，云谷为后海，狮子林之西为西海，清凉台之北为北海，而天海居其中。五海之中，又分四隅。歙有二隅：曰云谷，曰汤泉。太平二隅：曰翠微，曰松谷。为峰三十六，水源亦如之。其衍而为溪者二十有四，为洞者十二，为岩者八。云门、浮丘，犹其外户。中惟石骨秀削，矗立云表，无峰非石，无石不松，松千万亿，皆为云所滋养，形色各各不同，朝夕阴晴，倏忽变幻。奇禽异卉，遇者难名。徐霞客遍历名山，对人言登黄山天下无山。叹为观止。然其博厚高深，离奇峭拔，险仄诡幻，秀冶幽折，游之者足迹所不能穷，目力之未易逮，而欲内窥灵秘，外扬芳烈，宣以口舌，形之楮墨，包举详尽，不禁难哉！而况冈岭横截，迷乎水流，溪磵旁分，歧于山谷，岩石沙岸，因时变易，崔嵬崩溃、实封途泥、洪涨激冲，还埋瓦砾，名贤载笔，岂尽符于图经，胜侣携筇，或致歧于针引，洵未易言畅其游兴，惬于赏心也。今者黄山初步建设之计划，约以三个月之期，订则十有五条，先事经营，斟酌名胜，游览之宜，事观厥成，诚盛举也。近觇新章，远稽往籍，请得胪陈山川胜迹、古今兴废而析言之。

山川道路第二

山川间隔，资乎道路。开辟行蹊，必先循于水源，绕冈越岭，而后游人得其便益。黄山谿壑，坠石崩岩，堙塞途径。近事修治，昔之荦确，已化坦夷，因时变迁、未可拘泥陈说。然而兴废之迹，沿革之宜，记载所详，历历可指，经其地者，乌可忽诸。黄山交通，近支之岭有三：曰汤岭，踞白龙潭，通太平之焦村；曰乌泥岭，自三汊出太平县；其较远者曰柘木岭。一从南源河至芳村，抵歙县。一从大河桥双岭，抵休宁县。黄山之水，自白云溪、松竹涧、九龙潭、逍遥溪者。皆趋太平。其右绕双岭，会文溪，经休宁入浙江。自云门出者，由浮溪、曹溪、阮溪、容溪，并入丰乐水，东南流百余里，至浦口而会于浙江。此山川之大略也，而道路因之。至入黄山，南曰汤口，北曰乌泥关，约分两路。而入丞相源之路、介乎其间，昔为繁盛，经兵火后，荒秽不治，鲜通游人，盖已久矣。自歙来者，曩多取道阮溪，即今之潜口，为入山之要冲，过容溪、洽舍、芳村，至于汤口。由休宁来者，亦经芳村，会于此。汤口至慈光寺，分为三路：右沿桃花涧越岭往云门、左折而上天门坎至文殊院，又折回祥符寺，由逍遥溪、九龙潭至云谷。游前海者至文殊院，游后海者至狮子林，习以为常。云谷、松谷，已为不易，然慈光寺上文殊院，路颇艰险，群峰峭立，一步三顾，目不暇给，自晨至晡，已觉疲劳。匆遽而行，所谓碰头石、五里栏杆、观音岩、倒破纹、金砂冈，以至半山寺，其险处既经修葺、易于举步。自云巢洞以上，如一线天、蓬莱三岛，至于文殊院，奇峰怪石，未易名状。雨后晴霁，朝曦挂空，观云海之胜者，于此尤恋恋焉。下莲花沟，穿石弄而上，为大悲顶，西进数折，迤转平冈，为炼丹台。而轩辕、容成、翠微、叠嶂、芙蓉、仙掌、卧云、石床诸峰，纷然离立，环拱左右。天都、莲花、光明顶，称最高峰。首天都，次莲花，又次光明顶。其实三峰，高下参差，相去无几，可为鼎足。天都绝不可升，登莲花峰顶，下有歧路，一上峰顶，一至百步云梯，行者易惑，不可不审之也。百步云梯，路更窄隘，昔为险绝，今高擎铁链，凿石为栏，尚易攀附。由鳌鱼洞至平天矼绝顶高阜，曰光明顶，高悬天半，正当莲花峰之背。天海一段，境虽平坦，易入迷途，处处聚石成堆以志之，亦谓之中海，即前后海所由分也。狮子林空远寥阔，非若前海，天都、莲花之尊严，亦异天海、平天矼之枯寂，自辟一境。右行登始信峰顶，宽广丈许。其麓向东南行有歧路，右登始信峰，左逾黄花岭，岭在太平县东，与旌德接壤。始信峰东下，达东海门，南望平天矼诸峰，过散花坞，经二溪合流，渡溪至松谷。北行有油潭，又曰青龙潭。松谷庵后一水自西海出，为銕线潭。西海之广，可三四十里，万松岭顶，望翠微、仙都二峰间，开朗如门，曰西海门。狮子林去松谷，仅隔一岭，北下别无歧路。溪中有五龙潭，溪尽又为九龙潭，一潭一瀑，由第九瀑下，沿溪而南，过西门关、青萝原，直达汤口。

后海、云谷有二途，一由汤口左折窬天竺岭，达继竺庵，又名脚庵；一由旌德过三汊，达继竺庵。庵在丞相源云谷寺。由狮子林至云谷寺，经慧明桥下折，越白鹅岭，跨涧二，登白沙岭，乱石细草，艰于步履。至白沙矼，始入坦途，无多奇境。或议仍由汤口至苦竹溪，观九龙瀑布，而至云谷亦佳。中有云舫，倚锦屏、石婴二峰，环应雪、白鹿诸泉。前有忘机、香炉二峰，听泉僧、上马、看园虎诸石。右有天医、天乐、老子、石婴、比秀、文笔诸峰，石伞、拜云、罗汉诸石；左有育婴、蟠桃、天外、石屋、送供、探珠、指路诸峰，曼倩、舞龙台、月明僧、空生宴坐诸石。

寺观桥梁第三

黄山旧志，寺观林立，桥梁津逮，时有兴造，宽闳伟丽，足壮游观。不幸毁之兵燹，圮于蛟洪，灾患迭乘，未遑规复。檗庵大师因慨歔俗词讼嫁奁之浮靡，而吝于周济众人，记芳村大桥之兴建，而称方子正、佘仲昭、蒋如心三子之贤，良有以也。今惟慈光寺、文殊院、狮子林、云谷四处，几经历劫，灰烬之余，尚可止宿，游人栖息，其待增修与重建诸事，绸缪方切，畚筑甚繁。兹录其所最著者，以备参考。

慈光寺，旧称朱砂庵，在朱砂峰下。明万历中，改创法海禅院，神宗赐寺额曰慈光。清康熙丙午建大殿，殿毁于咸丰中太平军，今存毘卢殿，其后殿也。汤院开创最早，始于唐开元、天宝中，南唐为灵泉院。宋大中祥符元年改名祥符寺。隔溪面汤泉，跨白龙潭上者曰小补桥，经人字瀑者曰回龙桥。茅篷创于乾隆八年，额曰"黄山第一茅篷"，一名紫云禅院。左折而上半山寺，久毁后新之。文殊院在紫玉屏下，原三楹，自明以来，皆短墙石屋。天童禅师题曰"到者方知"。赵州庵在天都峰下天门坎，顾锡畴太史题曰"山邮"。崇祯甲戌有龙起庵侧，山崩石坠，庵正承之，椽桷无恙。庵前落石如几，五松植石上，经度生、断凡二桥，皆涧流挂瀑，下临深壑之处。此前海寺观桥梁之略也。

自文殊院至狮子林，陟降奇险，身为石蠹，入罅复出，常数十回。盘礴有莲荋庵址，愈转愈险。再上石忽中裂，约一弓许，以木架之，绝壁嵌梯而登，始蹠其顶。上有香砂泉，此莲花峰顶之峻削，无所容其伟大之建筑。西进迤转平冈，为炼丹台，有庵址曰万笏林。上光明顶，有寺曰大悲院、在莲花峰右踞四山之中。光明顶名大悲顶，因昔供奉皇太子赐大悲观世音像，故名。由鳌鱼穿过而上，北庵址曰指月。平天矼上，巨石平旷，荒草丛生，四望寥寥，有天海庵址，近惟海心亭耳。折行而下，经隐泉、茅篷、破屋数椽，路渐开广，约百数武达狮子林。

狮子林，有狮林寺，在狮子峰下。寺后清凉台，凿石通之。左下石笋矼，有颖林庵址，又如意亭，桥曰慧明。再上至茅篷，过渡仙桥，而达始信峰。

自慧明桥折而下，通云谷，清凉台下，北折通松谷。云谷寺有掷钵庵，在钵盂峰下，前为火焰山，后名狮子山。初为岩镇汪氏书院，万历中成梵刹，有禅堂、藏阁、大殿、钟鼓楼、法华楼、上方堂、方丈斋、客堂、客厅、客楼、庖湢之属咸备，旧址极为宏壮，近则大殿仅存栋柱。后有旁屋，亦小如舟，东偏茅屋数间而已，有寓安寄师普同塔，继竺庵后，九龙潭上，有龙峰精舍、钓月台、江丽田琴台、天绅亭，入石门为步云亭，过白沙岭为云舫，即皮篷，古之兜率庵也。清凉台北下，经三石亭，渡溪至松谷寺，路久湮塞。慈明、石鼓二庵，前因后海荒寂，游人不能久住，不易踪迹。翠微、仙都二寺尤辽远。黄山称松谷者有二：一在北狮峰下，一在白龙潭，潭为五龙潭之一，最幽奥，苟兴建筑，风景清美，当为宇内甲观。

卉木禽鱼第四

名山物产，奇诡秀异、附丽丘壑，各得其宜，等量齐观，无不有其特胜。峨眉以雪，桂林以洞，匡庐以瀑，华山以柏，而黄山之胜，以松以云。松之离奇夭矫，云之腾涌卷舒。得云之润，松之瘠者亦腴，有松之奇，云之痴者皆活。观云铺海，最宜于文殊院、光明顶、始信峰。松则以狮子林为最多。千株万株，连理交柯，合为一片，综四五十里，冈峦平衍宽广。自远观之，成为荷叶，密布池沼中，凹突知皴，无非绿色。他或如米家山，巨点淋漓，李将军金碧画，满纸烟云，不知其为人工与化工也。云之初起时，诸峰尽暝，久之天宇晴明，数峰之间，如蒸牢丸初出甑，蓬蓬勃勃，气象峥嵘。继而万马纷驰，横冲直入，普遍山谷。又有堆绨涌絮，雪浪银涛，映日微赪，浮岛尽碧，万松不动，高低远近，莫不迎曦鼓鬣，含露垂珠，灵药苗香，异卉锦簇。其尤特者，灵禽异兽，鳞介之属，一一可名，未能遍举。至于异卉，名目繁多，虽久居黄山，博闻之士，犹未易尽。兹举宋牧仲荦题雪庄画异卉十余种，附于此。

  山乐鸟 声甚奇异，若歌若答，节奏徐疾，下山所无。
  神 鸦 在文殊院上，从峰下翔集僧掌中取食，别无他鸟。
  五色鱼 在阮溪中。
  鮰 鱼 汤泉溪上四足螭头，常含水缘木，取渴鸟食之。
  天 马 云气尽散，有物凌空而下，毛色纯白，首尾俱辨，名曰天马。
  白 猿 汤岩夫游黄山，弹琴始信峰，有髯而白衣者立其前，谛视之乃雪翁，即猿也，因写《袁公听琴图》。
  卧龙松 文殊院蓬莱岛下，蜿蜒石脊。
  把门松 小心坡。
  如意松 文殊洞背，斜倚岩畔，其顶双枝密拱。
  蒲团松 在光明顶，诡异天成。
  接引松 始信峰。
  破石松 清凉台，松孕石腹中，今已枯朽。
  棋枰松
  五龙松 狮林寺
  盖鹤松
  连理松 双干纠结，若龙蛇，枝密如棚。
  合掌柏 狮子林，枝枝相合，团结而成。

云雾草　垂垂岩壁，如丝，浅黄色。
云雾茶　产莲花庵，就石缝养茶，约二亩许，轻香冷韵，胜于他处。
木莲花　慈光寺前，高柯成围，经冬不凋，花叶皆九出。
金缕梅　花瓣如缕，翩翩欲舞。
捻蜡梅　黄如蜡梅，开以春杪。
旌节花　花在藤上，色作浅碧。
春　桂　类于山矾，三月盛开。
海䕺花　红色深浅，布遍崖谷。
璎珞花　清香隽永，有垂柳态。
黄　桃　花蚨先实，与桃不同。
山　樱　木本竹叶，实如含桃。
紫云花　花深紫色，日光变白。
玉铃花　树高夏阴，白花串串。
石　兰　一茎一叶，一色一花。
查菊花　木有芒刺，黄花且实。
覆杯花　攒生叶底，垂缕髹朱。
仙都花　一苞数朵，绿心红瓣。
傲云花　状如木莲，枝叶微馨。
鹅群花　叶似菰蒋，秋日着花。
叠雪花　花如剪雪，中含壶卢。

古迹名胜第五

一、自阮溪至慈光寺

汉司马迁称百家言黄帝，其文不雅驯；又曰余观《春秋》《国语》，其发明五帝德，其所表见皆不虚。书缺有间矣。故老传闻，非尽失实，必谓上古难稽，后世所详，出于伪托，岂不诬哉？

黄山旧名黟山，以黄帝栖真之地得名。黄帝问道于浮邱公，愿抠衣躬侍修炼。浮邱公曰，江南黟山，神仙所居，无荤秽腥腐，而有古木灵药，其泉香美清温，冬夏无变，沐浴引之，万病皆愈。遂与容成子、浮邱公同游于此，后有曹、阮之徒栖焉。因有浮邱山、容成台、轩皇坛、曹溪、阮溪诸号。唐宋以前游者，潜口内即谓之黄山，故黄山岭有亭，榜曰黄山谷口。汉末上虞太守陈业，遁迹此中。晋南昌罗文佑奉母采药黄山，寻轩辕故迹，丹成乘白狼去，里人祀之，称呈坎天尊。唐大历间，志满一作智满禅师，露宿云岭半，枯坐数月，往来者以佛名之，改名佛岭。淳祐四年，僧云林结茅山中，名云林山。明汪伯玉司马道昆于筑中，建华阳馆、韦堂、樛木亭、冷风阁、鹿园、象堤、阿耨水、方舟榭诸胜，此潜口以内、汤口以外，前人通称为黄山。后以云谷寺而上，慈光寺以下而止。黄山泉源，无不甘美，汤池温泉，尤其特著。唐开元、天宝中，志满禅师所创始，广可七尺，深半之，澄泓无色，品砂见底，浮珠累累，嗅之而香，称朱砂泉，居白龙潭之委。汤院后有志满师塔。大中五年，刺史李敬方感白龙见，建龙堂于汤池之西。大祐二年。刺史陶雅建汤院。南唐保大二年，勅为灵泉院，有纪事碑，宋大中祥符元年，勅改祥符寺。元丰甲子，寺僧文太重建。明正统僧全宁修之。

嘉靖癸未，僧旸谷又修之。万历辛巳，李邑侯邦和捐俸又修。田广文艺衡有记，其后有僧印我，即唐汤院遗址，建莲花庵，袁仪部黄题之。循白龙潭而上，半里许，庵在山谷中，庵前有五峰耸翠，众壑争流之胜；或云旧址轩辕宫。温泉石壁，"轩辕行宫"镌石上。寺趾南为水帘洞，北为小补桥。北行登岭，松篁夹道，约二百余步，抵紫云庵，额曰黄山第一茅篷，在紫云岩下，一名紫云禅寺，创于清乾隆中，雄村曹齐原尚书文埴读书于此。行溪畔，一石大可二丈、形如菌，中凹，谓为黄帝丹灶。白龙潭上为药铫，又上为药溪，又潭而上为丹井，为虎头岩，为醉石、鸣弦泉、藏舟壑，再折为桃花涧。桃花庵址，在桃花源，改名药谷庵，佘抡仲升建。一阁踞大石上，波涛冲激，陈眉公继儒题曰"狎浪"，后为溪南吴氏别业。对山罗汉级双瀑，正当轩户，晴雨异状，环山带流，以此收其全胜。清初海宁查伊璜继佐，携家伎数百人，童仆车马甚都，朋从文宴，盛极一时。有朱廷梅太守重新温泉亭、曹鈖所建响雪亭、顾锡畴题之辨源亭，均在其高下左右，可供游憩。光绪中，汪韬庐师宗沂，买桃花溪基地，将筑屋居之，未果，自号桃花峰下著书人。右折度石梁，自是崤岭而入于云门、云涛庵，面莲花峰。去莲花庵东南十里,近云门为藏云之壑,风涛变化无常。夹谷之下,叠石累累,颓废已久,人迹亦罕至矣。紫云寺上朱砂庵,约三里许,由天门坎老人峰至观音坳为菩提路,皆普门所辟,游者始得至。

二、自慈光寺至狮子林

慈光寺,明万历中,普门禅师法名唯安来歙,因吴百昌邀入黄山,因有伭阳道人之徒福阳所居之朱砗庵,结茅文殊院。天都峰最高处,去庵四十五里,壁立无路。师竖竿峰顶,每日午上峰顶燃天灯,归庵经课,寒暑雨雪无间。戒行精严,人尽仰为开山神僧,著有语录行迹,署方丈曰"那是我的"。行脚至京师,神宗赐金佛像经藏,命中涓李歆,改名庵为慈光寺。寺傍有普门师塔,普门自称乘愿僧,其后释恒证削发依天童,一十有五载而住慈光寺。慈光寺左折而上,紫云、青鸾、钵盂诸峰,皆在北方,而天都为之特出。过飞来、打鼓两洞,皆大石倚叠,中通一缝,容人出入。至半山亭,朱砂峰已在履足间。天都峰侧,一石如鸡,曰金鸡石,俗称金鸡叫天门。又朱砂峰顶两石椭圆,高可数丈,曰罗汉岩。五里至天门坎,豁然开朗,境界顿异,群峰低首,惟天都、莲花三峰,昂藏天外,东西并峙。天都有石室,莲花有石船,均在峰顶。过天门坎,山脊平坦,折北而上,路益陡险。经云巢洞,高旷可望太平县,村落田畴,如在目前。天都北壁,飞瀑悬空,更上一坡,环以石栏,曰五里栏杆。过卧龙洞,石壁开张。山峡下降,有贝叶庵址,曰小心坡,有龙翻石,西转断凡桥,两崖中断,雨余洒瀑,约百余丈。东侧谷中,三石峰拔地而起,称曰蓬莱二岛。更上为一线天,狭处仅能通人,由折如蚁穿珠。抵文殊洞,益觉阴森逼人,不耐久立。一松一石,侍于道旁。曰狮子岩。岩西一石对峙,旁有石笋,曰象岩。两岩之中,平地数亩,文殊台位于前,玉屏峰倚于后,石室数楹,乃文殊院也。

天都、莲花二峰,惟光明顶可与比高,称三最高峰。光明顶下,有三海门,相距各百武,即前后海所由分。《徐霞客游记》言磴石倾侧崚砑,兀兀欲动,过此意骨俱悚。百步云梯倾斜,向谷而下,上升莲花峰顶,及鳌鱼洞,抵天海,平衍方广。尽处一石冈,踞于天海之背。为平天矼。矼之巅为光明顶,万峰环拱。遥望云门,至奥且旷,或云自平天矼行,下谷离约十余里,与西海相对,其中潭洞岩石,不可计数。有指象庵,即指象处。下炼丹台,步深壑中可至,幽深沈奥,不异井底。楚僧如愚注《法华经》庵中。万历戊午，僧亦幻复造。夹山林皋和尚住静三年。庵有方池广二尺，相传为丹井。平天矼西北行，乃入后海，约七里而至狮子林。

狮子林，狮峰寺后有清凉台、清凉亭，楼阁高耸，列有数楹，废而复置，已非畴昔。寺前曰松林峰，又曰松阴，曰万松岭。东行登始信峰，断石若峡，最为雄奇。顶有定空室，仅容蒲团。僧一乘居三年，每从狮子林暮梵毕，虽昏黑天雨雪，必子影归室中。后道者鸟窠采药黄山，亦喜居此。江文石天一来游，书"寒江子独坐"五字。

清凉台，长方特立，无所偏倚。纵八尺，横四尺，伐石架道以通之。左下如意庵，俗称书箱、宝塔、三尊大佛、天鹅诸峰，右则灵鱼探海、达摩渡江诸石，一一可见。上狮子峰顶，北望松谷，南望石笋矼，奇秀绝伦。东下散花坞，丹黄繡错。最肖者，有丞相观棋、波斯进宝之类，其余如犀如豹，如象如凤，不可缕指。

三、自狮子林东至云谷，北至松谷，西海门

狮子林，东往云谷，北往松谷。由清凉台下，历石亭口，东北高峰，壁立黝黑，有石裂出，曰天牌。东南峰一石人立，回首而顾，名仙人观榜。仙榜峰在松谷道中，杰立参天，千仞如削，上有篆书奇古十六字在峰顶。再转皆绝壁，山半一穴中空，类半规之目，可透隔天光云影，俗呼天眼。前行渡溪达松谷，有松谷庵。后有老龙潭、赤线潭、镜潭。五龙潭最著胜，在松谷溪中，缘涧而上者二，左黑龙潭，右白龙潭，更上黄龙潭，下为青龙潭，最下称油潭，明方眉子记龙潭，至谓一潭足了一生，可以知其概矣。

元张松谷，太平望仙乡人，幼聪敏博学，尝游馆池阳，至元辛巳忽悟养真之术，弃家隐黄山芙蓉峰下，辟谷炼形，不数年道成而逝。或云结茅白龙潭外一里许，有石志云。又松谷草堂，有曾祖训者，从闽至黄山，怀栖隐志，太平令陈圣玺为筑此，陈日浴有记。西海门在翠微，仙都二峰间，有翠微寺。唐中和二年，麻衣禅师炼药于此，身衣麻衣，得其麻缕者，辄能疗病。宣宗时，尽毁天下佛像，因作诗达禁中，得不毁。元代有僧于松篁石涧间为桥，覆之以屋，汪泽民榜之曰"翼然"，庭有井泉，不溢不涸。又有袈裟池、麻衣洞。石鼓庵，在石鼓峰下，又有北斗庵，康熙中僧印一，年至百余岁。西海门在石鼓峰西。狮子林由

慧明桥达东海门，奇峰攒错，道路崎岖，越岭而至云谷，属丞相源，于黄山开辟为最中，宋丞相程元凤营菟裘处。源有中源寺，分东西两源。东源趋圣僧洞，溯逍遥溪，绿树阴浓，最为幽邃。宋明二代，名贤读书其处者甚多，如陶学士、汪图南、潘景升、郑孟国、吴飞明，均有别业。掷钵禅院，明万历中僧寓安乞地于岩镇汪氏书院之地，不数月遂成梵宇。潘景升初名之曰"一钵"，汤宾尹易为"掷钵"，僧渐江画其壁间横碑，僧无易更增扩之，其徒成慎重建藏经阁。崇祯末年，檗庵禅师法名弘济，即嘉鱼熊公开元，号鱼山，开堂禅院，以甲寅山头雨血，先期去吴下，而山中亡赖作耗，僧众莫支。清康熙甲戌，僧雪庄师法道悟住禅院，继起兴建。汪松峰辉助赀吴石庵太史所置僧田，俾得食，又建继竺庵。庵后曲折而升，遥见水势高急，声震林谷，有智如亭址。下为九龙潭，瀑飞数百丈，潭以承之，弥下弥峻，其数有九，水尽泓碧，森沈骇观。钱牧斋谦益构亭于此，颜曰"天绅"，岁久就湮。僧雪庄目营手画，云谷僧素心鸠工从事，亭方广合度，层级四虚，九龙全露，奔腾澎湃，有一泻千里之势。入石门循壁而走，步云亭，至白云谷，过白沙岭，望仙掌峰，五指布列，惟肖。数里即云舫，一名皮篷，古称兜率宫，倚天宝峰，僧一心建。唐文宗时，西域僧居洞中，凿岩石，曰"七百年后，当有圣僧来"，故名圣僧洞。康熙己未，雪庄师枯坐皮篷三年，虎皆远去，名闻朝野，邑人建为云舫。太平令陈对廷倡建云舫山房。白沙矼有雪庄师塔在其下。自云舫至云谷，雪庄种梅几二十里。清江丽田嗣钰，歙之江村人，善琴，能奏古调七十余曲，著《丽田琴谱》，晚归黄山，卒于僧舍，遗迹有弹琴台及其墓存。清末僧定青修其墓，石壁摩崖甚多，境亦幽邃。

金石摩崖第六

黄山崖石粗厉，不受镌刻，年湮代远，风雨剥蚀，时多崩陊、椎凿狞恶、致损观瞻，有玷山灵，甚于黔面。古来不乏工书之人，而惟文章道德可垂于百世者，乃为可传。前海摩崖，以汤院至文殊院为最多，灵谷及始信峰亦尚不少，其余寥寥无几。今可见者，皆三五百年以内诸人而已。故考订遗文，搜罗名迹，常有"金石不如纸"之慨。然板本留存，残缺散佚，历劫已多，难稽故实，志乘所载，十不二三，兹举其略，次于表目。

莲花洞钟　存，明崇祯四年，佛牛岭钓桥庵。

大悲顶钟　佚，汪景和铸，重五千斤。

芎石二字　明汪道昆　芳村崖上。

灵泉院碑　今佚，南唐。

祥符寺诗　许启洪。

郑师山题名　元郑玉，少曾载书黄山祥符寺，后偕诸生寻访故馆。

祥符寺碑记　万历田艺蘅，祥符寺。

罗洪先题壁

汤泉短歌　明嘉靖十一年，汪玄锡。

郑佐题名　楷书四行二十字，中有方祯、谢信芳等，明嘉靖。

冯世雍等题名　明。

清泠界　清康熙，叶高标。

天下名泉　明万历癸未，郡人程师周、戴麟绂、戴国辅、戴国良。

阴火潜燃　清江德量。

飘然欲仙　龚蕃锡。

澄观　江士拭。

以上汤泉。

鸣弦泉

洗杯泉

醉石　楷书，字大尺许，下有隶字十八行，行四字，末行三字，明嘉靖辛丑，罗章渊、王寅、罗明善、郑默。

虎头岩　宋罗愿。

山君岩

丹井　明汪道昆。

回阑石　清江东之。

药炉

轩辕碑

飞白井　陈继儒

斯在　罗逸。

清规石铭三首　释唯安普门。

普门和尚塔　明崇祯三年，许鼎臣撰文，吴孔嘉篆额，徐开禧书丹，清康熙二年立。

以上慈光寺。

真如关　郑晟题

引胜　赵人岳。

岩士大

别有天

不可阶

文殊院碑记　潘之恒。

群峭摩天　郑篁。

雪谷禅师塔铭　金俊明。

以上文殊院。

檗庵师塔　德清、正志二高僧撰文。

一径犹龙　周榘。

醉吟　二字行书　大尺许。

五松入韵

渐入佳境

回首白云低

邃幽　徐士业。

妙从此始　戴延祖。

清冽

丽田生琴台

能移我情　程振甲。

以上云谷寺。

藏经阁碑记　郡司马聂炜。

月岩读书处　采老人。

梅屋　江祝健。

钓月台　岩溪。

九龙飞布　清巴慰祖。

断山老人塔铭

佛掌　顾諟。

横云　明天启，孙晋。

以上云谷。

始信峰　明万历黄习远题、孙湛书，南北两面皆隶书。

飞来岫　明释一乘题，赵宧光书。

黄左田题名　清黄钺。以上始信峰。

东土雪山　罗汝芳。

褅黄　汤宾尹。

松谷　傅岩。

以上松谷。

图经画册第七

　　黄山图经，其来已旧。北宋景祐间，通守李公序之，则图经之见自景祐，不自景祐始也。后五十九年，嗣镌于县尉雁宕周为哲宗元。又五十七年，南宋高宗绍兴丙子三刻于知州胡彦国。又五十三年，宁宗嘉定戊辰，中山焦棟之四刻之。又一百六十一年，明洪武辛巳，歙纵潭吴子容为五刻，有唐白云序之。又九十五年，为天顺六年壬午，祥符寺僧全宁成六刻。又一百一十七年，万历九年辛巳豊城李邦和七刻之。次年万历壬午，至万历已未，又三十七年，歙山人程天锡为八刻。潘石泉，唐心庵两乡先达嘉靖倡和诗，学博田艺蘅碑记，均采入。又三十年而潘景升之恒刻《黄海志》六十卷，为黄海河源星宿者，则图经一书也。凡兹数刻，则黄山悠久之历史，籍诸书而不磨，后之人著书立说，征引既多，得有所依据，信今传后，非谰言臆断、向壁虚造者可比，自足而称述繁富，皆有可观矣。邑志所载，有汪师孟《黄山图经》一卷，今亦罕观，何况数百年以上，仅有目存，已为可幸，世家乔木，顾不重哉。

　　著《黄山志》者、有汪扶光沐日，家歙之石冈，明崇祯举人、甲申后服山僧衣，自名弘济，号益然，著《易解》等，晚年黄于升偳、程上慎光袒迎归黄山而逝。黄黎州宗羲为作传，清康熙中闵宾连麟嗣删订之，以旧本图为郑千里重所绘，属扬州萧灵蚁晨为图，成《黄山志》定本七卷。茆田程圣木宏志亦著《黄山志》。潜口汪扶晨士鉉著《黄山续志》六卷，以僧雪庄画黄山图附之。汪于鼎洪度著《黄山领要录》二卷，又《始信峰志》。江春撰《黄海游录》，黄身先殿友有《黄山志略》。其后见诸志乘，或传或不传，其书目犹班班可考也。

黄山胜景，游者未易志，尤不易画。僧渐江张仁以明诸生，履行忠孝，住黄山收松云岩壑之奇，作《黄山图》六十幅，淮北宋矩镂，用元人笔墨，师法倪黄，以开新安画家先路，大江南北，比之云林，至以有无为清俗。徽人全盛时，清富俗富，不通婚姻，界别素严，渐江之画，其见重于世如此。著《画偈》一卷，中多黄山之作。其高弟江允凝注，并工诗画，岁必携砚以游，搜胜穷幽，弥月不返，家人迹其所至，以瓶罄告，弗顾也。绘《黄山图》五十帧，册中题者若施愚山闰章、王渔洋士祯、查梅壑士标、程青溪正揆、梅耦长庚画数十人，王孝禹瑾跋之。僧雪庄自北游还黄山，因遍历诸峰，择其至灵者三十二峰，图而刻之，吴荃、吴菘、吴瞻泰皆有序。又画《黄山异卉图》，家凤六山人吕临其七十二种成册，同时题者甚众。后册归曹齐原尚书，每种题一诗，入《石鼓砚斋诗文集》，吴菘又为著《卉笺》一卷

休宁朱彩章绣，尝游黄山，挟册踞莲花峰顶，作黄山全图。每入深山，见异花必貌之。太平黄耐岩太松画黄山图，张素存相国玉书游黄山，求得之。粤西僧石涛道济住广教寺，吴肃公梅、渊公清兄弟与之游，所图黄山尤夥。古人不得志，则节一以成名，处士惇笃行义，而以笔墨掩，君子取名也廉，观于图画诸人尤信。

诗文杂记第八

古今兴废，靡有常时，诗文咏歌，历历可睹，读书养志，尚友古人。古人往矣，迹其生平轶事，千载而下，犹获相见。某山某水，景仰流连，得瞻手迹，珍若玮宝，即其钓游之所，栖息之乡，偶一过之，又

223

尝徘徊而不忍去。而樵夫牧子，日习其中，没齿无闻，终与草木同腐。因知阐扬幽隐，振励顽懦，则文字感人之深也。

汉陵阳子明，上黄山采五石脂沸水而服之，三年龙来迎去，此载《列仙传》，乃黄山故事之甚古者。晋阮嗣宗诗"黄鹄呼子安"，已用子明事矣。子安，名伯乐，子明之弟也。唐人诗"白龙已谢陵阳去，黄鹤还来唤子安"，亦其记实也。晋罗文佑，白沙碑中有罗天尊诗，非无可信。唐李白送温处士归黄山云：黄山四千仞，三十二莲峰。丹崖夹石柱，菡萏金芙蓉。又曰：归休白鹅岭，渴饮丹砂井。莲峰、白鹅岭、丹井，皆黄山实境，取入于诗。又黄山闻殷十四吴吟云：龙声不敢水中卧，猿啸时闻岩下音。我宿黄山碧溪月，听之却罢松间琴。龙卧猿音，无非黄山之中所见所闻如此。至贾岛汤泉诗云：古寺僧寂寞，但余壁上诗。不见题诗人，令我长叹咨。可知古来黄山题咏之多，唐代已然矣。

宋吴古梅龙翰，成淳时偕鲍鲁齐云龙、宋足庵复一游黄山，餐胡麻饭、掬泉饮之，不火者三日；下丹崖之万仞、夜宿莲花峰顶，霜月洗空，一碧万里，吹铁笛、赋新诗，飘然有遗世独立之概。明王山人寅，具文武才，中年习禅事，参古峰禅师，改号十岳，嘉靖中倡社天都峰下，践约者程诘、郑诰等十六人。曹僧白应鹇，有隽才，于白龙潭上筑精蓝，每岁订友登峰、累日忘返。沉眉生寿民晚岁携家高隐翠微之麓，与陈足彝辅性比屋而居，汤玄翼燕生寓迹于湖，有寄郝丙吉订游黄山之作。自来命俦啸侣，以为同游乐事者，固不乏人也。至如许青岩楚著《黄山赋》，谢承启绍烈撰《留云峰游记》，僧纂可成名贤黄山题咏为一书，释智灯以黄山岁暮怀净土诗成一册，各有不同。自适其志而已。唐麻衣师炼药翠微峰下，宣宗令毁天下佛殿，师因作诗曰：敕下如雷到翠微，佛前垂泪脱麻衣。深山有寺不容住，四海无家何处归？后以此诗达禁中，得不毁。宋张松谷弃家隐黄山芙蓉峰下，白龙潭外石志云：横也三十六，竖也三十六。再过三十六，那里问松谷。为诗为偈，皆道中语矣。他如书画真迹，藏之名山，有明惠王朱常润书金光明最胜王经，又泥银书妙法华严经七卷，字具颜、柳意，不具书人姓名。汪无方中之画，藏灵谷寺；檗菴、雪庄二僧像，在龙峰精舍；汪月庵、于鼎及僧雪庄、吴塞翁墨迹，在云岭庵屏风。黄左田尚书记之颇详。半庵头陀，明天启间，任内阁中书，掖左忠毅于廷杖，因并受杖不死，卒收左骸，所书妙法莲华等经，供慈光寺，物虽不存，俯仰今昔，犹系深人长思已！蒙曩诵族祖白山公一木堂黄山诗，又观凤六山人所画黄山图及异卉册子，心焉慕之。继而得家秋宜肇敏、雨墩甲两君游记，因有所向导，载瞻云海之胜。庚子而后，不复登三十六峰有年矣。然父老旧闻、名贤真迹，有关故实，可资左证者，耳目所及，犹多弋获。今士夫游历欧日，类能举列强名区胜景，及其伟大之建筑、精洁之设施，津津乐道，务必归美于振兴文化之多人。兹际道路交通，亭馆规复，黄山兴盛，迫在眉睫，山川灵秀，因人而显，不辞荒陋，爰缀简篇，撮其大略，备观览焉。

游雁荡日记[1]

　　五月十四，三时乘益利轮，七号房。舟中观曾唯广《雁荡山志》。

　　十五日，七时至舟山。经进口时大风作，海浪多白头。向晚时远望，群岛下波涛如江潮涌起。

　　十六日，黎明过坎门，舟泊蟠屿。北见城埔有高峰出其西，上建江亭，岛屿如画。

　　十七日，晤谢磊明，观书画杂器。午膳后，由益利码头登永乐小轮，三百枚，十余里至广头。陆行百余步，入乐清界，易小轮永清，三百五枚。宿银溪旅馆。

　　十八日，坐雨旅舍，近游丹霞古刹。出乐清城，有小城名后所，飞瀑落岩石间，山碓沿溪舂杵，声应山谷，乱石当中流，坐久之甫返。

　　十九日，乐清起程至西滋，二十五里。过瑶岙岭，望芙蓉溪，仿佛太湖间，舟楫甚罕。上四十九盘岭，路陡，越溪涧，皆巨石，跨石行，瀑布层叠，环流曲折。逾马鞍岭，石壁峭峻，宛如台阁，高耸云中。径甚幽，泉甚细，中流巨石凿字二，曰灵岩。入灵岩寺，宿于此。

　　二十日，蒋叔南来会，偕游净名寺，寺门有龙头岩。午后大雨，坐楼上少顷回灵岩。登仰天窝，历级而上，削壁断崖，置木为桥，下视殊陡绝。又大雾迷漫，或对面不见人。

　　廿一日，午后过灵岩。天气甚热，入灵峰路，层峦叠嶂，不可名状。夜宿苦竹洞。

　　廿二日，经南碧霄洞，往南坑口，入真济寺，返碧霄洞宿。

　　廿三日，上谢公岭，望老僧岩、石梁洞，回至二折瀑，宿灵岩。

　　廿四日，灵岩坐雨，作画。

---

[1] 本文转录自1983年《旅游天地》第5期，整理者为云破。

廿四日，观大龙湫。过道僧洞、罗汉寺、上垟，宿上马石村胡姓家。

廿六日，宿南阳。游梅雨台、西石梁洞。

廿七日，登村后山，见大罗汉松。

廿八日，出南阳村至银溪，乘小轮自乐城至管头，经涵门、柳市、白象，宿东瓯旅馆。晚雨。

廿九日，访谢磊明。

卅日，梅冷招饮，又观松台谢池。

卅一日，孙仲容令嗣招饮，又游曾家园。

初一，登益利轮，返沪。

初二、宿舟山。

初三，抵申寓。

沪滨古玩市场记[1]

沪埠互通而后，五方杂处，百货纷陈，珍宝之余，及于古玩，咸为中外士人所注目。古玩市场之设，因之日久增多。其中居积负贩之徒，断璧零缣之品，熙来攘往，无不毕集。先以书画论之。辛亥以前，荐绅之家，多谈时人笔墨，余无闻知。盖沪上画史，近数十年，自萧山任熊一字渭长，画宗陈老莲，人物花卉山水称奇古，寄迹吴门，偶游申上，求画者踵接，年仅四十余而殁。著有《于越先贤传》《列仙酒牌》等画谱，声名藉甚，一时无其等论。弟薰字阜长，善人物花卉。子预，字立凡，工山水，尤精画马。由是而任氏画派特盛。山阴任颐字伯年，画人物花卉。秀水张熊字子祥，工山水花卉。嘉兴杨伯润字佩甫，吴穀祥字秋农，均画山水。蒲华字作英，称画竹。此浙人之翘楚也。而江苏画家其时与之并驾齐驱驰誉丹青者，则有吴江刘德六字子和，工花卉翎毛，王礼字秋言，画花卉，陆恢字廉夫，兼画山水，吴县顾沄字若波，亦画山水，元和吴嘉猷字友如，画人物仕女，华亭胡远字公寿，画山水兰竹花卉，武进黄山寿字旭初，画人物仕女。之数人者，家居江浙，习尚时趋，本非富有收藏，力追往古之能也，略得师承，克自树立，后先来沪，名噪一时。不佞尝乘余闲，遍觅市肆，延访书画名家，其所习见习闻者，舍此而外，无与立谈矣。久之知有一二商人，稍稍收皮四王、汤、戴真迹，家延画士，晨夕临摹，中郎虎贲，神形俱肖，而后装之异锦，薰以名香。京师估人，咸谓大江以南，中多旧藏家故物，展转推寻，夤缘入室，则见鼎彝罗列，卷轴编斓，不稍或吝其值，赀而得之，携归燕市。外僚人觐，闲游海王村者，偶睹名迹，倾囊而与之，莫不利市三倍，善价而沽。大腹之贾，每值秋高，征雁年年，南飞不倦也。故苏沪作伪之品，充斥于时，即有所谓扬片、苏片，皆络绎不绝于道路。及于清廷禅位，遗耄逊荒，书画展览之会，年或数起。其甘美芹而宝燕石

---

[1] 此文1926年发表于《艺观》画刊第2号。

者，因有取以为鉴，不觉挢舌瞠目，逡巡退缩。小有收藏之士，群相歆艳于宋元大家名迹，明清画史，已不之重。于是收纸本者为本庄，收绢绢者为洋装，赏鉴与好半，各有不同，售画之途，亦稍稍歧矣。

先是京估而外，其来沪购求古画者，尤以日本人为大宗。所收之画，有两种：一则北宗画，如戴文进、吴小仙、蓝田叔、李上达之伦；一则南宗，如唐六如、沈石田、董玄宰、李长蘅之辈。至黄石斋、倪鸿宝忠节之臣，尤所贵重，即或王孟津、张二水，亦所不弃，下至华秋岳、高南阜，皆珍视之。市估礼日人，拟豪华不啻也。

自上虞罗氏侨日本，提倡宋元四王之画，以为远过明贤，日人收藏之家，皆欲得之。前数年间，有来中国觅宋元画者，久之无所获，估人以旧迹示之，意殊不合。其黠者遂如其意之所欲得，旦暮属画工摹赝本，递获利钜万而遁，后此而问鼎者亦罕焉。东方文化，输于泰西，欧美士人，津津乐道中国名画。识时者按图索骥，上自唐宋，下逮明清，影印画集，附之说贴，迻译成文，装成巨帙。其闻风而至者有瑞典之贵族，先以钜金购归，其后搜集古迹，载而西行，约十数家，咸收厚利。初则破裂觳觫，小帧大幅，色泽近古，无不毕收。粗简者水墨淋漓，纤细者辉煌金碧，爬罗剔括，市上一空。而且崇尚水墨，多取笔疏意淡，规摹马夏，务近北宗。景惟风云雪月，极其虚灵，境或溪涧冈峦，贵于深远，辨缣素之粗细，区时代之遐迩，亦能不失毫发，察及微茫。然而希世之珍，不胫而走，传家之宝，无翼犹飞者，年复一年，书不胜书矣。近者输出既众，古物日稀，搜求之多，市廛辞辟，书画之外，钟鼎彝器，小者千金，大或钜万，世所罕者时或见之。至于瓷铜玉石，雕刻髹漆之类，发掘于古郡，采取于穷乡者，废寺之碑碣，败壁之丹青，绾凿幽深，收拾余剩，携来列肆，觅及藏家。而市场杂沓之中，实古玩流通之处，其间有精鉴金石书画碑版书籍诸人，评骘古今，议论真赝，茗余把玩，席上高谈。今偶涉足其间，娱心于古，得乡先哲明代谢山人绍烈所题宋米元晖大轴、史痴翁廷直手札、程孟阳嘉燧画扇、龚半千贤斗方山水、周七字籀文大官印、黑漆古肖形阳文篆书秦小玺，金银之质，皆极精妙，为之狂喜，低徊久之，既乐人之不我欺，且幸今可得古缘也。近者古玩同人，共谋攟集沪上藏家珍品，设展览会于望平街新市场，以供赏鉴，正在筹备中。想秘笈珍箱，琳琅满目、不数日间，当有增光异彩，秃颖罄竹，不胜缕述者，书此以瞻其后。